微电影

创作实录与教程

SHORT FILMS RECORD AND TUTOR

第二版

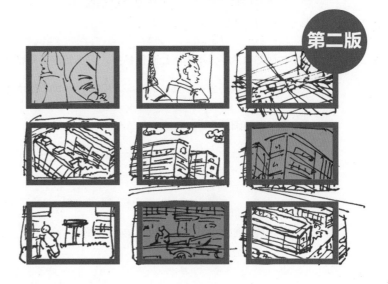

李宇宁 编著

清华大学出版社

北 京

内 容 简 介

　　了解微电影，学习微电影拍摄技巧，掌握微电影制作经验，学习微电影剧本创作，把微电影培训班搬到自己的家中来，这就是本书的目标。

　　本书作者从其执导微电影的工作流程讲起，分享十多年的行业经验，为读者揭开剧组工作的神秘面纱，讲述电影、微电影创作过程中那些台前幕后的故事。

　　书中从最基本的摄影机运动讲起，介绍了拍摄微电影需要使用的器材，以及在拍摄现场困扰初学者的难题，讲述了如何画故事板，如何看场地、选演员，直至最后开机各环节中需要解决的各种问题。

　　无论是爱情、动作、科幻或是悬疑的微电影，相信读者通过本书的学习后都能够轻松驾驭，掌握电影的叙述语言，天空任你翱翔！

图书在版编目 (CIP) 数据

微电影创作实录与教程 / 李宇宁　编著 . —2 版 . — 北京：清华大学出版社，2020.8（2024.8重印）
ISBN 978-7-302-54918-5

Ⅰ.①微…　Ⅱ.①李…　Ⅲ.①电影剧本 — 创作方法 — 教材②电影制作 — 教材　Ⅳ.① I053.5 ② J93

中国版本图书馆 CIP 数据核字 (2020) 第 025323 号

责任编辑：李　磊　焦昭君
封面设计：严　乐
版式设计：思创景点
责任校对：成凤进
责任印制：曹婉颖

出版发行：清华大学出版社
　　　　　网　　　　址：https://www.tup.com.cn，https://www.wqxuetang.com
　　　　　地　　　　址：北京清华大学学研大厦 A 座　　　　邮　　编：100084
　　　　　社 总 机：010-83470000　　　　　　　　　　　邮　　购：010-62786544
　　　　　投稿与读者服务：010-62776969，c-service@tup.tsinghua.edu.cn
　　　　　质 量 反 馈：010-62772015，zhiliang@tup.tsinghua.edu.cn
印 装 者：三河市铭诚印务有限公司
经　　销：全国新华书店
开　　本：188mm×260mm　　　印　　张：15.5　　　字　　数：448 千字
版　　次：2014 年 9 月第 1 版　　2020 年 9 月第 2 版　　印　　次：2024 年 8 月第 9 次印刷
定　　价：79.00 元

产品编号：083268-01

视频学习资源

超值赠送近 2GB 的笔者现场版高清视频教学课程，提供的课程内容经过了笔者精心的选择和剪辑，是对图书内容的有力补充。读者扫描表格中的二维码即可随时观看学习。

故事板创作篇

微电影创作第 1 讲

编号	知识点	内容	扫码观看
1.1	讨论剧本	主人公和自己的父亲关系不太好，那天晚上，跟几个组长讨论……	
1.2	人物糟糕的一种状态	人物的这个姿势，看老师示范，这样靠着……	
1.3	平行叙事	使两个事件交叉发展，为了使画面更丰富，早上洗脸的时候想到的……	

微电影创作第 2 讲

编号	知识点	内容	扫码观看
2.1	紧张与神秘感	要介绍这个人的长相、职业……我们可以从一个背影开始……	
2.2	预示危险的发生	一点也不惊险，直接让汽车冲你、冲镜头开过来……	
2.3	灵感乍现	汽车轮碾过，观众猜测可能出事了……在车轮的另一边，马路对面，这就是一个开场的小高峰……	

微电影创作第 3 讲

编号	知识点	内容	扫码观看
3.1	影响故事脉络	编故事不是说老师我想好了，在我脑海中一切都成形了……	
3.2	由圆构成的人体	你不用任何模特，而把你想法中的东西画出来，你这么练，才能练出来……	
3.3	建立一种悬疑	他突然间若有所思，往前面看了一眼，他好像发现了什么……	

微电影创作第 4 讲

编号	知识点	内容	扫码观看
4.1	一个很洒脱的状态	构图比例一下就平衡了……画完你再修改不足，使画面有更多的细节……	
4.2	哐当一下	让观众参与进来，你给一个空档，让人有想象的空间……	
4.3	几个狐朋狗友	我用两个画面，是不是就告诉大家：主人公又找了几个狐朋狗友……	

影片分析篇

认识短视频第 1 讲

编号	知识点	内容	扫码观看
1.1	用尽全力向目标发起冲击	主人公要努力，片子才好看……就是主人公在他母亲的帮助之下，必须要有所动作。这种鼓励与主人公后续的努力建立了关联，在他实现人生巅峰的时刻，导致他用尽全力向目标发起冲击……	
1.2	理解影片的节奏	如果没有这个铺垫，没有他在树上挂着球，不断用头去顶的画面……就没有未来他克服自己头球基础差的飞跃……	
1.3	完美的角色	他的母亲是一个什么样的人？是一个鼓励自己孩子，追求卓越让其变得更好；同时也是一个自我怀疑的人。她的自我怀疑，使她成为一个不完美的人……	

认识短视频第 2 讲

编号	知识点	内容	扫码观看
2.1	再也不相信梦想了	这是他现实意义的一个失败，就是他目标没有达成。那影片的双重结构，就在于它有一个幻想的成功……	
2.2	这个困难非常强大	这个困难远远地超过了前面食物的诱惑、玩具的诱惑。这个时候，主人公站在了人生抉择的一个点上，这个困难足够击倒他……	
2.3	影片的转折点	他梦想照进现实的第一个起点。 通过跑步事情来表现出主人公强烈的内心意愿的达成，或者是强烈内心意愿的一种发泄，他要通过直接的视觉触动来告诉大家……	
2.4	什么是潜台词	是什么让我们坚持下去，面对外部环境的这些困难，其实是心中的那团火焰，是心中不灭的那束光……	

认识短视频第 3 讲

编号	知识点	内容	扫码观看
3.1	开篇就成功	手里拿着一个包子，她听到一声咳嗽。 就这么一个细微的声音把两个生命"连接"起来……	
3.2	跨越时空的意义	挽救生命的道路从来都是艰辛和曲折的，需要"奇迹"降临。她背负着"曾经那个失败的自己、那个没人帮助的自己的苦难"，而苦难过于沉重，使她再次陷入了困境……	
3.3	开灯与希望	有一个睁开眼睛的动作。这个动作不到两秒钟的时长，但对主人公成功地挽救生命做了一个标注……	

认识短视频第 4 讲

编号	知识点	内容	扫码观看
4.1	设定了一个假英雄的形象	做短视频，与平时写作其实并没有什么大的区别。一篇文章、一段视频、一句话，它都有开头、发展和结局……	
4.2	中间是逞强环节	他们穿过呼喊的人群，看到擂台上有两个人在比赛。男主角最终被推到擂台上，这也是为将来他的谎言被揭穿做一个铺垫……	
4.3	坏人需要得到惩罚	两个人实际上就像过家家一样，打的拳一点也不好看。但是却极具反转性，那最终的结局是这个谎言被揭穿了……	

手机拍摄篇

手机拍摄

编号	知识点	内容	扫码观看
1	手持拍摄要领	这节课的重点是：手持手机拍摄如何更稳、拿手机的手势、身体的姿势和呼吸的控制…… 分享使用手机的拍摄技巧，手机拍摄短视频离不开推、拉、摇、移	
2	手机与自拍杆式脚架	我们只需要把手机先卡住一头，然后用另一只手轻轻地拉动这个夹子，因为它有一定的弹力，那我们就把这个手机装好了	
3	手机上脚架的扩展配件	自拍杆式脚架太轻便了，它的优点也成了它的缺点。现在手机这么大，放在那儿拍的时候风一吹，无人看管的情况下很容易倒，这是它的一个缺点。那我们现在更换另外一个脚架，这个脚架看起来很结实……	
4	拍摄匀速的运动镜头	现在手机有点大，我做了两个方面的调整。第一个方面的调整是：这有一个横杆，我把它伸缩拉伸到最长了，也就是相当于加重它电机方面的一个平衡……	
5	稳定器的技巧	这个时候稳定器该出场了，比如想从这儿摇到这儿，从上摇到下，可以用电动方式控制匀速的画面。这是它们的一个常见功能……	

声音方案篇

如何更好地收音

编号	知识点	内容	扫码观看
1	有线耳机	在拍摄短视频的过程中，我发现很多朋友忽视对声音的处理。今天我跟大家分享一下，在实际的拍摄和录课过程中，我是如何来进行短视频收音的……	
2	无线耳麦	一些优秀的公司帮我们想到了更好的、更贵的解决方案。这有一个无线耳麦，它没有线的束缚，真正地解放了双手……缺点是对声音有更高要求的人来说，显然这种方法还有待提升（仅个人而言）……	

编号	知识点	内容	扫码观看
3	指向性话筒	外面这个毛茸茸的东西呢，俗称毛衣，近距离说话的时候，我呼吸的声音、喘气的声音都不会录上……	
4	"小蜂蜜"收音	我们现在就可以大范围进行活动了。一般情况下，不会把声音录在手机上，除非就是直接拿手机进行直播，那我们会把声音录在哪里呢……	

Vlog 器材篇

Vlog 拍摄

编号	知识点	内容	扫码观看
1	镜头感	你想表达东西时，像流水一样去讲一个故事，去陈述一件事情，或展示一件事情的开头和结尾，但是镜头晃动的话就破坏美感了……	
2	一个人的团队	现在讲的是，你这个团队就你一个人来完成，整个现场的所有工作，因为未来在短视频的拍摄过程中展示自己的生活……	
3	一盏小灯的布光	因为这个光不太好，可以调一下其他的角度……	
4	拍摄手柄的运用	这些手柄能够对我们的手机有更好的控制。例如，低角度的拍摄，只拍脚步，一个人走回来，就很好……	
5	拍摄时变焦	影视之所以不挣钱，然后还有很多人去做，热爱它。我觉得可能跟好玩儿有关系……	

前　言

　　这本书可以说是导演的拍摄笔记本，里面记录着影像在创作过程中的种种形态，潦草的文字和涂鸦式的草图，横七竖八、随心所欲地自由生长。它们好像在昭示着逝去的青春年华，又好像记录了灵感升腾的姿态。

　　激情、纠结、梦想聚集在一起相互碰撞，在纸上留下各式各样的痕迹，"粗糙""原始"而又"性感"十足。在这其中，融入了我和朋友们13年行业内工作的心得和体会。所有呈现出来的一切，就是想告诉大家：一部电影、广告、微电影是怎么制作出来的，帮助你实现自己拍摄短片和微电影的梦想。

　　微电影和电影一样，也是通过一个个镜头，在流逝的时间中与大家分享一个故事。本书通过对实际案例的讲解，勾画出微电影的轮廓。让大家从整体上对电影、对微电影有全新的认识。

　　我们将从最基本的摄影机运动说起，通过不同案例展示推、拉、摇、移是如何实现的。为什么要推镜头，为什么旋转，目的都是让摄影机运动更加合理。何时去运用这些技巧，都是有道理的，摄影机绝对不是为了运动而运动的。

　　在讲解知识点的过程中，会穿插剧组在拍摄环节中遇到的具体问题，并提供有效的解决方案。与大家分享前期准备工作的诸多经验，提供一种看待影片创作的新视角，在书中会看到导演是如何用故事板来控制影片节奏，如何用故事板构建影像的原始雏形，如何用故事板来指导拍摄，又是如何用故事板实现前期的剪辑构想的。故事板还可以控制影片的成本，尤其是小成本电影，它会起到重要的统筹全局作用。

　　使用故事板创作能够为初学者打开创作思路，直接将脑海中的想象越过文字形成画面，最终逐步养成画面思维模式。书中收录了五部短片的故事板，还收录了导演绘制的两部商业短片的故事板，供学习参考，让我们生动地感知导演如何看待和处理自己作品诞生之前的这些环节。这些经验是通过长期的工作实践一点一滴地积累起来的，最初的时候这些问题都只是一句话、一段标注，开机之前按照这些提示让剧组做各种准备工作。经常有人会问起关于工作流程的问题，正好借这次机会，把这些原本零散的内容提炼、整理，形成了这本书。

　　导演的笔记本是我们的起点，很期待能开好这个头，把大家引入创作的道路上。

　　分享本来就是一件快乐的事情，拍摄的过程是这样，写作的过程也是这样。终于有这么一个机会，把自己曾经经历过的时光记录在纸上，与大家一起分享快乐。

　　记得在中国传媒大学给学生们上课、带他们拍摄微电影作品的那些日子，我们彻夜难眠，在创作的过程中通宵达旦，即使挨饿受冻，没有充足的预算，我们依然奋勇前行，激情似火。20个年轻人，大家因为梦想聚集在一起，想要拍出一部属于自己的电影。

　　我们在课堂上讨论故事情节，下课的时候编排演员走位，在课间休息时也会一起讨论剧情，课下也会像在剧组工作时一样选演员、找场景、准备道具、协调拍摄时间；睡觉前如果有了新的灵感，即便在被窝里也要互通有无。随着课程的推进，学生和老师的新点子、新想法不断涌现或被修正，在有限的时间里剧中人物性格逐渐完善。我们开始真正走进剧中主人公的内心，

不知不觉中大家都进入了一种痴迷的状态，那绝对是一种幸福的体验，大家都在享受着电影传递的无限快乐。

故事开始的时候，也许只是个有意思的点子，在课程推进的过程中，我们不断地丰富完善它，在脑海中让我们创作的角色生动、鲜活，充满质感。当使用摄影机把他们呈现在大家的眼前时，那种喜悦、幸福之感无以言表，瞬间抹掉了曾经对困难的一切抱怨，给了大家坚持下去的信念和决心。

第一部作品对于青年导演来说至关重要，也许它不够完美，也不够精致，但它是大家踏踏实实迈出的第一步。

微电影的拍摄门槛相对较低，这种平易近人的艺术表达形式，注定了微电影产业的大发展，虽然叫作微电影，可是它所带来的价值并不"微小"，这种制作周期短、投资小、灵活的展播方式会为未来的影视格局带来新的变化。

未来观众会通过手机移动的网络付费点击方式为你的作品加油，支持你的创作。客户不再是大的公司和企业单位，会逐步转向私人定制，你的观众就是你未来的客户，他们会向自己欣赏的导演和创作团队发出邀请，拍摄属于自己的电影。当你有好的想法发布出来后，观众会为他们喜欢的作品筹集资金。一个视频大爆发的时代就要来临了！让我们共同期待。

影视这条路并没有大众想象的那么容易，如果你不是个"狂热分子"，很可能你坚持不下去。很多人看到的只是镁光灯下明艳照人的明星，却没看到片场里那些不分昼夜辛勤的身影，大家看到的是那些被幸运眷顾的时代宠儿，却没看到那些默默无闻奉献一生的从业者。

一部电影的成功不仅仅是几个演员、一个导演的功劳，一部作品是整个团队齐心协力的结果，只是有人在幕前，有人甘于幕后。我经常对我的学生说，要尊重你的合作伙伴。拥有一个和你共同进退的团队，会成为你通向成功的基础！

感谢凤凰教育，感谢中国传媒大学给了我这样一个平台，感谢数字领海电影公司给予的全力支持，还要感谢我的伙伴们和我一路走来，我们都曾为实现理想付出了自己的努力。

如果读者在学习过程中遇到问题，可以与作者联系，欢迎大家提出宝贵意见，以便作者改进课程的内容。作者的电子邮箱：2696419378@qq.com，微信：2696419378。

片例和教学课件下载

为了方便读者更好地理解书中所讲内容，本书提供了《永远的十八岁》《画家Lee的奇幻漂泊》微电影片例，供大家下载。读者可扫描下方左侧的二维码直接进行观看，或推送到自己的邮箱中进行下载；如果是院校教师，需要课件用于教学，可扫描下面相应的二维码，以获取PPT教学课件。

片例1　　　　　　片例2　　　　　　课件

编者

目 录

微电影 Content

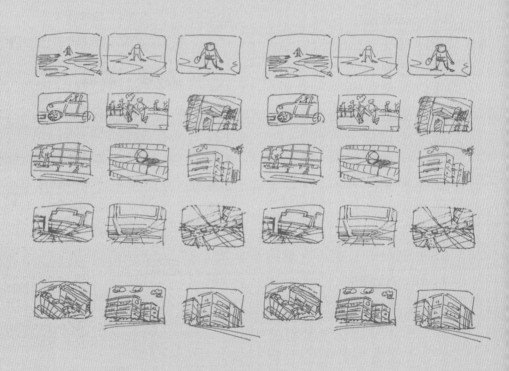

第1课

电影与微电影概述

在电影诞生的这 100 多年时间里，也是人类科技进步最迅速的时期，电影可以说是依托于科技进步的产物。在漫长的人类历史进程中，观看戏剧是人们休闲娱乐活动的方式之一，而电影的诞生则为人类的文明史又增添了浓墨重彩的一笔。电影是以科技为依托，综合了建筑、音乐、绘画、雕塑、诗歌、舞蹈、戏剧等元素的艺术。电影有着极强的包容性，将各个艺术门类巧妙地融合在一起，以一种全新的艺术形态展现在世人面前，电影不仅为人们的休闲娱乐提供了充足的资源，同时不同时期的电影作品也都带有深刻的时代烙印，有人说电影从诞生开始，走过了发明期、形成期、成熟期、发展期、突破期这几个阶段。电影从诞生开始伴随着科技的进步不断完善着自身，不断带给人们新的视听享受，也不断影响着人们的生活方式甚至思想道德层面。未来电影还将不断完善和发展。

电影史就像文学史、设计史一样，学习电影的历史究竟对创作者自身素养的提高有多大的作用，这也是因人而异的。电影史记录电影诞生到发展的过程，是随着电影发展不断被完善的。只有通过学习电影的发展历程，去了解电影的体系、发展规律，充分认识电影的本质，才能最直接地抓住电影艺术的表达重点。

1.1　电影的诞生和发展

1.1.1　电影的诞生

"视觉暂留"原理由比利时物理学家普拉托于 1829 年提出。该原理简单地说就是客观事物对眼睛的刺激停止后，它的影像还会在眼睛的视网膜上存在 0.1 ～ 0.4 秒。这一原理其实在现实生活中随处可见，如风扇高速旋转时，我们会感觉叶片像连在一起，又比如雨滴下落时看起来连成一条线等。

这一原理被发现后，诡盘、走马盘、轮车盘、活动视镜和频闪观察器等视觉玩具相继出现。在能够转动的活动视盘上画一连串的图案，给视盘以一定的动力，带动无生命的图案运动起来，这样静止的图案仿佛瞬间有了鲜活的生命。此后，奥地利人又将幻灯和活动视盘相结合，使绘制的静止图画投影在银幕上，制作出活动幻灯，形成了早期的动画。

诡盘　　　　　　　　　诡盘活动视盘　　　　　　　　走马盘

所以说，"视觉暂留"原理的发现为电影的诞生提供了充分的理论依据。

伴随着摄影技术的不断完善，人们将"照相法"逐步运用于连续拍摄，不断取得突破。最终美国发明大王爱迪生发明了电影视镜，后传到我国被称为"西洋镜"。

摄影技术的发明与进步为电影诞生提供了基本的技术支持。

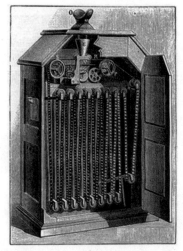

电影视镜

西洋镜

1895 年，法国的奥古斯特·卢米埃尔和路易·卢米埃尔兄弟成功研制了"活动电影机"。

"活动电影机"具备摄影、放映和洗印这三种主要功能。它以每秒 16 画格的速度拍摄和放映影片，图像清晰稳定。1895 年 3 月 22 日，卢米埃尔兄弟在法国巴黎科技大会上首映影片《工厂大门》获得成功，并于同年 12 月 28 日，在巴黎的卡普辛路 14 号大咖啡馆里，正式向社会公映了他们自己摄制的一批纪实短片，有《火车到站》《工厂大门》《婴儿的午餐》《水浇园丁》等共计 12 部影片。

卢米埃尔兄弟

《火车到站》　　　　《工厂大门》　　　　《婴儿的午餐》　　　　《水浇园丁》

1895 年 12 月 28 日，世界电影首次公映之日即定为电影诞生日，卢米埃尔兄弟被世人誉为"电影之父"。

1.1.2　电影的成长期

1. 乔治·梅里爱的贡献

法国电影先驱乔治·梅里爱是世界电影导演第一人，他将电影从一种纪实性的运动画面记录拍摄转到艺术电影的方向，为电影的发展做出了许多创造性的贡献，被誉为"技术主义电影"的先驱。

由于他早年是喜剧演员、戏剧导演、魔术师、摄影师，后从事电影拍摄，因此他把自己所熟知的戏剧表现手法移植到电影中来，把布景、道具、剧本等戏剧要素运用到电影制作中，丰富了电影的表现力，并开创了"停机再拍"的方法。另外，首次把照片处理技术应用于电影的制作，如手工着色等。

1902 年，梅里爱根据法国著名"科幻小说之父"儒勒·凡尔纳和英国科幻小说家赫伯特·乔治·威尔斯的两部著名的科幻小说编导了首部科幻片《月球旅行记》。

乔治·梅里爱

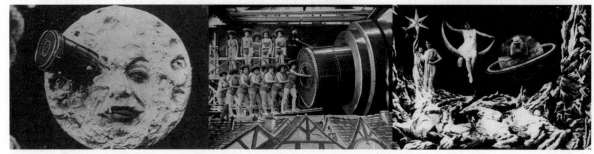

《月球旅行记》剧照

这部影片对电影发展产生了深远的影响，被载入了世界电影史册。影片描述的是一群天文学家到月球上去旅行的奇幻故事。天文学家们先是来到一个奇特的机器制造厂，坐进一些被女海员搬来的一个大炮弹形状的飞行器中，他们随着飞行器到达了月球，从飞行器里出来后，欣赏了月球的奇妙风光，并且受到了居住在月球上的众神的欢迎。天黑以后，他们从睡梦中被冻醒，就钻进了一个大洞穴中御寒，在里面看到了月亮神、巨型蘑菇和各种新奇的东西。几经危险和波折，他们又乘坐像炮弹一样的飞行器回到地球，最终在经历了海底奇异的旅行后，在一座塑像的揭幕典礼上结束了全片。梅里爱对电影艺术的贡献在于使电影从单一的影像艺术到成为一门独立的综合艺术的道路上向前迈进了一大步。

2. 鲍特的创新

鲍特全名埃德温·鲍特，是任职于爱迪生电影公司名下的一名摄影师和制作者，他以富有想象力的影片《一个美国消防队员的生活》为美国叙事性电影开辟了道路。其中《火车大劫案》是他最著名的影片，此片进一步做了电影叙事风格和结构观念的尝试，从而确立了他在美国电影，乃至世界电影史上的重要地位。他主要的贡献如下。

- 运用剪辑手段拍摄电影，1902 年完成《一个美国消防队员的生活》。
- 1903 年，《火车大劫案》开创了交叉蒙太奇的先河。
- 把摄影机从摄影棚中解放出来，注重情节的发展，注重外部动作的形式表现。
- 将同景的戏一起拍摄，然后根据剧情需要进行剪辑。

3. 格里菲斯对蒙太奇技术的完善

1908 年，大卫·格里菲斯加入了爱迪生电影公司，他的职业生涯从演

《火车大劫案》剧照

员开始，后来成为导演。从 1908—1912 年间，他共执导了大约四百部影片。在《孤独的别墅》中，他划时代地创造出"平行蒙太奇"的表现形式，标志着电影已经完全摆脱了舞台剧的束缚，电影的

表现空间得到了极大的扩展。

格里菲斯在 1915 年拍摄出了世界电影史上的经典无声片《一个国家的诞生》，在 1916 年又拍摄了影片《党同伐异》。这两部作品被誉为电影艺术的奠基之作，标志着电影成为艺术的开端，成为美国电影史上的里程碑，代表着当时美国电影的最高水准，同时也是世界电影史上的两部经典之作。

《一个国家的诞生》剧照

《党同伐异》剧照

格里菲斯的功绩在于突破了梅里爱时期戏剧电影的陈旧陋习，开创了在拍片时让摄影机移动的先河，有效地拓展了电影语言，并开创性地使用了"特写""圈入"和"切"的手法，使蒙太奇成为电影艺术的重要组接手段。在梅里爱的特技摄影和英国布赖顿学派对蒙太奇的早期发现的基础上，格里菲斯创造出平行蒙太奇的交替蒙太奇。在影片《一个国家的诞生》中，充分地运用了他发展的特技手段和蒙太奇语言，影片集中体现了当时欧美电影艺术探索的成果，将广阔宏伟的历史场景运用于影片之中，较好地发挥了电影艺术时空跳跃自如的特性，同时体现了蒙太奇多线对比、交替的作用。全片由一千多个镜头组接而成，不同景别的转换使用、摄影技巧在影片拍摄中的灵活运用，是格里菲斯在电影史上的大胆创造。在影片中，多景别镜头的组合运用，让不同景别的镜头在影片中和谐相处，却又富于变化，使整部影片张弛有度。如以大远景来表现两军对峙交火的战争场面，用特写来表现人物的细部动作。在拍摄演员策马飞驰的场面时，格里菲斯将摄影机固定在卡车上，追逐奔马进行跟拍，获得了紧张、逼真、生动、别致的画面效果。《党同伐异》也是标志格里菲斯毕生成就的影片，冲破了古典戏剧的"三一律"限制，创造了开拓银幕时间、空间的"多元律"。影片将不同

大卫·格里菲斯

时代的事件加以排比和集中，极大地丰富了电影语言，又丰富和发展了平行蒙太奇语言。这部经典巨作，以其疏密相间的节奏、流光溢彩的画面、移动摄影的美感和宏伟开阔的大胆构思，在电影史上占有重要地位，促进了电影艺术的发展。

格里菲斯对电影的主要贡献如下。

- 把场面分割成若干镜头。
- 成功地运用不同景别、多变的角度、机位和移动摄影等方法，运用"圈入圈出""闪回"等技巧。
- 注重电影叙事节奏的表现，创造"最后一分钟营救"的节奏性剪辑。

4. 喜剧电影大师卓别林

查理·卓别林

美国喜剧电影大师查理·卓别林，也是无声电影时期杰出的电影艺术家。1914年，他编导了第一部影片《二十分钟的爱情》。接着，第一次以流浪的夏尔洛的形象出现在《阵雨之间》影片中。1917年的《安乐街》中，夏尔洛这一人物形象更显示了逼人的光辉。《夏尔洛从军记》一片标志着卓别林表演艺术的成熟。1919年，卓别林成为好莱坞第一个真正独立制片的艺术家，并独立建厂。20世纪20年代，他拍摄了以《淘金记》为代表的一批著名影片。卓别林一生有80余部喜剧电影作品，其中《王子寻仙记》《大独裁者》《凡尔杜先生》《摩登时代》和《淘金记》等代表作的独特魅力至今仍被世人称道。卓别林电影的最大特色是：具有鲜明的现实感、尖锐的讽刺性及雅俗共赏的大众化特色。电影史学家萨杜尔先生对卓别林的作品做了如下评论："卓别林的影片是唯一能为贫苦阶级和最幼稚的群众所欣赏，同时又能为水准最高的观众和学识渊博的知识分子所欣赏的影片。"

卓别林电影剧照

5. 苏联的爱森斯坦

苏联著名的电影大师谢尔盖·爱森斯坦是无声电影时期为蒙太奇理论的建立与发展做出举世瞩目的重要贡献的杰出代表。1924年，他导演了自己的第一部作品《罢工》，创造性地使用了杂耍蒙太奇，把沙俄军警屠杀工人的镜头和屠杀牲畜的镜头组接在一起，交替出现的对比画面，造成了触目惊心的隐喻。

1905年，他成功执导了世界电影史上最杰出的史诗式的无声片《战舰波将金号》，成功地表现了1905年的俄国革命。该片曾多次在国际电影评选中获奖。影片中著名的段落奥德赛阶梯的场面，已成为影响几代电影艺术家的典范。1927年，他又执导了知名影片《十月》。

谢尔盖·爱森斯坦

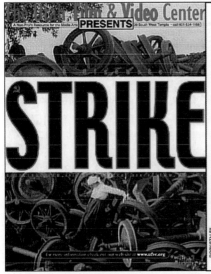

《罢工》

《战舰波将金号》

爱森斯坦的贡献在于对蒙太奇理论的阐述和艺术实践，使之形成完整的美学体系。爱森斯坦的艺术特点在于将格里菲斯创造的平行蒙太奇技巧又向前推进了一大步；善于运用特写表现事物的内涵；利用镜头的交替切换形成蒙太奇节奏，展示人物的内在情绪；充分发挥了蒙太奇的功能，形成"诗电影"的传统。

这一时期，被称为世界上第一座电影城的法国万森市，被誉为"世界电影首都"，拥有"百代"和"高蒙"两大电影制片公司。1903—1909年也因此被称为世界电影史的"百代时期"。

1908年，世界上第二座影城——好莱坞也在拍摄《基督山伯爵》时初具雏形。当时的好莱坞只不过是摄影师汤马斯·伯森斯和导演弗兰西斯·鲍格斯共同搭建的一个小小的摄影棚，直到1913年才形成规模。

这一时期，电影成为艺术已经得到公众的认可；另一方面，电影已经成为一种新兴产业，这时的电影产业才有了真正的艺术作品。

1.1.3　电影的成熟期

1927年是电影史上具有划时代意义的一年。有声影片《爵士歌王》的诞生标志着电影新时代的来临，同时也是电影走向成熟期的标志。声音使电影由单纯的视觉艺术发展成视听结合的银幕艺术，实现了电影史上的又一次革命，极大丰富了电影的结构，为电影艺术开拓了新的天地。随着电影艺术家对声音控制运用能力的增强，以及录音设备、技术条件的进步，电影朝着越来越好的方向发展。

《爵士歌王》

当声音走进电影，蒙太奇不再仅限于画面组合，声音也成为渲染情绪、表述故事情节的一种有力手段，因而丰富了蒙太奇的内涵。随后有声电影逐步取代了无声电影，有声电影的诞生标志着电影在真正意义上成为一种艺术。

《浮华世界》

1933 年以后，由于技术的进步，电影制作中不再只限于同期录音，后期录音技术也应用到了电影的创作中，电影摄影也越来越显得灵活而富有生气。同时，蒙太奇理论和手法都有了较大的发展。苏联电影大师普多夫金在拍摄《逃兵》时，就曾用声画对位和对立的配音方法来加强影片效果，使观众耳目一新。

1935 年，马摩里安摄制了世界上第一部彩色故事片《浮华世界》。彩色胶片的发明，使电影艺术又进入了一个新的发展阶段。声音和色彩促使电影的表达形式更趋于自然。

彩色电影的问世，标志着电影从诞生发展到了完善和成熟的时期，从此电影艺术进入了新的发展阶段。

1.1.4　电影的重要发展期

1946—1959 年，世界电影呈现多头并进的状态，进入了曲折发展时期。美国电影在一段时间里，在世界各地都受到了冷遇；在这一时期的苏联，富有感情冲击力的战争片和有一定形象感染力的人物传记片十分盛产，如《青年近卫军》《攻克柏林》《易北河会师》《米丘林》《茹科夫斯基》《海军上将乌沙科夫》。斯大林逝世后，苏联电影在"解冻文学"的思潮影响下，逐步走出僵化的模式。继 1957 年卡拉托卓夫的《雁南飞》以后，苏联电影便出现了再度大发展的局面。

这一时期西欧的电影大国（如英、法、德、意）的现实主义电影进入大发展时期。

在东方，主要是日本、中国、印度的电影出现了长足的新发展，并先后进入了电影世界大国之列。日本电影在东方起步较早，第二次世界大战（以下简称"二战"）期间日本电影步入歧途，但战后不

《雁南飞》

久便重获新生，尤其在 1950 年黑泽明拍摄的《罗生门》以后，日本电影引起了全世界的关注。

印度电影在 20 世纪 30 年代开始有了较好的发展。进入这一时期后，印度电影因受意大利、法国和苏联电影的影响，逐渐从追求豪华的音乐歌舞片而转向反映现实。1953 年，拉基卡普尔导演的《流浪者》和比麦尔洛埃的《两亩地》等影片的出现标志着印度电影的新面貌。

到 1955 年，印度影片产量达到了 285 部，仅次于日本，位于世界第二位。2014 年，印度电影每年产量多达 700 部左右，成为世界电影产量第一大国。

这一时期世界电影史上有着重要影响的是意大利的新现实主义电影。新现实主义电影中心的代表人物是意大利《电影》杂志的反法西斯影评家巴巴罗桑蒂斯和柴蒂尼等。出身新闻记者和作家的年轻导演是他们的响应者，主要

《罗生门》

包括德西卡、罗西里尼、维斯康蒂、利萨尼、莫切里尼等。他们要求建立一种现实主义的、大众的和民族的意大利电影。他们的口号是"还我普通人""把摄影机扛到大街上去"。他们十分重视作品的真实性，尽可能使场景和细节具有照相性的真诚度，基本上利用外景和实景拍摄结合；不大注重传统手法，不强调蒙太奇剪辑；主张启用非职业演员，演员在表演中可以即兴对话。其代表作品主要有《罗马 11 时》《偷自行车的人》《游击队》《警察与小偷》《大地在波动》《橄榄树下无和平》《米兰的奇迹》等。新现实主义电影的特点是取材大都来源于意大利的真实生活，是纪实性的。虽然新现实主义电影在 20 世纪 50 年代中期衰落，但对推动电影艺术的发展还是起到了极其重大的作用。

1.1.5 世界电影从突破创新中走向多样化发展

继意大利的新现实主义电影之后，世界电影史上又出现了规模巨大的第三次革新运动。这次电影运动起源于法国，1959 年新浪潮兴起后，法国电影出现了一条全新的、有效打破商业电影垄断制片的道路。新浪潮的口号就是不要大明星，打破明星制度，不要花大价钱拍摄华丽的影片，影片要贴近生活等。这股浪潮逐步蔓延到了全世界，许多国家都出现了这种新浪潮。新浪潮电影运动在世界电影发展进程中产生了深远的影响。这次运动反对传统电影模式，主张创新，呈现非理性的基本特征，是对戏剧化电影更大的一次冲击。

这次电影运动以夏布罗导演的《漂亮的塞尔杰》和《表兄弟》公映开始为标志，特吕弗的《四百下》、阿仑·雷乃的《广岛之恋》在戛纳电影节引起轰动为开端。其电影艺术特征是：影片呈现出全新的面貌，意识流和闪回镜头成为一些创作人员经常运用的表现手段，情节松散、细碎的生活事件毫无逻辑地

被编辑在一起，表现人物的潜意识活动，电影缺乏结构上的完整性。

《表兄弟》

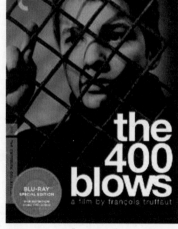

《四百下》

《广岛之恋》

新浪潮运动后期的影片，现实主义完全被抛弃，影片陷入狂乱、神秘和颓废的状态中。非理性的表现形式、不注重情节的状况越来越明显，因此不久这类影片就逐步衰落了，但由于这场运动来势如虹，敢于突破创新，所以在电影史上的影响是巨大的。它既确立和强化了导演的中心地位，又进一步发掘了电影的特性，丰富了电影语言，推动了这一时期电影的全球性大发展，真正形成了电影题材的多样化、电影样式的丰富化和电影思潮与流派的多元性发展。

这一时期全世界的电影事业都有较大的发展，就连拉丁美洲、远东、阿拉伯世界和非洲电影都有了可观的发展。在世界电影史上已占有一席之地的巴西、阿根廷、墨西哥等国，在这段时期又有了新的发展，而智利、古巴、玻利维亚等国的电影也有了新的进步。

中国香港电影在这一时期占据着整个东南亚电影市场，并影响着内地电影创作的局面。所以，这段时期世界电影已由过去的四足分立并进，进入了全球性大发展时期。

1.2 短片的发展

电影短片 (英文 Filmlet，也称短片电影，简称短片) 早在电影诞生之初就已产生，用来形容各种形式和风格的短电影，是电影中最令人眼花缭乱的一种形式，它既不是一种风格，也不是一个种类。除了时间长短的区别之外，并没有简明的标准或清晰的特征用于电影短片的定义。电影诞生之初就是以短片的形式与世人见面的，经历了一百多年技术和美学的发展，短片仍保留着一个世纪前的一些特质。

短片是伴随电影的诞生而产生的，因此电影的历史就是短片的历史，作为电影起源地的欧洲，这一地区短片的发展是最具代表性的，下面列举德、法两国的短片现状及特点来更好地了解短片。

1.2.1 短片在德国的历史及发展

1. 德国短片的发展轨迹

短片在德国有很长的发展历史，可以追溯到早期的先锋电影。1910—1930 年，德国出现了文化和艺术短片。当时的短片不能独立放映而是在电影播放前放映 (20 世纪 80 年代我国某些影院也曾出现过这样的播放形式)。今天，这种独立的制作方式仍然在继续。大量的独立电影制片人在德国各地巡回放映，在学校、街区的电影院播放他们的电影。

在 20 世纪 20 年代，德国的大部分短片除了文化片就是先锋电影。从立体主义、未来主义、绝对主义、构成主义、达达主义、超现实主义到新客观主义，一些抽象的、绘画性的元素被运用到蒙太奇、机械动力的电影实验，当时的短片更多地关注艺术而不是文化和娱乐。"二战"中这种趋势被中断，而对文化的关注直到战后文化片《生存》的出现，才开始慢慢复苏。

1954 年，奥伯豪森举办了德国第一个短片节，5 年后更名为奥伯豪森国际短片节。当时的短片节展映的影片主要以教育片为主。直到 20 世纪 60 年代，德国短片才从英、法等国汲取了创新元素，逐渐使短片电影作为长片电影的前期试验与观众见面。

20 世纪 60 年代中期，德国兴起了实验电影。在 70 年代经历了呆板的结构主义风格。到 80 年代，新短片已远离当时的风格，受到流行的朋克风格和新浪潮文化的影响，在大银幕上展现出新的意识形态。录像或短片节很快在德国各大城市兴起。1981 年，电影节开始为实验电影提供平台。这些实验和尝试对后来的视觉美学特别是对新兴的音乐电视和广告领域产生了绝对的影响。

短片在国外有着根深蒂固的群众基础，并得到政府的大力支持，这对短片的发展起到了积极的作用，德国的电影制作人会被邀请到美术馆、画廊展示他们的作品。也正是由于相对自由和宽松的环境，使现在德国的短片也没有形成一个统一的艺术形态或模式，短片的制作有着不同的风格，德国短片呈现着异质化的景象。其中，纪录片产量占到了 20% 的比例。相比来说，艺术和实验短片的数量可能少一些，但和其他国家相比，艺术短片的高品质一直是德国电影文化的优势。

大部分短片作品的发源地多是电影学院以及艺术、综合媒体研究机构，这些地方是打造德国电影天才的摇篮。德国短片在 20 世纪 90 年代经历了大发展时期，并在国际上屡次获奖。例如，科隆传媒艺术学院简·克鲁格的作品《朋友们》获得了第 58 届威尼斯电影节银熊奖。有四部短片在这十年中获得了奥斯卡奖，如劳恩斯坦兄弟的《平衡》、佩波·丹科瓦特的《黑骑士》、泰伦·蒙哥马利和托马斯·斯提尔麦驰的《探索》。另外，还有在全球各大电影节上频频亮相并获得多种奖项的维特·荷默的《惊讶！》等。

可以看出，德国短片的发展有着悠久的历史和发展脉络，从文化片到实验电影，两条线索一直贯穿着德国短片的发展，并相互影响。

2. 德国的短片节

如果说德国的电影学院以及艺术、综合媒体研究机构是个短片制作工厂，那么短片节就是德国短片的大卖场。据 2006 年德累斯顿的德国短片协会调查显示：德国短片平均要送到 15 个国内的和 15 个国际的电影节参赛，其中 90% 的短片制作者都认同电影节这种机制。德国的电影成了艺术家们展示短片作品，借以表达艺术思想最重要的舞台。在德国 90% 的电影节都会播放短片，大部分电影节成为电影制作者交流和展示影片的场所，因此电影节也就成了电影产业链条中至关重要的一环，并成为短片作品集中展示的市场。短片的主要观众也来自于大大小小的电影节。在德国每年有大约 30 万以上的观众会选择去电影节观看短片，这个数字甚至是德国的商业电影院都无法与之相比的。严格来讲，一些规模较小的电影节还不是真正意义上的电影节，但它们以灵活方便的特点弥补了电影产业的缺口。

在德国每年大约有 80 个电影日或电影周，以及大大小小的电影节来展映短片。其中比较重要的有汉堡国际短片节和奥伯豪森国际短片节。它们分别拥有自己不同的侧重点：汉堡国际短片节对于公众来说是一个大型的城市盛典，主办方举办各种活动介绍短片，同时使汉堡短片代理机构成为德国短片发行的重要因素。奥伯豪森国际短片节侧重的是艺术片和特别主题的栏目，所以它成为制片人聚会的重要场所。同时德国还有一些比较重要的短片节，如德累斯顿国际短片节、雷根斯堡短片周等。

1.2.2 法国短片的生命力

在每年的 12 月 21 日，如果这时去往法国，会发现各个电影院、博物馆、图书馆、文化中心、饭店、商场、火车站、机场、校园等公共场所都在这天放映短片电影。电视频道、网站、手机等也都成为短片的传播载体。徜徉在到处都是短片电影的环境中，也可以将自己的作品与公众分享，这就是法国的"冬至短片日"活动，这是在 2011 年由法国国家电影中心发起的一项全国性的短片文化活动日。在每年的这一天，法国各地都会围绕短片电影展开各种文化活动，这项活动使短片电影走出了专业电影人的小圈子，进入公众的视野。短片节与音乐节构成姊妹文化节，构成法国独特的两条文化风景线。

1. 欧洲短片大国

前面提到电影诞生之初是以短片形式出现的，但是由于长片电影成长迅速，逐步成为电影主流后，短片就渐渐远离了公众视线。然而在电影发源地的法国，短片电影依然有着强大的生命力，是孕育电影大师及长片佳作的摇篮，也是法国电影持续发展的基础。

在法国时长低于 60 分钟的电影被视为短片电影，与德国相比表现形式更为多样化，可以是故事片、动画片，也可以是纪录片、实验片、教学片等。法国是欧洲出产短片电影最多的国家，每年法国生产短片超过 2500 部，其中由法国国家电影中心 (CNC) 批准制作的短片约占 1/3，其余为民间自由创作的短片。在这些短片中，时长不超过 20 分钟的作品占 67%，而随着数字技术的成熟，数字短片的比例占到了七成。

短片在法国影坛占有重要的席位。在法国电影的各大评奖活动中都有短片的身影，如象征法国电影最高荣誉的电影凯撒奖设有"最佳短片奖"；法国安纳西国际动画电影节设有"短片奖"；我们熟知的戛纳国际电影节也设有"戛纳短片"金棕榈奖。2007 年，为庆祝戛纳电影节 60 周年，组委会曾特别邀请 35 位世界知名导演，各拍一部约 3 分钟的短片，以表达他们对电影院的理解和记忆，由此可见，短片在法国影坛占有的重要地位。

2. 政府重视短片发展

短片之所以在法国有良好的发展环境，首先是来源于政府方面的支持，政府对短片提供长期的资金及政策支持。法国国家电影中心长期以来对包括故事片、动画片、纪录片和实验电影等提供资助。资助范围覆盖了从创作到制片、从推广到放映等各个环节。国家和地方政府对短片的资助金额每年大约可达到 2000 万欧元。同时政府提倡影院在放映正片之前加映短片，即"电影套装放映"制度，对执行这一制度较好的影院，法国国家电影中心还会给予一定的资金奖励。由于这些资助政策的实施，法国短片的生存环境相对其他国家可以说十分优越。

1983 年，一些电影编剧、导演、制片人和电影发行商共同创立了法国短片社，专门负责短片放映的协调工作，以此来推动法国短片的发展。近 30 多年以来，短片社在法国全境内构建出一个短片的推广和传播网络，在短片的制作者和传播者之间建立起密切的联系。短片社积极推动在电影院线、电影节、露天影院、电视频道、互联网等各种屏幕上放映短片，影片放映所得收入按一定比例分给制片人或导演。除了通过常规渠道放映外，短片社还会开展形式多样的短片放映活动，推动新作品的传播，不断为短片提供发展的空间。

经过长期的培育，法国短片电影如今已形成与长片电影平行发展的产业链。

3. 短片有广阔的展示空间

法国短片在影院的发行，原则上由法国短片社具体管理。由于短片放映时间短并具有鲜明的实验性特点，不太容易融入某些传统的电影传播网络和档期。短片在法国拥有自己独特的放映渠道，法国有 300 多家"艺术与实验"影院主要服务于短片的放映，部分商业电影院线也愿意接受短片，而数量众多的节庆活动、社区平台、网络电视等更是短片必不可少的展映渠道。

由于短片电影的特性，虽然它在影院吸引的观众不如长片电影多，但这并不妨碍观众通过电视、手机、网络等大众媒体观看短片的兴趣。在法国通过电视播放的短片电影主要集中在收费电影频道、法国电视 2 台、电视 3 台、欧洲文化电视频道等，可见短片电影在公众生活中占据着十分重要的地位，同时新兴媒体的兴起，使短片的灵活性得到发挥，大大增加了短片在公众中的曝光度。

众所周知，法国每年都会举办为数众多的各类电影节，其中大部分电影节都设有短片单元。同时专门为短片设立的电影节也很多，如著名的克莱蒙费朗国际短片电影节、布勒斯特欧洲短片电影节和法国冬至短片节等。此外，在里昂维勒尔班纳、巴黎邦丹、格勒诺布尔、埃克斯、尼斯和里尔等地也都有一年一度的各类短片电影节。法国人对短片的热衷可见一斑。

4. 短片是电影艺术实验室

在法国，短片对于一些电影剧作者、导演、制片、演员及技术人员来说是展示未来电影新主张的重要平台，是电影艺术的实验室。法国几乎所有有成就的电影艺术家都是先从拍摄短片起步的。如此看来，我们可以说短片是通向长片的必修课，正如电影发明之初，短片对长片的创作甚至电影制作者的未来艺术创作起到了实验及奠基的作用。虽然制作短片是制作长片必不可少的一个阶段，但法国电影人并不简单地把短片视为电影的初稿和迈向长片的踏板，能够创作短片作品也不意味着就能创作出优秀的长片作品。评价一部影视作品的艺术水准并不能以长短片来区分。这是由于短片本身是一种完全独立的电影形态，对观众来说，长短片一样可以扣人心弦，引人入胜，一部优秀的短片作品的影响力及艺术水准绝不亚于长片。身处于当今这样一个数字化进程不断加快的时代中，灵活、大胆、创新的短片电影必将重新焕发活力，在电影舞台上重新找回自己的位置。

短片制作领域是法国的电影人才储备库。由于短片制作成本低廉，相对长片来说，制作短片对想要进入电影产业却又缺乏资金的人群更为容易，因此在法国短片电影制作者的人数远远超出长片电影的创作群体，他们大多是年轻导演。短片电影以一种平易近人的态度更容易为大众所熟悉和接受，可以最大限度地宽容年轻人进行创作与试验的热情，因此法国每年有 2000 多部短片问世，也孕育出一大批"见习"导演。

1.2.3　德、法两国短片发展的重要意义

德、法两国的短片在当今的电影和艺术领域占有重要的地位。相比之下，短片在中国的发展还处于起步阶段，主要创作群体来自于电影学院和艺术学院两个阵营。大量的短片作品没有展示和流通的渠道，更没有形成完善的储备机制。虽然每年有院校、团体举办的电影节、短片节，但是规模远远无法达到大量制作群体展示的需求。民间自发组织的一些独立影展，由于资金、人员等问题，有时也显得力不从心。由于交流、保存、版权、语言等各方面的客观原因，使大家对短片的认识不足，短片制作水平也参差不齐。借鉴德、法两国的短片发展历史脉络及研究两国的短片节文化，对中国短片今后的发展有着积极的意义。

总结德国和法国的短片发展进程我们不难看出，短片作品对于那些缺乏资金却才华横溢的年轻电影人来说有着非凡的意义，而政府的支持造就了德、法两国短片的蓬勃发展。就中国而言，短片仍有很大的发展空间。

1.3 微电影的历史

时下对微电影所下的定义都不能当作对微电影的准确定义，因为它在中国作为一个新生事物，还处在不断发展和变化的过程中，我们现在对微电影所下的定义都只是在描述微电影的大致形态特点："三微"原则。从这个定义上来看，微电影的本质与短片没有任何区别，事实上，微电影就是短片。而"微电影"时代的到来，也可以说是中国短片时代的到来。

有人认为，微电影只能出现在网络平台上，这是一个常见的误区。电影院里的胶片放映早已包含了短片，各大电影节也都设立了短片单元，就目前国内对微电影的定义来说，这些短片就是微电影。当然，有些短片或微电影常常不具备在商业院线里放映的条件和资格，中国还不具备像德、法两国那样完备的短片放映渠道，因此短片作品的传播渠道只能呈现在相对自由的网络平台上。

回顾世界电影史，我们不难发现，无论是《工厂大门》还是《水浇园丁》这些在世界电影史上举足轻重的短片，电影最初就是以"微电影"的面目示人的。也就是说世界电影的开端就是以拍摄这种被国人称为"微电影"的短片开始的。

卢米埃尔兄弟的短片公映

从这个意义上讲，时下流行的"微电影"只是以一个新名词重新回到公众视线内的短片电影。不过，早期的短片与时下流行的"微电影"却又有着很大的不同，早期的短片拍摄由于技术条件与理论条件的欠缺，是以实验形式诞生的。而现在的"微电影"，是在各方面条件均已成熟的时候，为了适应如今条件下人们的认知习惯而出现的。随着互联网时代的到来，以及智能手机和微博的普及，人们已经越来越习惯于随时随地查看信息消费和浏览视频，现代人碎片化信息的接受方式、快节奏的生活，都为短片电影以"微电影"的面貌卷土重来提供了条件。

前面曾经提到短片电影曾对音乐电视和广告业产生了绝对影响，因此"微电影"的诞生也是广告行业发展的必然产物，随着人们认知水平的提高，传统的视频广告、简单的产品介绍，已经在某种程度上造成了人们的审美疲劳。广告主为了取得更好的宣传效果，只有在创意上做文章，而影视广告植入就是很好的突破口，拍一部微电影的成本与广告 TVC 的成本基本大致相同，而在现今大众对广告已经逐步免疫的状况下，以制作精美的微电影为产品做宣传，显然比广告 TVC 更易被受众接受，这使微电影这一新兴事物越来越多地受到关注。

同时，微电影出现的更大意义恐怕还是在于对传统播映渠道的颠覆，制作成本降低，播出方式灵活，在相对单一的展映渠道格局和严格繁杂的审核监管环境下，微电影的出现为那些没有条件拍摄大电影的人们打开了一扇大门。

1.3.1　微电影的概念

通常情况下是这样定义"微电影"的：微电影，即微型电影，又称微影。微电影是指专门运用在各种新媒体平台上播放，适合在移动状态和短时休闲状态下观看，具有完整策划和系统制作体系支持的具有完整故事情节的"微（超短）时 (30~300 秒) 放映""微（超短）周期制作 (1~7 天或数周)"和"微（超小）规模投资（几千至几万元每部）"的"视频类"短片，内容融合了幽默搞怪、时尚潮流、公益教育、商业定制等主题，可以单独成篇，也可系列成剧。

微电影的"三微"原则是现在国内业界公认的微电影准则。国际上对微电影的最初尝试可追溯到 2001 年，北美 BMW 邀请了当时国际上最具影响力的 8 位导演包括盖·里奇、李安、约翰·弗兰克海默、王家卫、伊纳·瑞特、吴宇森、托尼·斯科特、乔·卡纳汉，由大卫·芬奇担任执行制作，主演则固定由克里夫·欧文担当，推出了系列电影广告 *The Hire*。

而当年中国香港导演伍仕贤打造的片长 11 分钟的影片《车四十四》则可以看作国内微电影最初的火种。

2010 年岁末，《一触即发》的出现，引爆了微电影的火药桶，随后各种类型的微电影作品如雨后春笋般出现在公众的视线范围内。

1.3.2　微电影的产生背景

1. 网络视频平台竞争的推动

电视剧和电影的版权费用增加了各视频网站的运营成本，综合其自身的传播条件，及自制剧的低廉成本和可控性，使视频网站介入微电影行业，无形中推动和帮助了微电影的发展。

2. 微时代电影受众的需求

现今的世界逐步呈现出信息碎片化、文化快餐化的状态，人们希望以更灵活、更快捷的方式获得信息，微电影的诞生正好迎合了这样的社会发展趋势。由于快节奏的生活和工作，现今的年轻人已经很少有时间每天守在电视机前或者去电影院了，花几个小时在电影院里看电影更成为一件十分奢侈的事。而微电影这种免费的、灵活的、精练的电影形式更符合现代人的收视习惯，因而受到微时代受众特别是年轻电影爱好者的广泛欢迎。

3. 广告营销的需要

随着国民素质的不断提高，自我意识的不断增强，受众对广告的容忍度也越来越低，特别是那些过分突出产品、轰炸叫卖式的硬广告，已经在人们的观念中形成了抗体，有些浏览器甚至可以直接将这类广告过滤掉。如今，广告需要变换一种新的营销方式，以一种比较舒适的方式让人们接受，而品牌定制的微电影就成为广告界的新宠。一方面，品牌微电影比传统广告更有针对性，受众群体更加清晰；另一方面，通过微电影，可以把产品功能和品牌理念与微电影的剧情巧妙地结合，用精彩的视听效果达到与观众的情感交流，以柔软的方式使受众形成对品牌的认同感。

例如，凯迪拉克为其品牌拍摄的《一触即发》《66 号公路》，就在受众观看微电影的同时，达到了品牌认同的目的，使广告中的系列车型在部分城市出现热销局面。

1.3.3　微电影的优势

1. 门槛低，制作周期短，发行方式相对简单

微电影的制作门槛低，一是投入资金少，相比大电影动辄上千万、上亿元的投入资金，微电影

的投入少，制作成本低得多；二是对拍摄器材的要求低，简单的拍摄设备也能拍摄出具有精彩创意的完整故事。同时，微电影的拍摄和制作周期短，大大提高了拍摄的可操作性。而相比大电影复杂的制作、发行和审批流程，微电影的制作和发行比较容易运作，目前主要通过网络发行。国内微电影的主要制作方式可分为三类：一类是纯草根制作的微电影；一类是广告主量身定制的品牌营销微电影；还有一类是由视频门户网站寻求广告品牌合作的自制微电影。这类微电影专业性不高，一般是系列剧，以时下的流行元素为主，娱乐性强，具有很大的可发展空间。

微电影作品 1

2. 互动性、开放性、娱乐性强

微电影的制作门槛较低，任何人只要有兴趣，都可以制作属于自己的微电影作品，人人皆可参与，而网络的特殊性也使任何评论转发都参与到了微电影的营销环节中。例如，"快女系列微电影"的上亿点击率主要靠快女的影响力在人人网、微博等社区网站的分享和口碑推广。由于现阶段微电影的传播平台主要是互联网及移动终端，因此具有很大的开放性，微电影作品在手机、iPad 这些时下年轻人中基本普及的移动终端上随时随地都能观看。而获得资质的优秀作品还可在电影院线播放。又如，优酷的"11 度青春微电影系列"就率先开通了网络与院线播出的双平台，从而将想要传达的理念通过电影的方式传递给受众，让受众在休闲娱乐的同时接受信息，以轻松的方式达到有效的互动。

3. 创作环境自由，表达机会更多

微电影作为新兴事物，从制作到播出都是基于网络平台，目前国家还没有烦琐的审查机制介入，这也使微电影获得了更为宽松的创作和发展空间，更易于创作者对电影理念和自我价值的实现。电影的表现形式还可以更为自由地发展与尝试，微电影为更多有志于电影创作的人提供了展示自我的机会，更多的具有独特个人风格和天才想象的创作者必将带来更多优秀的微电影作品，从中借鉴世界电影强国的电影运作模式，让微电影的创作成为年轻导演今后走上电影之路的必要积累，这也将为改变中国电影的面貌，推动中国电影的发展提供新的机遇。

1.3.4　微电影的发展方向

1. 内容为王，创意制胜

如果说传统电影强调意义，那么微电影则侧重于趣味性，微电影"微"的特点决定了它必须在短时间内吸引观众，这就对微电影的内容提出了较高的要求，内容上不仅要鲜活生动，而且要贴近大众，善于运用流行元素。如果观影后能够引发人们的深度思考，那么作品就达到了更高的境界。

微电影作品 2

随着观众美学素养的提高，微电影的深度越来越重要。微电影需要有启发思考和人文关怀的内涵，否则整部电影将再次成为广告片，从而失去思考的力量和社会关注价值，进而丧失受众的关注度，沦为庸俗的娱乐。现在的微电影多是噱头大于创意，但是好的微电影最重要的还在于创意。例如佳能的 *Leave Me*，没有明星出镜，却用短小精悍的故事打动人心。虽然明星出镜会增强微电影的可看性，但从成本角度及电影的本质上看，是否有明星参与并不是微电影成败的主要因素。拥有独特的立意、深刻的内涵、专业的后期制作，即使起用新人也能收到很好的播出效果。

2. 确保质量，避免过度商业化

对于电影艺术在文艺片和商业片之间的纠结，在微电影的制作过程中也同样存在。微电影的数量每周甚至每天都在增加，只有保证品质，合理地植入，才能在受众中产生良好的反响。例如，2011 年引起微博热议的桔子酒店的"十二星座"系列微电影，就因其巧妙地运用了植入技巧而聚集了大量的网络人气，达到了企业营销的目的。

3. 丰富微电影类型，培养微电影人才

目前，国内出品的微电影多以剧情片、爱情片、喜剧片为主，话题也多集中在青春、爱情、梦想、亲情等方面，而从长远发展上看需要在影片类型上进行多种尝试，如纪录片、动画片、音乐片等。在这些方面我们需要向德、法等电影强国学习，让微电影制作成为对电影发展有益的尝试和探讨，丰富的影片类别让微电影以多样的面貌出现，才能够引发整个微电影产业真正的发展和繁荣。

由贾樟柯监制、联想集团出品的公益微电影《爱的联想》，就采用了纪录片的手法，真实再现了联想公益计划支持过的具有代表性的三个草根公益团队的成长历程和感人事迹，在传播公益理念的同时，也塑造了良好的企业形象。企业品牌及公益类微电影的制作，要求创作人员兼具电影和广告两个领域的知识，对人才素质的要求更高。因此，电影人自身修养的不断提升，对于微电影的创作十分重要。

4. 扩大传播效果

由于微电影时长的局限，要想收到好的传播效果，在制作上可借鉴美剧边拍边播的模式，即采用预告片、正片、花絮相结合的方式，让观众看到预告片后先产生兴趣和期待，同时也可根据观众的反馈及时调整拍摄内容。对于城市及企业宣传类的作品，可以系列的方式连续接档，达到传播效果持续化的目的。

在平台选择上，要充分利用网络传播，也可以结合其他媒体。必要时可以结成产业联盟，将微电影放置于更大的平台上，从而通过立体推广达到最佳宣传效果。

5. 敢于尝试、大胆创新

对于投资小、制作周期短的微电影来说，大胆的创新与尝试是十分必要的。在大胆创新的过程中需要注意的是：微电影也是要讲故事的。

这里列举的部分案例都有一定的戏剧性，故事本身是有亮点的，我们从故事梗概上可以看到故事的"苗头"。

《鼓手》

一名鼓手，他为了自己的梦想，去奋斗，去拼搏，他没日没夜地练习，直到有一天因为长时间受到鼓声的刺激，鼓手的耳朵面临失聪的危机。妻子不让他去将要举办的鼓手大赛，面对家庭的阻力，身体的危机，到底是实现梦想还是遵从现实。他将何去何从？

《三点》

凌晨三点的敲门声，ＱＱ对话框里面的诡异对话。舍友和女朋友的关心为什么使明子更加愤怒。可爱的娃娃却散发出诡异的气息。什么使明子半夜惨叫。这一切背后是人是鬼？

《永远的十八岁》

在这个故事中，我们并不是按照故事本概念顺序去讲述这一系列事件，由于教导主任训斥了旭东，旭东去酒吧发泄，然后与人打架。教导主任舍身相救，旭东从此改过自新。

《画家 Lee 的奇幻漂泊》

这是一个关于梦想的故事，在故事中我们多少都能看到自己的影子，梦想与现实的纠葛，理想被无情地撕扯，被生活驱赶的我们是不是还能像当初那样坚持，也许每个人都有自己不同的理解，我们同情那个被现实无情挤压的画家，理想的美好，现实的残酷，独特的诠释角度会给观众耳目一新的感受。

《我是大导演》

影片讲述了一个富二代想要当明星的故事，这是一个喜剧片。

富二代能够干很多事情，因为他有钱，但钱就能买来一切吗？你可以用钱来砸出一个剧组，但用钱换不回自然的演技；你可以用钱让所有的人依附于你，但你无法用钱换来对你的真心。凡是能用钱解决的问题都不值钱。就在突然之间，一声大喊："怎么演戏的？会不会演，会不会演！"一个导演模样的人满屋子追打男主角。

以上这几部片子都是和同学们一起聊天聊出来的，课堂上会有一个、几个点子，随后在我们逐步完善的过程中，故事的雏形日益丰满。学习的乐趣正在于此，把梦想变为实实在在看得见的画面。同学们学到了知识，看到了故事从无到有的全过程，老师体验着创作的乐趣。

这几部微电影每部投资都低于 3000 元，涉及不同的风格和题材，对微电影创作之路提供了一种思路：只要勇敢地拿起机器，大胆地去实践，低成本投入也可以拍出好作品。

小成本微电影

1.4　特效技术对电影的影响

电影特技是指利用特殊的拍摄制作技巧完成特殊效果的电影画面。

在各种不同题材的影片摄制过程中，遇到一些制作成本高、难度大、费时过多、危险性大的摄制任务或现实生活中并不存在的被摄对象和现象，或以一般拍摄手法很难达到的镜头时就需要使用电影特技来完成制作。

电影特技

电影特技是一个大概的称谓，如果从专业角度继续细分的话，则可以分为视觉效果和特殊效果，这两者的解释如下。

1. 视觉效果

视觉效果指不能依靠摄影技术完成的后期特技，基本上以计算机生成图像为主，换句话说就是在拍摄现场不能得到的效果，具体包含三维图像（虚拟角色、三维场景、火焰、海水、烟尘模拟等）、二维图像（数字绘景、钢丝擦除、多层合成等）。

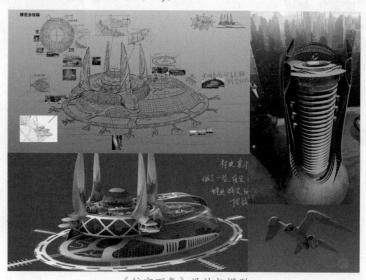

《航空百年》设计与模型

2. 特殊效果

特殊效果指在拍摄现场使用的用于实现某些效果的特殊手段，被摄影机记录并成像，具体有小模型拍摄、逐格动画、背景放映合成、蓝绿幕技术、遮片绘画、特殊化妆、威亚技术、自动化机械模型、运动控制技术、爆炸、人工降雨、烟火、汽车特技等。

在现代电影制作中，特殊效果技术和视觉效果技术联合使用密不可分，而且分界线也不是非常清晰了。例如，蓝绿幕和威亚技术都需要依靠计算机软件的擦除，现代的电影特技制作多半都是采用联动的特技制作手段完成的。

1.4.1 电影特技的分类

按照电影的类型和风格的不同，特技制作中一般使用不同的特殊效果技法完成，这些技术手段大体分类如下。

1. 特殊化妆

特殊化妆是常用的技术手段，已经沿用很久，从简单的老人化妆到影视作品中伤员伤口的化妆，再到《加勒比海盗》中特殊造型的人物都是通过特殊化妆手段来实现的。传统的特殊化妆耗费很多时间和金钱，因为特殊化妆用的材料价格高昂，而且熟练的化妆师也很少。因此在三维技术成熟的今天，部分特殊化妆被三维人物的制作所替代，但是从逼真效果的呈现上来讲，特殊化妆的地位在现在仍是不可动摇的。

特殊化妆

2. 电子动画学

电子动画学 (Animatronics) 是动画制作 (Animation) 和电子学 (Electronics) 的合成词，是利用电气、电子控制等手段制作电影需要的动物、怪物、机器人等技术，也就是制作机器人演员的技术。

《星球大战》中的 R2-D2、《侏罗纪公园》中的恐龙、《勇敢者的游戏》中的狮子和蜘蛛，都是用电子动画学制作的演员。在电子动画学的领域中，在电影《侏罗纪公园》和《星舰骑兵》中担任过电子动画效果监督的费尔·提贝是业界公认的权威。

目前电子动画学又有了新的内容，随着计算机科技的不断进步，电子动画学向运动捕捉领域伸出了触手。要用电脑图形非常自然地表现人体不可能表现出来的形态，靠关键帧动画是不容易得到自然移动的效果的。如果靠机器人演员来做需要的动作，然后在电脑中利用机器人演员的数据可制作出很自然的动作。随着科技的不断进步，影视作品中会不断地出现带给人们震撼的视觉体验的特效。

《侏罗纪公园》里的恐龙模型演员

3. 计算机图形

计算机图形简称 CG 技术，从 1977 年制作的电影《星球大战》开始，CG 技术在电影中所占的比例越来越大。如今电脑特技有了很大的发展。CG 技术在某些方面成就了著名好莱坞导演乔治·卢卡斯，在电脑特技刚刚起步的时候，他曾以为自己所策划的 9 部《星球大战》系列电影不可能在有生之年完成了。但是如今电脑和 CG 技术取得了飞跃性的发展，电脑特技能表现的领域也越来越广阔，《星球大战》系列电影得以在 CG 技术的帮助下全部完成。

如今的电影产业已经完全离不开 CG 技术。通过众多影片中的震撼效果，人们可以感受到 CG 技术离我们如此之近。新西兰的威塔工作室和制作《玩具总动员》《昆虫总动员》等影片的美国皮克斯动画工作室，都是不断开发和利用新技术、开拓 CG 应用领域的先锋。CG 技术在现今电影中得到最为广泛的应用，从《冰河世纪》系列作品中越来越逼真的动物形象上，我们能够感受到 CG 技术日趋完善。

成功运用 CG 技术完成的影片

4. 影像合成

影像合成是影视剧特殊效果制作中占最大比例的部分。从最早的影像着色开始伴随着电影的发展不断进步，这对形象的自然表现非常重要。

过去用传统的光学方式进行影像合成，合成的影像越多，画面质量越差。为了克服画面质量下降的难题，通过数字技术的应用，影像合成质量和特殊效果等都使电影的表现力得到很大的提高。在公众面前可以呈现出现实生活中永远无法出现的场景和画面，从而大大地增加了作品的可视性，如电影《阿甘正传》中阿甘与总统握手的场面。所以说，数字合成技术在电影制作领域拥有着无限的潜力。

影视合成

5. 模型

模型是把不可能实际拍摄到的布景、建筑物、城市景观、宇宙飞船等做成微缩模型的技术。模型是电影史上使用历史很长的传统特效制作方式。模型制作的精良程度直接影响着镜头的逼真度，电影行业中的模型师这一职业和特效化妆师一样，需要很高的专业性和技术要求，这种特殊效果制作方式将来也会在影视剧中继续使用。

影视模型在影视作品中的运用

6. 爆破效果

爆破效果是运用化工技术表现出的特殊效果，在特殊效果领域中占很重要的地位。一般用爆破模型的方法或使用 CG 合成渲染影像与实拍镜头进行合成组接来完成镜头的视觉效果，被广泛地应用于战争片、灾难片等类型的影片中。

爆炸效果

因火药的制作方法不同，火焰的形态和颜色也不同。炸药的安装位置和用量决定爆炸时场面的形态，因此这是相当依赖经验和理论的专业领域。拍摄真正的爆破场面不是件容易的事情。有时候也具有一定的危险性，如果操作失误或运用不当会对工作人员或演员造成一定的人身伤害。因此，在能够完成影片的整体效果的前提下，出于安全方面的考量，越来越多地在电影中使用 CG 技术达到制作爆炸效果的目的。但是由于特殊原因及影片逼真效果的营造，在较长时间内爆破效果的运用仍然不会离开电影特效的舞台。

1.4.2　电影特效史上的几个精彩瞬间

1.《月球旅行记》(1902 年)

梅里爱用戏剧电影为世人推开了电影特效这扇神奇的大门，首部 14 分钟的特效短片《月球旅行记》(也称《月球历险记》) 在 1902 年就诞生了，之后，特效经过电影人的改进和科技的发展，成为电影工作者不可或缺的创作手段，并将一段又一段奇观影像呈现在观众面前。

2.《金刚》(1933 年)

这部拍摄于 1933 年的《金刚》不仅在当时堪称大片，也影响到了之后特效技术的发展，影片中多种技术的完美融合，为观众在银幕上呈现了丰富奇幻的场景，当时整个世界都被这部电影所呈现的视觉效果所震惊。《金刚》中运用到了定格动画和幕布技术的拍摄技巧，这种拍摄技巧即使到了 20 世纪 90 年代依然在被电影人所借鉴，为电影特效未来的发展奠定了坚实的基础。

《月球旅行记》　　　　　　　　　　　　　　　《金刚》

3.《星球大战》(1977 年)

乔治·卢卡斯的《星球大战》，融合了诸多文化内涵。影片中运用了微缩模型拍摄、幕布技巧、特效化妆，还有给演员穿上机器外壳等，当时耗费 1100 万美元制作了这部科幻片。乔治·卢卡斯还为该片特别成立了特效公司"工业光魔"，这是电影史上第一个具有划时代意义的特效电影公司，"工业光魔"公司在当今的电影特效行业依旧占据很重要的地位。

《星球大战》1

《星球大战》中的技术是在前人的基础上进行延续和拓展，它的创新意义并没有《2001 太空漫游》那么强大，但这部电影明显更受到观众的疯狂追捧，这也是电影史上票房最早破亿的电影，是好莱坞商业电影的典范，它引领了现代电影大片时代的到来。

《星球大战》2

4.《阿凡达》3D(2009 年)

这部电影是我们十分熟悉的，影片将潘多拉世界中无论动植物、山水都极其逼真地呈现在人们眼前，创造了一个完整的生态系统，将一个全新的世界展现在观众面前。电脑特技的应用在影片效果的最终呈现上起到了十分重要的作用。《阿凡达》是一部将技术与科技艺术完美融合的作品。

《阿凡达》

5.《泰坦尼克号》3D(2012 年)

这部电影在拍摄期间耗费巨大，整个探险队为了拍摄到满意的画面，曾 12 次潜入深海，而泰坦尼克号的 3D 版本可以说是工程浩大，无论是时间还是成本，虽然是翻新的影片，但是在制作上完全按照一部新片在处理。卡梅隆亲自参与了每一帧画面的转制过程，把每帧画面都当成艺术品来对待，将 3D 效果完美地呈现在影片中，有 300 位计算机工程师为此辛苦了超过一年以上，他们需要画出每一个物体和每个角色脸部的轮廓，并放进正确的深度位置，还要非常精巧地处理让这些效果完全融入并不留痕迹。只有置身于 3D 影院的那些观众，才能跟随剧中人物一起享受身临其境的感觉，将观众与电影的互动又加深了一步。电影大师卡梅隆总是会运用科技手段为他的支持者带来新鲜的观影体验。

《泰坦尼克号》

🎞 1.5　本课小结

　　本课从电影的诞生展开叙述：1895 年，世界第一台电影机诞生于法国。这台集摄影、放映和洗印功能于一体的机器，其原理根据"视觉暂留"研制而成。电影拍摄和放映的硬件出现了，随之而来出现的诸位大师，如乔治·梅里爱、格里菲斯、卓别林、爱森斯坦等人发展和完善了电影叙事语言。

　　电影最初的"样子"都是以短片的形式出来的，世界上最早的短片有《工厂大门》《火车到站》《水浇园丁》《婴儿的午餐》……微电影的本质与短片没有任何区别，随着新媒体的发展微电影应运而生，手机成为微电影的主要播放和观看平台。

　　微电影的特点总结：门槛低，制作周期短；发行方式简单，互动性强；创作环境自由，表达机会更多。

　　微电影的发展方向：内容为王，创意制胜；确保质量，避免过度商业化。

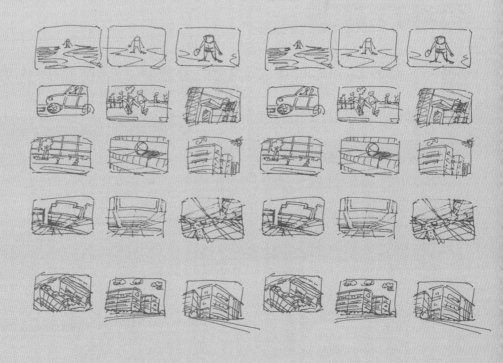

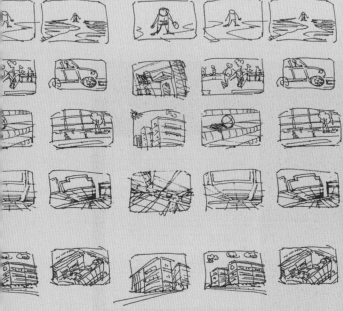

第2课

微电影创作流程

本课以一部商业微电影的筹备为蓝本，介绍剧组搭建过程中的具体步骤，阐述导演对前期准备工作的诸多体会。读者将会看到影视作品诞生之前经历的必要环节，以及剧组如何展开工作，如何按照工作流程不断向成片推进。

2.1 工作流程

不同的人有不同的工作流程。从业时间长了，每个人都会建立适合自己的工作流程。虽然流程可能不尽相同，但最终目标是一致的：把工作完成，把片子拍好。

工作流程也是一个不断完善的过程，借鉴好习惯，吸取教训，提高工作效率。

以下方案仅供参考。

- 从预算开始。
- 准备器材。
- 看场地。
- 定演员。
- 制订拍摄周期。
- 画故事板。
- 开机。

作者的个人习惯是：将预算作为起点，因为在拍摄经费不确定的情况下，后续一系列的工作都失去了可执行的目标。制订预算不仅仅是一个谈"钱"的事儿，它涉及剧组各环节的规划和安排。

如图所示，演员、摄像器材、交通、住宿……还有剧组筹备过程中的日常开销。从剧组筹备开始，每天花钱就像流水一样，所以要开源节流，才能把日子过好，把片子拍好。

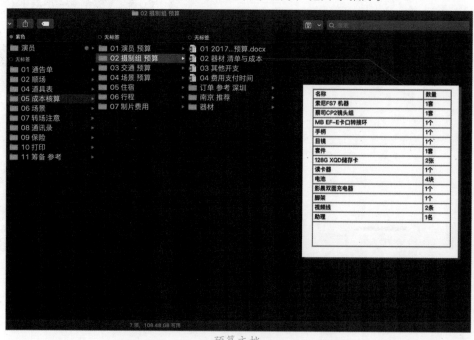

预算文档

同学们自己拍摄作业也需要做预算，计划好花费多少钱来完成这个作品。

2.2　提案

微电影需要提案吗?

当然需要,客户需要看到你的故事创意,甚至是剧本雏形,才会愿意支付订金。下面是 2018 年年底的一次提案 PPT。提案时长要控制在三十分钟以内,太长了,客户是没有耐心听下去的,所讲的内容最好在开始前五分钟就能打动客户。

把创意表达出来后,多听,多记,多想,过多的阐述和解释并不会增加提案的通过率,反而是简洁有力的、具有说服力的创意,更能打动观众。

客户也是你的观众,他们是微电影的首批观众,一定要在提案阶段得到观众的认可。

提案 PPT

2.3　合同

不建议大家在没有签订合同之前,就出剧本梗概。

剧本梗概是故事和创意的"扩展"版本,里面有更多的故事细节和具体的创意想法。完成这些工作需要更深入地了解客户的企业和客户想表达故事的角度。这是一个互动阶段,需要客户配合,不是单方面就能创作出让人满意的剧本梗概的。

一个让人满意的剧本梗概完成之时,很可能剧本创作的工作量已经完成过半。

在签订合同之前,客户可能会说什么也没有看到,无法签订合同和支付订金。将笔者的上述建议阐述给他 / 她听……沟通是技巧也是艺术,有时候,一句话可以改变整个工作流程。

创作者必须是主动的、进取的,在合作中如果创作者不主动,在起步阶段就被动,未来的成片就无法保障。开局决定结局,表达诚意要积极、主动。

2.4　进度安排

合同签订完后,进入剧本创作阶段。

在这个阶段,时间会持续一至二周,或者更长的周期。这要看具体的项目,不同的项目,周期是不一样的。所以,要将成片过程中的各时间节点列清楚,不仅仅是让客户了解进展,这也是我们成片要遵循的时间。

设定了时间就像建立了目标点,工作将有序推进。

剧本完成之后，有一项工作叫作分场，就是将整个剧本按照拍摄的场景进行分类。同一场景的内容要放在一个文档中。这样在拍摄现场，该场景的戏要一起拍摄完成，转场意味着全剧中该场景的戏"杀青"。

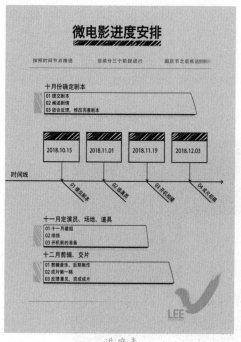

进度表

分场剧本

2.5 拍摄器材

片子的好坏往往不是取决于你手中的器材，而是你掌握的技巧。用好手中现有的器材才是最重要的。如果没有专业的摄影机，单反相机也可以是不错的工具。

三脚架是必不可少的配件，在一些商业广告和电影的拍摄现场，大家还会看到轨道和斯坦尼康(稳定器)。在没有充裕资金和专业设备的前提下，要善于利用好手中现有的拍摄器材。

笔者带学生拍摄大作业的过程中，很多镜头都是通过手持器材拍摄完成的，效果也是不错的，能完成实践的目标即可。

专业的拍摄器材

开机、打板的口令如下。

- 准备：摄影师开机。
- 打板：几场，几次。
- 开始：演员开始表演。

2.6　通告单

通告单就是时间表：何时 (几点集合)、何地 (什么场景)、谁 (该场戏的出演老师)。确定好开机日期，需要将详细的时间表和具体安排通知全组人员。

下图右侧的道具表，是开机之前提前准备好的拍摄道具。

从剧本中提取，由制片去准备，带到现场，随拍随调取。拍摄完成一定再由专人收取，人多、转场多，很容易出现道具不见的情况，准备工作要做到位，避免耽误时间。

通告单

2018/12/08 开机大吉

《坚持梦想》星期六 2018/12/08

备注	场地	参演老师
5:30-7:40	化妆	7:30 摄影团队先到
	集合，化妆	拍摄工厂，空镜
7:45－8:15	到达	演员
8:20—8:40	开机仪式	所有人
三楼，现实时空		
8:50	后楼，大厅（三楼）	全体
9:30 之前结束	秘书敲门，张总开始演讲	各组长分配位置 1-7 组
		各小组长开会分配，带人
	谢总带青商会敲张总门	
朱总要将室内横幅拿下来，接着拍摄		
9:35	拉横幅，看到张总没有，摆茶盘	拉横幅（四人）
10:00 结束	签字，来电话了	拿文件签字
		新工作服
	下楼（五分钟拍完）	老师＋董工
10:15	民慧天桥过道	刘老师和杨老师
10:35 结束	两人回忆	
	两人看着工厂	
10:40	创业者门口见面	

通告单

道具表

12 月 7 日要检查、对接的事项

工服	一套灰色，一件蓝色上衣	
安全帽	备七个安全帽	
	八个工要戴安全帽	
图表	标注一点，正式上线运管，后面增	
	长曲线；　物流的运输辐射范围 200 公里，	
	几个加工中心的点表示	
	还需要再备一套，旧的，干净的蓝色工服	
	175 工服加 3 套	
桌子	开机的桌子，长桌，两张桌子拼成一长条	17：00 从三楼办公室
	布鞋、运动鞋，各一，带到公司	起老师，
条幅 8 号安装	早晨门口，转夜内，室内安装完	
	等拍摄，完再拿下来	朱老板
老照片	开会照片处理	重新拍摄
	父亲老照片处理	
装裱书法	与黄老师确认，张总的书法，装裱的事情	装裱的书法七号下午要拿
	这块影片中的出现方式：修改为让秘书拿着	到
	画	
通风管道工厂	下午黄总带着过去	
	过去（工服，要现场找一件）	
快餐盒子	菅梅快餐的盒子	买四个，筷子两双
	坐在地上吃盒饭	2 份饭菜（12 月 8 日）
	张总、谢总	中午工厂饭堂打餐饭，开
		机要用的道具
包裹	韵达快递信封封死	
	王秘书拿了个包裹给张总签收	盒子（在公司）
		备注：小名
	邮寄	
		快递日期：2019/01/01（只

道具表

道具最好配合实物图，分目录，与道具表格一一对应。这样无论谁接手这些，都会一目了然。

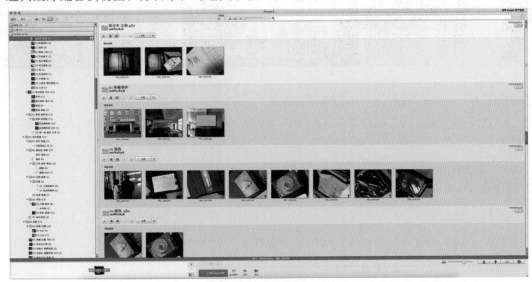

图片道具

在实际拍摄中，在片场的每一分钟都要花钱，所以开始拍摄之前的准备工作尤其重要。

在片场没有时间再去准备，团队在开机磨合之后，就要进入高速运转状态，全体成员依照流程，按各时间节点统一行动。

2.7 声音与灯光

在片场可能会忽视一些小问题，下面简要讲解一下。

- 灯上加柔光罩，光线就会变得柔和。
- 滤光片常用的有蓝、黄两种。
- 将 3200K 转为 5600K（暖色转冷）。
- 将 5600K 转为 3200K（冷色转暖）。
- 摄影机要先开机拍摄一条，导入计算机，确认视频和声音没有问题。
- 录音话筒、杆、录音设备都是分离的，由专人操作。
- 建议：不要压缩与录音相关的投入，声音跟视频一样，需要重视起来。

🔊 提示：

色温 (Color Temperature) 是表示光源光色的尺度，单位为 K（开尔文）。通俗一点讲，色温就是表示光源颜色的通用指标。

低色温光源的特征是：能量分布中红色相对要多些，通常称为"暖光"；色温提高后，能量分布中蓝色的比例增加，通常称为"冷光"。一些常用光源的色温为：标准烛光为 1930K；钨丝灯为 2760~2900K；荧光灯为 3000K；闪光灯为 3800K；中午阳光为 5600K；电子闪光灯为 6000K；蓝天为 12000~18000K。

3200K 转为 5600K 是非常常用的色温转换档位。通常情况下，在室内摄影棚钨丝灯照明拍摄，色温就是 3200K；在室外拍摄，白平衡切换到 5600K。如果想在钨丝的照明条件下模拟太阳光的色温，就要进行转换，反之亦然。

现场剧照

在拍摄现场，摄影师和灯光师所做的工作就是控制光比，这里亮一点，那里暗一点；光不是打出来的，而是挡出来的。利用光的折射、反射、散射对其进行柔化与遮挡。感光元件的宽容度也是需要了解的，在适合的光圈档位实现完美曝光。

2.8 故事板

片子越短，故事越精练，对导演的要求就越高，正所谓"短片不好拍"。

在开机前，加入画故事板的流程，这样就有更充分的时间考虑镜头的处理方式，这是属于自己的创作时间。如果等到剧组组建完成再开机。到了现场，拿着文字版的故事，再考虑镜头，基本上就是在跟着感觉走。跟着感觉走并非不好，如果今天感觉很好，明天感觉不好，那怎么办？

故事板是一种画面参考工具，有故事板在手，起码可以保证片子的最初设想。

片场出现小意外是再正常不过的事了。"意外"是剧本每天的必修课。原定计划被打乱时有发生。

对照着故事板，可以根据实际情况改变故事结构，如增加或删除一些原来设计好的镜头，这样依然可以保证故事继续。

本课的教学目标是：初步对故事板产生印象。本书的第 5 课将对故事板进行详细讲解。

很多时候要因地制宜，需要现场进行变化和调整。

我们的目标是为了完成拍摄，而不是完全与故事板一致，要根据拍摄现场的具体情况做出及时而有效的调整。为什么有些电影能够做到设计与执行统一，那往往是因为制作经费充足，拍摄周期充裕。最初怎么设计的，最后就怎么实现。

实际看景之后再画故事板，在现场拍摄照片作为参考，这样能够尽可能减少画面创作与实际场景的出入。

与故事板紧密相关的有两个知识点：故事结构与故事线。

创意构思、剧本创作，故事板、故事结构和故事线构建，它们是一种技巧，可以帮助我们更好地完成故事创作。故事板、故事结构和故事线是以图形化的方式推进创作的。

下面给出故事结构和故事线的样式，以供参考。

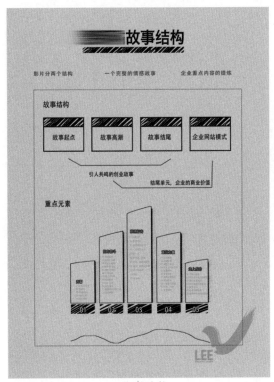

故事结构

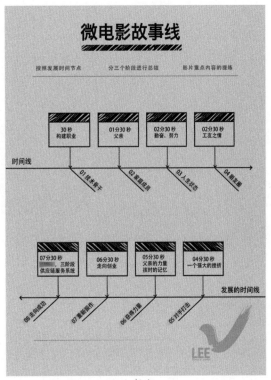

故事线

2.9　平衡的艺术

对于大多数的电影制作人，资金或许不是那么充足，这就更需要我们做好规划。前期做好细致的规划将受益良多。在拍摄片子的整个过程中，故事并不是唯一的要素。场地、设备包括人脉都是决定因素，这些都是重要的资源，能够做好协调工作，顺利确定拍摄地是一件幸运的事情。

场地和环境能决定故事的质感，它能够让片子更真实、更吸引人。要相信自己利用现有的设备，仅仅是手持一部相机或摄影机，依然能够完成自己的故事，甚至用手机也完全可以拍出想要的片子。换句话说，不要过分强调外部条件。

下图是剧本中带所有事件的故事结构图。采用图表的形式检查各情节之间的关联，调节结构之间的时间配比，弱化不重要的情节，强化主要情节，建立剧情走向高潮的阶梯。

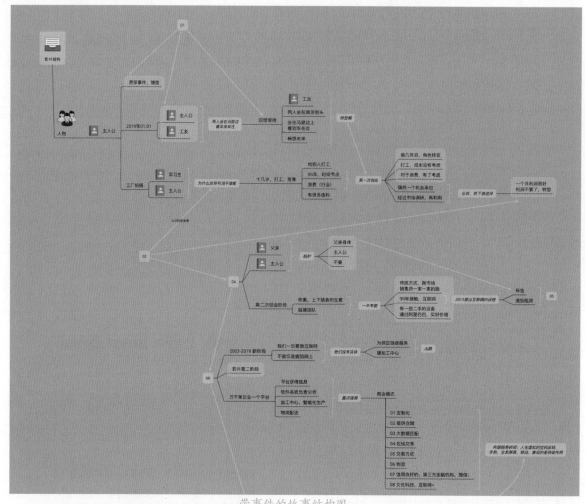

带事件的故事结构图

2.10　看场地

场地需要导演、摄影师提前踩点，做到心里有数。可能有人会问为什么要这么做？拿起相机，找几个演员去拍不就行了吗？这么做不是不可以，但这样会使拍摄过程充满变数。

充足的准备，最直接的收获就是片子的质量有了保证。如果剧本因为最后的场地问题而被迫修改，为什么不在开始之前就找好场地，再开始后面一系列的工作呢？

场地就是一个"套子"，把故事装进去，提前把场地看好，拍些照片，可为后面的创作提供素材和参考，并提前考虑镜头的机位以及灯光的设计。

在拍摄的过程中，可以因地制宜地调整故事的开场顺序。如果发现楼上的风景比室内好，就应把人物的对话放在楼上；如果当前房间空间小，而隔壁有更适合的空间，则直接就应进行调整。总之，场景要丰富，避免都是室内戏。

例如，微电影《三点》在同学许又青的家附近拍摄时，原定的拍摄计划是晚上九点，但外面风大，而且还有大雾，所以直接改为凌晨四点上演打斗大戏。开机前我们也做了一个预备方案，如果天气不好，就转到室内继续拍摄。

记得拍摄《摄影师》时，原定晚上拍摄，但风太大，所以改到第二天早晨四点起来继续拍摄。场地要丰富，转场次数要少，转场会增加拍摄的难度和时间，这点需要考虑进去。

场地是在一位同学的家里　　　　　　　　　　摄影师调整机位

《摄影师》拍摄的场地在三个地方，一个晚上只能拍摄一个场地，转场后灯光要重新布置。人员的移动、时间成本，都需要考虑。在一个地方拍摄的好处就是快速，对场景的利用率高。

同一场景、不同角度的拍摄，可起到丰富场景的作用。例如，原本房间里除了一台电脑什么都没有，直接把其他房间中的沙发、茶具移过来，布置成家里的样子，一个新场景就诞生了。

学员拍摄场地走戏　　　　　　　　　　凌晨三点，演员睡着了

2.11　选演员

带学生拍摄微电影时，大多数演员都是没有表演经验的学生本色演出。他是什么样的人，就由他去做自己。为了让他们能够更快地上手，老师会临时客串，起到带动作用，加快整个剧组的推进速度。

在确定演员之前，要跟他们聊这个角色是否合适，听取建议，问他们："你感觉谁更合适？"通常能够得到很好的反馈。很多人由于第一次出镜，有些担心，可能会拒绝出演。在这个过程中，可与他们多沟通，多鼓励他们。

在表演过程中，演员不必一味地照搬、照抄大量台词。如果能把对话和台词变成自己生活化的东西，更好地去表达，拍摄效果常常不错。

对于商业片，可以去找演员的经纪人提需求，试镜，达到符合导演要求、客户满意的效果。要做到这一点，要花费许多精力。

剧组不正规，或者作为导演工作失误，就会失去演员对你的信任，很可能影响接下来的合作。如果演员换了，前面拍的戏全部都得重拍，对你和整个团队来说就是一个重大的打击，导致你的作品无法按照预期完成，所以说处理好与演员的关系也很重要。

参演的演员确定后，会拍摄演员的定装照，并制作出服装通知单。

服装通告单

2018/12/08 开机大吉		

《坚持梦想》星期六 2018/12/08		
备注	场地	参演老师
门口，一层		
5:30-7:40	化妆 集合，化妆	7:30 摄影团队先到 拍摄工厂空镜
三楼，现实时空		
	张总开会之前穿衬衫，敲门，有一个换衣服的画面 在写书法的地方拍摄	
08:50	开机仪式结束，化妆，服装 父亲角色化妆	化妆结束请老师到三楼

病床上的服装　　卧室看书的服装

18:00	理发店拍摄柏老师坐在那里，理 完发之后，张总站在后面

晚餐 19:10 至 19:30
通知赵老师，棚拍准备
带绿色的布，背景，支架

金属，过去时空，化妆变化

19:20	马路，天桥	刘老师、杨老师 年轻的一白领男士（丁 毅）出演，西装戴墨镜

演员定装及服装通告单

2.12　准备开机

一切准备就绪后，就可以准备开机了！

那么要从什么地方开始呢？先从最简单的部分开始，将整个团队进行预热，第一场戏是最花费时间的，大家要通过第一场戏磨合一下。可能整个上午只拍了一条，但 24 小时后，整个片子就杀青了。前面慢得让人无法想象，后面快得让人不敢相信。

开机

早晨六点杀青

2.13　本课小结

结合微电影创作经历，笔者分享了微电影的创作流程：根据预算开始筹备拍摄；确定拍摄的器材；找到符合剧情的场地；选择参演的演员；制订拍摄周期；如果时间充裕，可以考虑为影片画故事板。画故事板是微电影创作过程中的重要环节，是导演与整个团队沟通的桥梁，它能够起到有效组织拍摄、统筹全局的作用。看场地就是要确定故事发生的地点。

要完成一次理想的拍摄，其实不难，主要在于我们为了成片效果，想尽一切办法的决心。

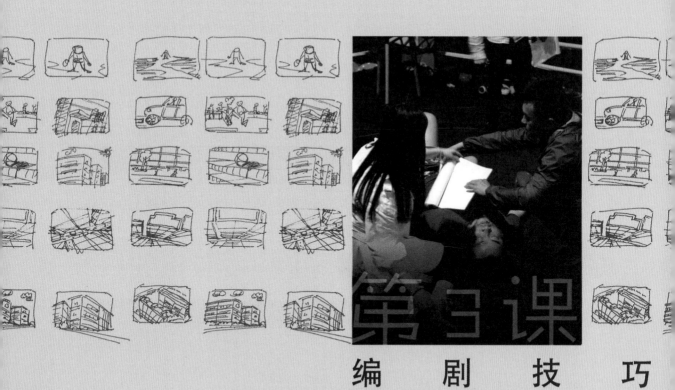

第3课

编 剧 技 巧

剧本创作要讲故事，在很多同学的剧本中故事不但不成立，而且格式也很混乱。文字虽然越写越多，但写出来的东西又长又无趣。较常见的一种情况是：按照习惯性文字写作思路，以描述剧中人物内心活动为主旨进行剧本创作。其结果都是自娱自乐的"产物"，根本就无法拍摄出来。

剧本有着固定的写作格式，或许这个固定"格式"因人而异，但用词准确这一剧本创作标准还是有据可循的：运用动词，写出人物的动作。在下面的章节中，笔者运用具体的案例进行讲解。

3.1 案例介绍

书中引用的大部分片例都是笔者课堂上与同学们一起创作完成的。

3.1.1 两部微电影

一般剧本创作完成后，即刻开机实践：前期拍摄、后期剪辑、加字幕、配音乐、最终成片。

- 《永远的十八岁》
- 《画家 Lee 的奇幻漂泊》

3.1.2 一部短视频

引用一部泰国的故事短片，短短三分钟，情节起伏，将父女情深设计得很出彩，对大家的剧本创作具有借鉴作用。

- 《爸爸你说谎》

3.1.3 一句话大纲

下面用一句话提炼出几部参考片的故事梗概。

一句话大纲	
《永远的十八岁》	父子情深，叛逆青年最终悔悟。
《画家 Lee 的奇幻漂泊》	画家梦想未能实现，陷入绝望后的自我救赎。
《爸爸你说谎》	女儿理解父亲的付出，读懂"谎言"背后的爱。

3.2 初次写剧本遇到的问题

对于第一次拍摄微电影的人来说，可能遇到的第一个问题就是如何写剧本？因为之前没有写过，不知从哪里入手，也不知道怎么开篇。下面列举初学者常会遇到的问题。

- 剧本的格式。
- 怎样展开对话？
- 怎样开始自己的情节设计？
- 设计对话的逻辑。

接下来，笔者将通过片例中的具体桥段设计展开分析。

3.3 剧本格式

3.3.1 内景与外景

室内场景指人物和场景在室内空间，格式为：场景名　内，即内景。

剧本片段	画面
楼梯　内　夜景 　戴墨镜的男人从黑暗的楼梯门口走出 　他身后跟着四个人，长镜头	
片例：《永远的十八岁》	

室外场景指人物和场景在室外空间，格式为：场景名　外，即外景。

剧本片段	画面
街道　外　日景 　画家双手持相机举到眼前 　对着街道上的景物拍照 　俯拍，隔着天桥栅栏的间隙看	
片例：《画家 Lee 的奇幻漂泊》	

3.3.2 日景与夜景

日景是指需要白天拍摄的戏份，格式为：场景名　内 / 外　日景，表明该场戏要在白天拍摄。

剧本片段	画面
画室　内　日景 　画家画姑娘的肖像 　肖像头部轮廓已成形	
片例：《画家 Lee 的奇幻漂泊》	

夜景是指需要夜晚拍摄的戏份，格式为：场景名　内／外　夜景，表明该场戏要在夜晚拍摄。

剧本片段	画面
街道　外　夜景 　　一辆汽车在马路上向画右驶来 　　车越来越近	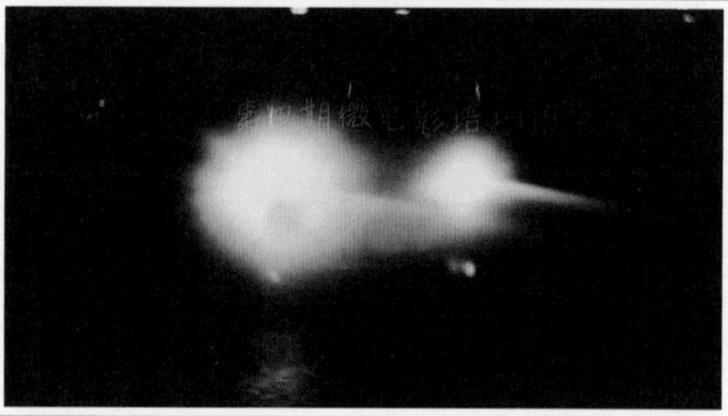
片例：《永远的十八岁》	

3.3.3　场景

在不同的场景拍摄，场景名称要写清楚，顶格写。

下表按照室内场景和室外场景进行划分。

室内场景		室外场景
吧台	餐厅	玻璃橱窗
画室	办公室	铁栅栏
咖啡馆	后厨	篮球场
书画店		街道
卫生间		工地
迪厅		
天台		
楼道		

下面一一举例说明。

1. 室内场景

下面列举的是室内场景的剧本格式，均位于表格左侧。

笔者将剧本内容与拍摄的成片画面对比展示，帮助读者理解文字转画面的"样式"。

吧台

这场戏在一个咖啡馆的吧台拍摄完成。

剧本片段	画面
吧台　内　夜景 　　男生头抬起，连续吐烟圈	
片例：《永远的十八岁》	

画室

这场戏是借了朋友的画室进行拍摄的。画板和画笔均是借用画室的画家自用的工具，作为影片的道具使用。

剧本片段	画面
画室 内 日景 　画笔在颜料盘上调色	
片例：《画家 Lee 的奇幻漂泊》	

咖啡馆

这场戏是在北京 798 里面的一家咖啡馆拍摄的，跟老板说明来意，借用一小时拍摄学生作业。2017 年笔者再去拜访，咖啡馆已经改成了私人的办公空间，重新装修后，比之前更加漂亮。

剧本片段	画面
咖啡馆 内 日景 　画家在吧台里拍照，工作人员提醒他 服务生：不好意思，这边不让拍照 画家：哦，好的，很抱歉	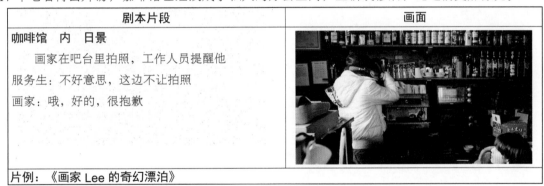
片例：《画家 Lee 的奇幻漂泊》	

书画店

这场戏是在北京 798 里面一家展览馆的大厅里拍摄的，拍摄完成后笔者与老板一直保持着联系，俩人还成了很好的朋友。

剧本片段	画面
书画店 内 日景 　画家拉开门，走进一家书画店 　他向纵深走，低沉的音乐响起 　没有人在里面	
片例：《画家 Lee 的奇幻漂泊》	

卫生间

这场戏是在北京电影制片厂 5 号楼内拍摄完成的，以前教室也在这栋楼里，就地取景，方便拍摄。

剧本片段	画面
卫生间　内　夜景 　　男人入画，走进卫生间	
片例：《画家 Lee 的奇幻漂泊》	

迪厅

这场戏是在一个学校的餐厅临时布置用于拍摄，营造出了迪厅的感觉。我们当天三十多人的午餐就在这个餐厅解决，所以跟经营者商量，下午需要几个小时拍摄，在没人的时间段顺利完成拍摄。

剧本片段	画面
迪厅　内　夜景 　　迪厅的嘈杂声 　　镭射球在屋顶旋转、发光 　　舞厅里站满了人，音乐强劲 　　身穿深色衣服的女生边跳边理头发 　　两个女生手拉手，面对面 　　一个女生手伸在空中打着圆圈	
片例：《永远的十八岁》	

天台

在一个学校里把多个窗户连在一起，有铁栅栏，很像天台，而且人少，利用窗户外的光将这场戏拍摄完成。

剧本片段	画面
天台　内　日景 　　主人公脱下外套 　　边脱，边双膝交替向前 主人公：你能原谅我吗	
片例：《永远的十八岁》	

楼道

在学校教学楼一层拍摄完成，人物从大厅里出来，前往教导处有紧急事情要处理。

剧本片段	画面
楼道　内　日景 　　主人公的姐姐向画右拐，小跑 　　她迎面碰上一个女同学 　　赶紧道歉 姐姐：对不起，对不起 　　绕过同学继续向前走	
片例：《永远的十八岁》	

餐厅

这是引用的商业片例，商业片不同于学生作业，预算相对充裕，通常情况下取景会包场，远景餐桌边坐的人也可能都是临时演员。

剧本片段	画面
餐厅　内　夜景 　　他们在餐厅面对面坐着 　　桌子一侧站着男服务员 　　父亲伸手拿出一张纸币拍在桌上 　　将钱和菜单一起递给服务员	
片例：《爸爸你说谎》	

办公室

这是引用的商业片例，在办公场所拍摄的。

剧本片段	画面
办公室　内　日景 　　面试官看着他的简历连连摇头 　　合上简历	
片例：《爸爸你说谎》	

后厨

这是引用的商业片例，在厨房一角拍摄的。

剧本片段	画面
后厨　内　夜景 　　父亲在餐厅的过道洗盘子 　　旁边的一个人不断对他说话，指挥他 　　父亲看他一眼，手中转盘子翻转 OS：他撒谎都是因为我	 
片例：《爸爸你说谎》	

备注：如果你拍摄的场景中，厨房是在室外的院子里，那这里的后厨场景就属于室外场景。

2. 室外场景

下面列举的是室外场景的剧本格式，对比拍摄的成片画面的效果。

玻璃橱窗

这场戏是在北京798里面的一家服装店拍摄的，跟老板打了招呼，借用一小时拍摄学生作业。

剧本片段	画面
玻璃橱窗　外　日景 　　画家站在玻璃橱窗前 　　姑娘在服装店里拿着一件大衣	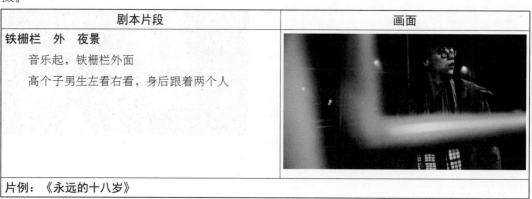
片例：《画家Lee的奇幻漂泊》	

铁栅栏

找到了学校的篮球场，正好围栏上有一处损坏，演员可以借这个出口进出，就选择了在这里进行拍摄。

剧本片段	画面
铁栅栏　外　夜景 　　音乐起，铁栅栏外面 　　高个子男生左看右看，身后跟着两个人	
片例：《永远的十八岁》	

篮球场

在学校的篮球场进行拍摄。

剧本片段	画面
篮球场　外　夜景 　　高个男生手扶着主人公的头 　　墨镜男走过来骂道 墨镜男：找死 　　黑屏，棍子打在身上的声音	
片例：《永远的十八岁》	

街道

这是引用的商业片例，在街道上拍摄的。

剧本片段	画面
街道　外　日景 　　两人在街道上 　　父亲从街边冷饮摊位的保温箱中又拿出一根冰棍	
片例：《爸爸你说谎》	

工地

这是引用的商业片例，在工地上带顶棚的仓库一角拍摄的。

剧本片段	画面
工地　外　日景 　　他俯身发力 　　两人将麻袋放到他的背上 OS：他撒谎，说他不累	
片例：《爸爸你说谎》	

3.3.4　景别

场景在剧本中不需要用诸如近景、中景、特写……进行写作。

1. 特写

例如，展现"信上的字迹"这场戏，摄像师必然会给特写，不然观众怎么能够看清信上写的是什么呢？

即使编剧不写，摄像师也知道应该如何去拍，那就不要在剧本上写出来。

剧本片段	画面
客厅　内　日景 　　信纸上光影晃动 　　镜头由上至下，摇至信的最后一句 字幕：I Love Daddy⋯	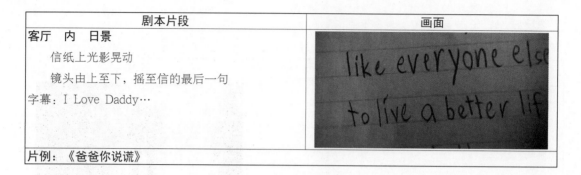
片例：《爸爸你说谎》	

2. 中景

　　要让观众了解人物所处的位置是礼堂，必然会用到中景或者小全；在剧本中不需要额外再强调场景景别，这些都交给摄像师去完成。

剧本片段	画面
礼堂　内　夜景 　　在主席台上，女儿向校长鞠躬 　　从校长的手中接过荣誉证书	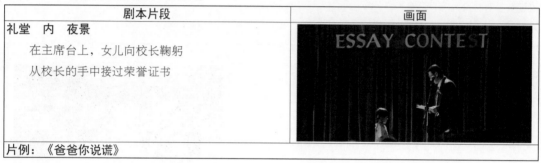
片例：《爸爸你说谎》	

3. 小全

　　"人物坐在观众席"这场戏，必然要带其他观众的关系，所以摄像师会使用小全镜头进行拍摄；如果要表现人物独自一人在观众席，也要带周围座椅的关系进行拍摄。剧本写作只要写清环境即可。

剧本片段	画面
观众席　内　夜景 　　台下的观众席坐满了学生家长 　　父亲兴奋地鼓掌，上身坐得直直的	
片例：《爸爸你说谎》	

3.3.5　对话

　　对话要顶格写，角色（说话人）后加冒号。

　　这场戏是学校餐厅的一角，重新布置而成；主人公喝多了，同伴踢了一脚叫醒他，对话的设计要精练，用词要自然，以人物的动作配合台词，而不是反过来写一长段的"废话"。

剧本片段	画面
迪厅　内　夜景 　　一个男生手拿着啤酒瓶往桌面上一碰 　　举起来与人碰杯 　　蓝毛衣青年手拿啤酒瓶，与对面的人碰杯 　　桌底下，他抬腿踹了主人公一脚 蓝毛衣青年：起来，别装死 　　主人公趴在桌子上，手撑着桌子起身 　　两个空啤酒瓶倒在桌上 　　主人公摇晃着站起来 　　手拿起桌子上的一瓶啤酒 　　三个人站着，手拿酒瓶，碰一下，开喝 主人公：谁不喝，谁不是我兄弟	
片例：《永远的十八岁》	

3.3.6　角色命名

　　人物需要有名字，他不是 A 也不是 B。

　　在介绍某一特定群体或者在影片中一闪而过的"路人甲"，可以用人物的职业命名，例如两个服务员站在门口或者不远处站着一位交警。

剧本片段	画面
书画店　内　日景 　　姑娘在书画店门口 　　被男员工挡着不让进去 姑娘：你别拦着我 　　男员工挡住她的去路 男员工：李总今天真的不在 　　姑娘向画右闯 姑娘：你让我进去 　　被挡住	

姑娘提高音量 姑娘：你让我进去 男员工没有挡住姑娘 男员工：哎，你还硬闯啊 跟着她往里走 男员工拉姑娘的手臂	

片例：《画家 Lee 的奇幻漂泊》

作为教程来说，笔者对角色的名字进行概括处理，以便读者阅读的连贯性。

角色的名字会增加阅读者理解文字的难度。本课所引用的片例都是剧本中的片段，多个知识点融合在一起，再让读者去识别角色的名字，会增加学习难度。

3.4 画外音与无画面声源

缩写	完整	解释
OV	Over Voice	旁白、独白
OS	Over Sound	画外音

3.4.1 画外音

画外音是指后期添加的，演员表演时并没有说的台词。

在后期制作的时候，创作者为了更好地表现演员的内心想法，用画外音讲给观众听。这类声音剧中的人物是听不到的。

在引用的片例中，女儿的"心声"以画外音的形式出现，表现她对父亲的理解。

剧本片段	画面
客厅　内　夜景 　女儿坐在炕上的桌子前写信 　抬起头看着画外 OS：他撒谎 **工地　外　日景** 　他咬牙扛着麻袋向画右走 OS：说他很幸福 **卫生间　外　日景** 　父亲对着镜子迅速地穿西装 　一手拿着梳子，然后双手理头发	

街道　外　日景	
挺直了身体，领着女儿放学 　　女儿抬头看着父亲 OS：我知道	
片例：《爸爸你说谎》	

在这部影片中，画外音起到了一种贯穿全片的作用，创作者用画外音推动剧情的发展，可以说将画外音的作用发挥到了极致。

这个片例是画外音应用的典范，也是学习这个知识点一个很好的范例。

3.4.2　OV

OV 是剧中人物和观众都能够听到的声音，是广播、收音机里的声音。OV 是"广播员"的英文缩写，表示声源在画面之外。

3.5　台词的设计

对话的设计要生活化，不能用书面语言，少讲大道理，避免"说教"。

如果台词和对话过多，到了片场你会发现设计的对话被演员说得"面目全非"，其主要原因就是：你设计的对话不符合日常人们的"对话"习惯。不符合说话习惯的台词，别人很难机械地表述出来。

有一个特别简单的方法供参考：与朋友对话，想象着自己就是剧中人物，此情此景应该如何去说。记录下你和朋友的对话，留心朋友不自觉的反应和他们的习惯用词，或许就会是一段不错的对话设计，再把记录下来的台词整理加工。

笔者和同学们在片场，很多台词都是现场设计的，排练时临时想到的。留下演员走戏时流畅的对话，修改不合适的地方，这样设计出的台词又快又合适。人在情景中常常会不自觉地说出"应景"的话，我们每个人身上都有这种"能力"，要试着去发掘它。

读者可以按照类似的方法开始自己的创作之旅：用三分钟的时间阐述剧本，让别人给出修改建议，从人物关系到剧本结构，再到故事逻辑，一一排查，看看能否找到可改进的地方。

3.6　写故事八法

接下来笔者分享一些写故事的小技巧和具体步骤。具体的操作步骤就像我们的创作起点，在起点的基础上形成进阶的台阶，帮助大家完成属于自己的故事创作。

笔者把写故事分成了下面 8 个步骤，其中有方法，有技巧，也有注意事项。

3.6.1　建立关系

建立人物关系，建立人与环境的关系。

电影中的各种关系都是由镜头呈现出来的，镜头与镜头的组合构成了种种关系"形式"。

1. 陌生人的关系

以《画家 Lee 的奇幻漂泊》为例，画家走到天桥上，抬头看见一位姑娘。她对他微笑，彼此都没有说话。姑娘走，他看着她……陌生人偶遇的人物关系就建立起来了。

剧本片段	画面
天桥　外　日景 　　画家站在天桥的台阶上 　　抬头，天桥上站着一位姑娘 　　画家手扶栏杆上台阶 　　走上天桥的平台 　　姑娘转身离去 　　他跟着向前走了两步，停下 　　姑娘转头看他一眼，微笑 　　他手扶栏杆站住 　　目送姑娘远去	
片例：《画家 Lee 的奇幻漂泊》	

2. 姐弟对抗的关系

再以《永远的十八岁》为例，主人公惹了祸事，姐姐生气不理他，说了一句"你给我滚，我没你这个弟弟"……这样两人之间对抗的人物关系就建立起来了。

剧本片段	画面
楼道　内　日景 　　教务室的门从内拉开 　　主人公的姐姐低着头从里面走出来 　　转身将门轻带上，向镜头走来 　　没有跟主人公说话 　　主人公远远地跟在她后面 　　姐姐抿嘴，吸气 　　他跟着姐姐走向门口 　　姐姐没有表情 　　走了两步，缓缓转身，对弟弟喊 姐姐：你给我滚，我没你这个弟弟	

剧本片段	画面
主人公后退两步，缓缓转过身，站立不稳他坐在了地上，单手撑地 身体后仰，躺在地上	
片例：《永远的十八岁》	

3. 父女关系

以《爸爸你说谎》为例，父亲带女儿去餐厅吃东西，女儿让父亲先吃香肠，父亲犹豫……想吃，又摇头。女儿笑容收起，看着父亲，她察觉到父亲想吃，却舍不得吃……两人相依为命的亲情关系就建立起来了。

剧本片段	画面
餐厅　内　夜景 　　女儿用叉子将香肠送到父亲的嘴边 　　父亲看着香肠，看着女儿，犹豫了一下 　　赶紧摇头，身体后倾，低头看桌上的盘子 OS：说他不饿 　　女儿的手举在空中，笑容收起，看着父亲	
片例：《爸爸你说谎》	

3.6.2　简单至上

一部短片，故事要尽可能简单，不要靠追加人物数量去推动故事的发展。试着把主角与配角两个人之间的情感戏做足，其影片的表现力自然会提升。

有一个老套的故事结构，王子与公主的故事讲了上千年：两人相爱时困难重重，但从此都过上了幸福的生活。故事不在于主题，而在于讲述的方法。

很多同学创作的剧本，故事特别复杂，恨不得要在银幕中把这个人的前世今生都演绎出来，这就是典型的为了写故事而写故事，为了编剧而编剧。

一个故事，最好是一件事，两个人物，一段情。

引用的这部片例主要人物就是父亲与女儿。

父亲没有工作，能力也不强，不惜"说谎"让女儿安心、放心，努力学习。对于父亲的爱，女儿都看在眼里，并写了一篇关于父亲的作文，还获得了学校的奖项。结尾处，父亲得知原来女儿知道自己一直在"说谎"……

剧本片段	画面
街道　外　日景 女儿背影，她缓缓转过身 低头看地，刚刚哭过，身体抽动一下 父亲手拿着信，注视着女儿 女儿低着头向前迈步 抬头看了一眼父亲，马下又低下头 女儿缓步走向父亲，父亲蹲下 伸开双臂拥抱女儿，信落在地上 父亲哭着与女儿拥抱 父亲将女儿抱起，女儿的手中拿着手帕 父亲的手轻抚女儿的头 他双膝跪在地上 字幕 校门口的小路上，父亲起身抱起女儿 往纵深走去，两人说笑	  

片例：《爸爸你说谎》

3.6.3　有始有终

　　故事的发展历程：开端、发展、高潮和结局。

　　如果开篇是讲两个人相识的故事，那影片结尾也要围绕他们之间的关系得出一个结果：要么他们在一起了，要么他们分开了，要避免出现人物而没有变化的结尾。

　　在引用的片例中，开篇父亲要看女儿写的获奖作文……

　　结局的时候，父亲看完了女儿的作文，明白了自己对女儿的爱，女儿都看在眼里……两人的关系在结尾变得更加深厚了。

　　故事需要有个强有力的结尾，就像是上了出租车而不告诉司机你的目的地，那永远都去不了自己想去的地方。如果故事中没有一个明确的、有利的结尾，那前面所做的一切都会变得软弱无力。你创作的故事就不会吸引人，试想一下连你自己都打动不了的故事，又如何期待它能够感动观众，引起共鸣。如果结尾没有想好，就不要急于去拍摄……想清楚故事的结尾，再做开机的打算。

剧本片段	画面
街道　外　日景 　父亲和女儿走向镜头 　父亲做一个伸手要的动作 　女儿将手中的信递给父亲 　父亲松开拉着女儿的右手，从信封中拿信 　女儿微笑抬头看着 　父亲边走边低头看信	
片例：《爸爸你说谎》	

3.6.4　运用动词

剧本中运用动词，是展示而不是告诉。如下面的"父亲小跑""将衬衣塞进腰带""转头看""手拿传单"……

剧本片段	画面
街道　外　日景 　清晨，父亲小跑着过马路 　边跑边将衬衣塞进腰带里面 　转头看过往的车辆，继续往前跑 **饭店门口　外　日景** 　他身穿坎肩，拿着刷子擦街口饭店的玻璃 　路过的行人，他转头看了一眼 **人行道　外　日景** 　胸前挂了一块牌子 　上面是促销的信息 　手拿传单给过往的行人 　一个穿背心的中年男子摇手拒绝	
片例：《爸爸你说谎》	

书中所列举的剧本片例，是一个个小的范文，大家要注意看每一段剧本中的用词，以便规范自己的剧本创作。

要改变自己的写作习惯，这不是一件很容易做到的事情。笔者在最初接触到这个概念时心里很是抵触，感觉格式这种东西无所谓，拍摄时能看清楚就行，后来的实践证明这种想法是错误的，所以一开始就要按规范创作剧本。

剧本是需要拿出来与人沟通的，要阅读者接受你的剧本，愿意阅读它。

3.6.5　多听别人说

在剧本创作阶段，有时候整天所做的事情就是聊天……

喝茶的时候聊，吃饭的时候聊，在车上聊，在电话里聊，直至灵感跃然眼前。

有了一个看起来能够自圆其说的故事逻辑，串起主要事件，初稿也才算是有了"眉目"，知道剧本中的人物该走向何方，是完成故事创作的重要时刻。

当有了想法后，就去找人聊天，聊你的故事，把它不断地讲给你身边的朋友听。看看别人怎么说，吸取别人的想法。每个人的角度不同，立场各异，其各自的经历更是千差万别。别人分享他个人的经历，其中包含了他的世界观，对人与生命的理解，用心去聆听，把它们记录下来，我们会受益匪浅。

在下面的片例中，人物处于低谷的状态。

如果创作者自身缺少类似的经历，或许很难用文字写出来。要为自己的"情绪素材库"多积累这方面的画面。当自己没有类似经历时，更要多听别人的分享，试着去理解当事人所处的情景和具体的状态表现。

听别人讲自身的经历，常常是有画面感的，创作者要留意、留心。

剧本片段	画面
饭店门口　外　日景 　　父亲擦完了玻璃坐在地上 　　背靠着铁栅栏，喝水口，拧上盖 　　转头看行人，低头	
片例：《爸爸你说谎》	

剧本片段	画面
卫生间　内　日景 　　父亲坐在一个隔间的地板上 　　马桶盖打开着，他抬起头累得大喘气 　　满头大汗，腿上裤子开了几条口子	
片例：《爸爸你说谎》	

3.6.6　编剧接龙

与朋友们一起做一个游戏：编剧接龙。

设计一个初始情节，大家现场发挥，无论如何都要把故事讲下去。

记得在一次课堂上，同学们接龙出这样一个故事结构：一个小朋友躲在隔壁的奶奶家，不敢回家，因为父母明天要办理离婚手续……

后续的情节就脑洞大开，另一位同学设计的情节：父母接到敲诈电话，被告之想见孩子的话明天公园门口见。

最后的故事结尾，第四位同学是这样设计的：孩子化妆打扮成大人的样子出现在公园。真相大白，原来孩子不想父母离婚，假装自己被绑架。第二天孩子和父母在公园见面，孩子想用这样的方式阻止父母离婚。

从片例中获得接龙的起始桥段，比如说一位没有一技之长的成年人，在家政中心服务的客户单位累倒了……

接龙这个小游戏有趣又重要。将这些练习坚持执行，它会改变你现有的和固有的写作方式。可能有人会说："难道你要让我在一点准备都没有的情况下，写出一个不知道该讲什么的故事吗？"

每天都是现场直播，可以说生活没有给过你任何准备。

很多同学上课时，他会说："老师，给我五分钟让我想一想。"你不需要想，就是要在现在偶然间产生的想法，把这个故事接下去。

潜能和灵感这种缥缈的东西，谁又能说得清楚呢，不试一下怎么知道自己能行呢。

3.6.7　找参考片

有了故事雏形后，可以考虑找一找类似的影片，看看人家是如何表现的。要找的影片不一定要局限于"名著"，平时建立自己的片库，分类整理好，以备后用。

每次开机之前，笔者都会要求同学们找出几部参考片，大家一边看片一边分析剧情，看看能否帮助我们创造性地借鉴其中的精彩桥段。

3.6.8　反复修改

不要害怕修改，电影改了十稿，才是刚刚"开始"。

剧本的创作可以说是没有"尽头"的，主创们会不间断对剧本进行修改和调整。电影也从来都不是导演一个人的作品，摄影、美术、编剧、演员……会从多个层面丰富我们的创作，能把众多的建议汇总并吸收，这才是一个好的开始。

笔者准备用这个温暖的画面作为本课的结尾。

该片例中，父亲送孩子到学校，然后开始一天的"工作"。

剧本片段	画面
街道　外　日景 　　女儿身穿新校服，转身微笑 　　父亲亲吻女儿，女儿的手搭在父亲的肩膀上	
片例：《爸爸你说谎》	

急功近利不大可能写出好的剧本，拍出好的片子。

好的东西一定是精雕细琢的，是需要花费时间、心血打磨出来的，优秀的剧本更是如此，反反复复地修改，接受批评、建议……

考虑故事的逻辑性和人物关系的合理性，创造出来的人物让观众认同，引起共鸣，观众会觉得这个人物形象似曾相识，就好像是自己认识的一位老朋友。

所以不要害怕修改，不要害怕自己在这个求索过程中身心俱疲的状态，要坚持到底。

3.7 剧本结构

剧本是用文字建立故事结构，为了让创作的剧本更加清晰，可以将事件做成线状的结构图。以《画家 Lee 的奇幻漂泊》为例，笔者将故事分成三个阶段，即开篇、发展和高潮。再以每个阶段发生的事件进行连接，检查故事的逻辑性和剧中人物的关系。

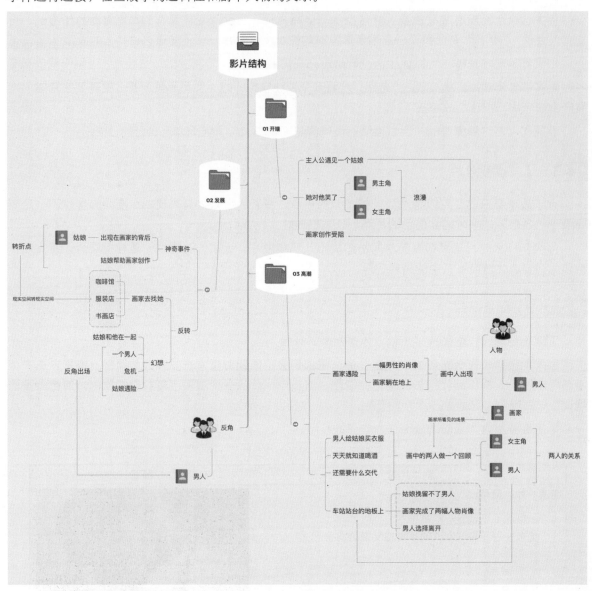

剧本结构

3.8 本课小结

通过对本课的学习，相信读者已经对编剧这门"手艺"有了一定的认识。笔者以三部微电影为例，分析讲解剧本的格式和写作方法。知识点涉及内景 / 外景的剧本格式、人物状态与性格的写作方法、场景描写的方法、演员命名规范、对话描写格式等具体的剧本格式。

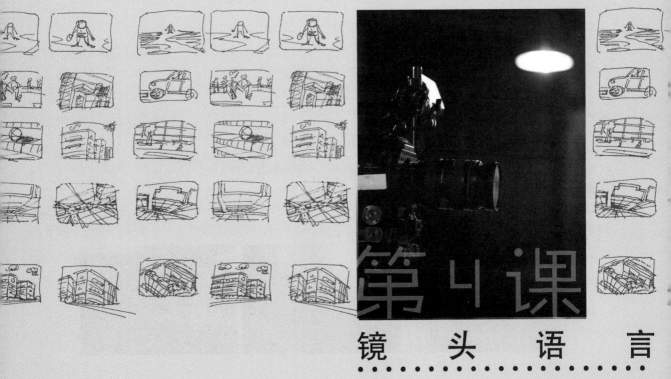

第4课

镜头语言

我们写作的目标是将创作的剧本拍摄出来。剧本完成后，接下来的工作就是将文字变成影像，这需要运用视听语言来帮助我们实现这一初衷。

学习拍摄，想成为导演，就要掌握这门语言的技巧，让画面说话，讲好你的故事。

画面中人物的位置，他／她与背景的比例关系，何时，从何处，如何入画……均属于镜头语言的范畴。人和物与构图的关系是一种"意图"，并使观众理解事件／动作潜在的"意义"，而这种意义正是构成视听语言的一个"词句"。

摄影机该如何运动？它运动的起点是从上往下？还是由下往上？所表达的含义，在观众看来是截然不同的。

演员在镜头前如何站位？他们之间的对话是面对面？还是并肩前行，边走边说？这些都是镜头语言的"语法"，需要我们熟知和掌握。

4.1 实践是最好的老师

一谈到某种语言，给人的感觉就是高深莫测，难以意会。

镜头语言有其神秘的一面，也有平易近人的另一面。但有一点却是永恒不变的：观众根据看到的画面，去理解导演的意图，感受故事。

作为初学者，如果你很难理解镜头语言是什么，那就拿起机器去拍摄。先找找被取景器的方形画框框住世界的感觉……

大家不要过于迷信教科书，因为在拍摄现场，书本上的知识你可能用不上。

对于首次参与拍摄的同学，在拍摄现场可能会忘记所有学过的、看到的、死记硬背的知识。唯一可以依赖的就是：强装镇定，硬着头皮说："开，开开，机。"

教科书，对你有帮助的地方可能是：因为书看得多了，好像有了自信，感觉自己会拍电影了。但到了片场还是无从下手，然后继续回去看书。等看了书之后，又有了自信，感觉自己可以拍摄了。

时间流逝，周而复始，就是迟迟不肯开机，总感受还欠点"火候"，需要学习。

一旦有了拍摄任务，例如，外出郊游、会议记录、家庭聚餐、参加亲戚的婚礼，从头拍到尾不关机，镜头乱晃，效果让人无法接受。

曾经在书上看到的那些专业术语：景别、光圈、现场调度，全都不记得了。看着自己拍摄的画面，特别伤心，自信心严重受挫，更加认定了自己学习不够扎实，得继续看书。不学到位，再也不拍了。

同学们分工合作拍摄大作业

笔者刚开始学习的时候，就是这种状态，不动手去拍，疯狂买书，国内的不买，专挑国外的买，全是大师的著作。把市面上能见到的与电影相关的书籍、资料都收集过来，保存着。每天看得津津有味，其乐无穷……最后拍摄的时候还是一脸"问号"。

在拍摄过程中，同学们常会问到如下问题。

● 我的机位应该怎么放？

- 先拍摄特写还是中景？
- 景别的选择有什么窍门？
- 摄影机是否手持？
- 怎样拍摄运动镜头？
- 一条拍摄几遍？

解决方案：

机位要根据实际场地和演员的位置来放置，大原则还是以构图好看为指导标准，切记要带全人物关系，别拍了半天，剪不出来，或者剪出来因为没有带人物关系，观众看不懂。

演员是侧向／面向摄影机，都可以的；需要注意的一点是：不要让演员看镜头。

一场戏，先用小全或者全景走一遍；然后带关系，近景、中景再走一遍；最后补特写，齐活儿。

很多同学刚开始拍摄时，总是要把人和景都收进取景框中，而且每个镜头都是如此，然后就交作业了。这样会导致画面单一，景别不够丰富。

手持摄影机拍摄，是一个不错的选择，机器脱离三脚架的限制后，拍摄的进度会得到提升。在经费有限、时间受限、赶进度或拍运动镜头时，首选手持拍摄（注意：摄影机一定要拿稳）。

| 手持摄影机 | 肩扛摄影机 | 机器放置于三脚架上 |

使用运动镜头跟拍演员向前跑的画面，摄像师要让身体重心下沉，身体始终要保持平衡；也可以考虑更换广角镜头进行跟拍，广角镜头可以在运动中起到弱化画面晃动感的作用。

将机器放在稳定器上，这是最稳妥的运动画面拍摄方式。无论使用什么样的辅助器材，多拍、多练，把画面拍稳。

一场戏，要拍摄几遍？

这是一个感性的话题，演员表现不到位，需要重新拍；拍摄的过程中出现穿帮，需要重新拍；焦点不实，也需要再拍一遍……但要注意：不能一遍、两遍、三遍，没有理由地重拍。

如果盯着一个镜头"不过"，后面会让进度无法推进，因为大家的信心都快"磨"没了。

有时，为了调动现场工作人员的状态，反而会加快拍摄，差不多就过。

因为只有到剪辑环节，才是真正决定镜头过和不过的最后阶段。

这是一个快节奏的时代，影片的节奏也都变快了，一个镜头能够被采用的画面也就是几秒钟的时间，不用太纠结，大胆去做。

4.2　画面的比例

同学们拍摄作业时，常用的画面尺寸是 720p(分辨率为 1280×720)、1080p(分辨率为 1920×1080)，画面比例是 16：9。随着短视频概念的普及，使用手机竖屏拍摄的视频，形成了 9：16 的画面比例，笔者常用的两种竖屏尺寸是 854×480 和 1080×1920。

大家不要死记硬背这些数字，需要的时候翻到这个章节查一下就可以了。视频进入后期环节，对素材进行剪辑和输出的时候，需要在软件中设定画面的大小及比例。目前 PC 端和手机端剪辑软件都很智能，把素材导入软件中，拖进时间线，工程会自动识别视频的比例大小，创建该比例的序列。

调入剪辑软件设置视频尺寸　　监视器中画面与拍摄尺寸无关　　手机剪辑的竖屏效果

将几段不同尺寸、不同画面比例的素材进行统一时（画面比例一致），尤其是横屏视频转竖屏视频，或者是竖屏视频转横屏视频时。画面比例这个问题，会让初学者感到困扰，不知道应该怎么办。

尺寸统一与横屏、竖屏互转，涉及对画面的等比拉伸，需要手动对素材视频进行放大或者缩小操作，以匹配新的画面比例。

🔊 提示：电影的画面比例为 1.85 ∶ 1（标准银幕）和 2.35 ∶ 1（宽银幕）。

🎞 4.3　景别与构图

刚刚接触拍摄的人，可能很困惑，不知道什么时候拍全景、近景、特写。这要看前后镜头衔接的需要，对于这个问题的回复不能一概而论。

大特写　　　　　　　　　特写　　　　　　　　　近景

对景别的理解，需要时间的积累，大家拍摄照片时要有意识地训练多景别拍摄。

中近景　　　　　　　　　小全　　　　　　　　　全景

拍摄视频不比拍照，角度变换没有拍摄照片灵活，这需要根据场景和演员的站位反复思考，不能盲目拍摄。为了完成交作业的任务，进行的拍摄大多是不合格的作业，因为拍摄视频除了构图、景别之外，还有演员的调度、走位、表演等方面的考量。

镜头的推、拉、摇、移，都导致了景别和画面在运动过程中的重新构图，要确保演员和机器运动之后的新构图依然经得起推敲。

远景

4.4　摄影机的运动

有人问："摄影机是固定拍摄好，还是运动拍摄好？"

初学者不习惯使用三脚架，总感觉没有这个必要，但拍摄的画面晃得让人头晕。笔者建议：刚开始拍摄，还是要把机器放在三脚架上，不急不躁，认真设计每个镜头，先从固定机位开始。

摄影机的运动也要分两个层面来讲解。一种是摄影机本身是固定的，拍摄的人物处于运动状态，例如走、跑；另一种是，无论被拍摄的人是否运动，摄影机是运动的（从左到右、从上到下、由前至后、旋转）。

关于镜头的推、拉问题。推镜头使视野变窄；拉镜头使视野变宽。

大家可以用手机做一个推拉镜头的练习，推拉镜头一起运用，可快速实现一个"无缝"转场效果。操作如下：把镜头向一台电视机推近；在另一个场景，从另一台电视机近景拉出。将这两个场景的画面剪切到一起，播放画面，会发现两个场景的转换流畅。

上述的推拉练习不仅局限于电视机，可以是人、物、景，凡是外形具有相似性的事物都可以用这个方法尝试一下。

看故事板中的图例，由一个大远景逐渐推近，看到建筑物的全貌。

图例中下三格则是远景的人，不断推近，推至人物的全景。

拉镜头的效果正好相反，如图三人的背影所示，镜头不断拉远，拉至大远景。

故事板推镜图示 1　　　　　　　三人的背影　　　　　　　人物大远景

下面再看一个图例，如下图故事板推镜图示 2。

上三格的图，摄影机的运动是让观众看到建筑物的形状。

下三格的图，摄影机的运动是让观众看到房间中人物的状态（真人版效果如图所示）。

同样的一个场景，摄影机推的起始位置和终止位置是不一样的，图示 2 中下三格所示，摄影机运动更加强烈，一直推至房间中的人物。

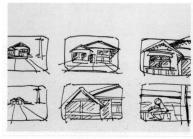

故事板推镜图示2　　　　　远景中的三人　　　　　中景三人

我们来一个多角度的拍摄练习，固定机位，航拍配合，交代一个大环境，如下图交代环境图示，上三格：俯拍，仰拍。下三格：一个人走出楼道；带街道上行驶的汽车关系，他走到马路边，招手；然后再来一个远景，人物上车，车融入城市的车流中（真人版效果如图所示）。

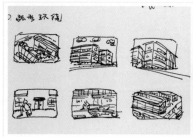

交代环境图示　　　　　马路上的人　　　　　行驶的汽车

4.5　演员的视线

除了特别设计，演员不要看摄影机，不能让观众感觉到演员在与他对视。

这会让观众感觉到"出戏"，导致无心关注故事，因为眼睛的注视往往是有"力量"的。我们在镜头前，需要设计好演员的站位，设定他/她面向的方向，即可轻松解决演员的视线问题。

演员视线机位图　　　　　演员看镜头　　　　　演员侧向镜头看画外

在拍摄现场，常常会听到的一个词就是：场面调度。

若有一天，你在片场主持大局，你将如何进行场面调度呢？

解决调度问题，其实就是设计演员的站位（包括走位）。演员之间的站位，可归结为三个"字母"形状。无论是多人对话，还是二人对话，都可以以这个方法完成拍摄。

如果不知道在什么地方放置摄影机，可以按照接下来的案例处理方式安排机位。

🔊 提示：机位根据演员的位置，可以全景来一条；带关系的过肩镜头两条，侧面来一条，搞定。

第一个是字母Ⅰ形站位，用于解决两人面对面或肩并肩的站位。

字母 I 形演员站位设计图　　　　真人版对照图 1　　　　　　真人版对照图 2

当场景中有三个演员的时候，应该怎样处理？

字母 A 形演员站位设计：两个演员站成 I 形，第三个演员站在他们正对面，这就形成了新的字母形状，字母 A 形。按字母 A 形让演员站到一条线上，一侧有一位演员，另一侧有两位演员。

字母 A 形演员站位设计图　　　　真人版对照图 1　　　　　　真人版对照图 2

字母 L 形演员站位设计：三位演员，两个人站成字母 I 形；第三个人与其中的一个人平行，形成一个直角三角形。

字母 L 形演员站位设计图　　　　真人版对照图 1　　　　　　真人版对照图 2

除了面对面的站位设计，字母 I 形还可以衍生出演员坐下的位置图。

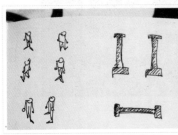

字母 I 形演员站位设计图变形　　　真人版对照图 1　　　　　　真人版对照图 2

背靠背站位，也是字母 I 形的一种变化。

不仅仅局限于一对一的站位设计，也包括两位演员面对另外两位演员，一群人面对另外一群人。

本小节介绍了最为常见的几种站位设计，希望能够对读者有所帮助，解决片场演员位置的问题。

4.6　人物关系

两人的站位设计不难，处理好两个人的关系无论是在电影里，还是生活中，并非易事，都需要用心"经营"。在人物关系的设计方面，把字母I形运用到拍摄现场，如下图所示，一种是紧张对抗的人物关系；另一种则是轻松愉快的人物关系。

人物关系图示1　　　　　　真人版对照图1　　　　　　真人版对照图2

当两个人面对面、肩并肩或背对背时，所展示的人物关系和情绪是完全不一样的。

姿势不同，两人的关系自然不同，如下图所示，一种是两人并肩合作的关系；一种是安慰、请求、保重、鼓励的关系。

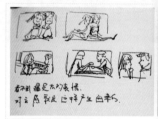  

人物关系图示2　　　　　　真人版对照图1　　　　　　真人版对照图2

接下来谈一下过肩镜头的具体运用。

过肩镜头从字面上解释就是：摄影机的位置处于演员后方，取景框的底以前景人物的肩膀为准，取景框的上沿至对面演员的头顶；摄影师会根据演员的身高、体形和现场情况，取景构图。

拍摄时，摄影机放置在演员的身后，以过肩镜头图示底部的取景框效果图为例，两台摄影机分别拍摄（只有一台摄影机就拍摄两遍），带各自肩膀的关系拍摄另一个演员的表演，拍摄完成两段素材剪辑到一起，就完成了一段对话的拍摄。

过肩镜头图示　　　　　　真人版对照图1　　　　　　真人版对照图2

4.7　镜头的选择

不改变摄影机的位置，能实现景别的变化吗？

通过更换不同焦段的镜头，可实现这个目标。举例说明：还是拍摄过肩镜头，如图过肩镜头图示2所示，将原来的50mm镜头更换为80mm镜头，在摄影机位置不变的前提下，景别变大了，前景人物的肩膀不在画中，取景框中只有对面的演员。

过肩镜头图示 2　　　　　　真人版对照图 1　　　　　　真人版对照图 2

如果对上面的解释还不是很理解，需要大家动手去操作一下。用手机就可以完成这个测试；另外，按下摄影机上的变焦键，推近、拉远，都可以实现这个效果。

手机操作变焦：

(1) 让两人配合，面对面聊天，拍摄者站到一侧人的身后。

(2) 打开"相机"，选择"视频"，带前景人物的肩膀拍摄对面人物。

(3) 点击"录制"按钮，录制一段视频。

(4) 再来一遍，在录制过程中，用手指在屏幕进行放大操作，会发现前景的人物不见了，只有对面的人物在画中。

摄影机操作变焦：

(1) 让两人配合，面对面聊天，拍摄者站到一侧人的身后。

(2) 带前景人物的肩膀拍摄对面人物，开机。

(3) 录制一段视频。

(4) 再来一遍，在录制过程中，按下变焦键前端按键，会发现画面不断推近至对面人物面部。如果按下变焦键后端按键，会出现画面不断拉近的效果。

摄影机变焦图示　　　　　　真人版对照图 1　　　　　　真人版对照图 2

我们刚刚讨论了过肩镜头，现在把摄影机降低到如下图所示位置，这就是过臀镜头，主要适合拍摄坐姿或者是带小朋友关系的画面……拍摄方法同前，大家可以尝试自己去完成这个练习。

将摄影机降低图示　　　　　　真人版对照图 1　　　　　　真人版对照图 2

4.8　本课小结

电影中有着一套属于自己的"语法"规则，学习用画面讲故事，要求我们精通镜头语言，熟悉这套"语法"规则。

笔者通过对画面的比例、景别与构图、摄影机的运动、演员的视线、人物关系这些知识点的讲解，并配以说明性的手绘草图，帮助读者理解镜头语言在具体画面中的运用。

第5课

故事板

故事板对实际拍摄的帮助是显而易见的。笔者在拍摄作品的过程中，多次靠它快速完成拍摄任务。本课会介绍故事板的"样式"，还会给出故事板创作的"前因后果"。故事板就像导演的绘画笔记，记录了画面构思过程中的一点一滴，是想法和灵感的"汇集地"。

5.1 什么是故事板

实现高质量的故事板并不容易，所以很多导演和制作团队干脆跳过这一步骤。

故事板从外在的表现形式上，会让人误以为它是漫画，是绘本，是连环画。

故事板是拍摄之前对画面的"构想"，以一方格（分镜头）的样式呈现出来，帮助我们审视故事，修改剧情，指导拍摄。

绘制故事板，在国内电影拍摄的流程中并不是主流方式。大多数创作者都不重视故事板的创作，制片方也没有这方面的预算，大家还是更习惯于导演分镜（文字表格）。

笔者的个人体会：故事板是最接近成片画面的一种视觉化"工具"，它能够提前让大家看到剧本的"未来"，预见到故事结构中的问题，看到"角色"的最终结局。

接下来，让我们一起走进故事板的课堂，看看它是如何被创作出来的。

5.2 故事板创作

在编导课上，笔者和同学们一起创作了六个小故事，每个故事创作的过程中，都绘制了故事板，以便我们更好地完成教学目标和拍摄任务。接下来，笔者会对这些故事板和幕后故事逐一分享。另外，笔者还准备了两个商业故事板的案例，供大家参考。

5.2.1 《鼓手》故事板创作

一名鼓手，为了在比赛中获得"成功"，没日没夜地练习。

直到有一天，鼓手的耳朵面临失聪的风险，未婚妻劝他终止训练，退出大赛。

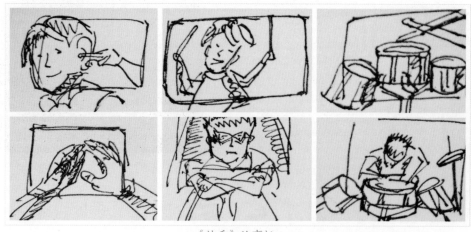

《鼓手》故事板 1

面对亲人的阻力，身体的危机，他将何去何从？

这里所列举的故事板是在课后创作的。课堂上直接呈现画面，让同学们理解这种创作形式，理解镜头设计。

接下来，班里的同学们开始分工协作：组建拍摄团队，分配演员角色，并自己动手去完成影片片段的拍摄。这次没有外景拍摄的计划，全部在摄影棚里完成，对于故事的真实性不做要求，同学们将故事情节"过一遍"，拍摄出来即可。

学习操作摄影机，理解景别（中近景、全景、特写），即为教学目标。

要想创作一个"真实"的鼓手角色，需要前期进行大量的"案板"工作。剧本中的鼓手角色，是个人还是受雇于某一个乐队？他的演奏技巧、专业水准如何？怎样能够表现他打鼓不断获得成长的画面？

这些都需要专业人士和专业知识来指导，不能仅靠编剧的"设想"。如果情节设计得不专业，会让观众"否定"你的故事，因为故事的情境不成立了。

在故事板中，鼓手角色的设计构思：他是团队的核心成员，是小乐队的组织者，很受欢迎，他听力的障碍，在影片开始就要通过具体的事件表现（铺垫）出来。

怎样表现鼓手非常受欢迎？

最为直接的画面是给他演出时，观众对他的态度。

对应着故事板，同学们进行了如表所示的拍摄练习。

镜头 06，是未婚妻发现他的耳朵有问题后，尝试着与他沟通的画面。

拍摄练习 1

镜头 01	近景练习
镜头 02	虚焦练习 1
镜头 03	中景练习
镜头 04	小全练习
镜头 05	虚焦练习 2
镜头 06	对话练习

按照剧情构思，在鼓手角色的身上，承载了他和整个团队的梦想，他肯定不想退出比赛，他想抓住这次机会。要设计出主人公进退两难的境地：医生给予他警告，再继续下去，身体会出现严重的后果；与此同时，他又给予同伴要坚持的承诺。大家都看着他，他的退出会让其他小伙伴的努力都付之东流。

这种情景之下，他要怎么办？将这个场景放在哪里去拍摄？找到了合适的场景之后，如何设计景别和机位？

这些问题要给同学们提出来，让他们开动大脑，不断找出解决方案。

在故事板中，鼓手没有听未婚妻的劝阻，还是决定参赛。

主人公（鼓手）登上舞台之后，他听不到观众的掌声，他的世界里一片寂静，他感受不到音乐的旋律，他在距离"成功"最近的时候失去了听觉。汗珠顺着他脑门往下淌。汗滴落在鼓面上咚咚作响，他仿佛看到了观众们在喝倒彩，他害怕在这个期待已久的舞台被人轰下去。

他靠着感觉坚持了下来，并且发挥得比以往都要好。

团队的成员把他抱起来，转圈，庆祝。此时他感觉头痛欲裂，眼前时而模糊，时而清晰，好像幕布拉上进入了颁奖环节。众人推着他走向拉着的幕布，走向幕布后面的那束光。

一片黑暗中，只有他一个人。他走到舞台后面，拉开帘子，看到地上蹲着一个女人在抽泣，这是他的未婚妻。他刚想走过去安慰她，告诉她"我成功了，咱们回家吧"。

另一个模样与他一样的人，提前进场，当着他的面，重现了过去时空中主人公和她未婚妻争吵的过程。

《鼓手》故事板 2

这里做了一个双时空的设计，比赛结束是现在时空；主人公从现在时空走向了过去时空，他的回忆出现在他自己的面前，这段参赛前的回忆实则是给观众看的。

鼓手的未婚妻劝他不要去："你的耳朵受损，再去参加这样的比赛，我担心你再也无法听到声音。"鼓手不听她的劝阻，说她不支持他的事业。两人开始激烈地争吵。

由于篇幅有限，不对整个故事进行展示。

同学们的拍摄，依据事先画好的故事板进行，演员和摄影师都很清楚自己的位置。在监视器中看演员的表演，根据场地空间安排机位和演员的站位。

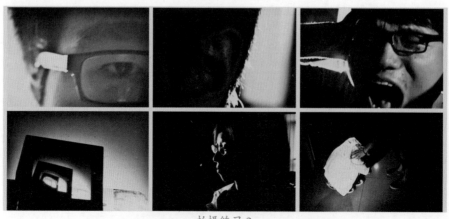

拍摄练习 2

镜头 01	特写练习 1
镜头 02	特写练习 2
镜头 03	表演练习 1
镜头 04	构图练习
镜头 05	布光练习
镜头 06	表演练习 2

参照故事板的画面，同学们的机位和取景就有了一个"预设"效果。拍摄练习的进度较快，下课的时候每位同学都得到一次练习。课后布置了一个画故事板的作业。

作业内容：找参考片中的十格画面，参照画面的构图、景别，练习画故事板。

画故事板并不难，关键是找到正确的方法，然后坚持下去。要敢于去画，画得像不像是其次，重要的是训练同学们对剧本视觉化的能力。在开机拍摄之前，脑海中要对整个故事有画面感。

随着课程的推进，笔者会陆续介绍画故事板的技巧。

5.2.2 《摄影师》故事板创作

这个故事讲述了三个摄影师外出拍片的故事。

海哥、二子、果子出去拍片。车上，他们都心不在焉，有烦心事。三人合作开设的第一期摄影培训班已经临近开课，但还未找到合适的教学场地。

黑车司机说了一个地方，他们决定过去看看。

车开了很久，下午出发，晚上快九点才到，地方真是不错，就是荒凉了些。

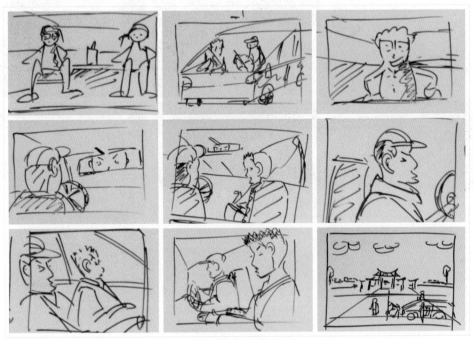

《摄影师》故事板 1

通过上图这张故事板的画面，在开始拍摄之前，我们提前将车上的对话预演了一遍。拍摄当天在外景地附近找了一辆面包车，跟司机谈好价格，预计 1 小时之内将车上的戏拍摄完成。

面包车司机师傅的时间也是很宝贵的，外出接活儿，肯定比拍戏挣钱。能接送我们纯属帮忙，友情价。师傅还出演了司机角色，给他设计的台词经过几次磨合之后，表现力很棒。

在故事中司机角色是一个"负面"形象，师傅将三人拉到地方后，收取来回的车费，并没有等他们，而是趁几人下车确认地点的间隙，自己开车溜了。

《摄影师》片例

司机师傅之所以将三人拉到这里，主要原因是远，路远跑车收费就会高。这是推动故事向前发展的第一个转折点。

同学们根据故事板拍摄的照片练习

镜头 01	司机通过后视镜看后座上说话的人；特写
镜头 02	后座上的演员；近景
镜头 03	前排副驾驶位置的演员；中近景
镜头 04	司机听他们谈话的表情；近景
镜头 05	司机说了一个地方，前排演员跟他确认；中近景
镜头 06	改变原计划，汽车掉头，前往新地点；小全

上图中的六格画面，是为了让大家理解故事板，开拍之前先对照着故事板的画面设计，用照片将情节和人物拍摄出来。故事板的创作持续了一周的时间，在这期间先创作出来的故事板就让同学们去检验，到实践中去练习。

我们给这些带有情节的照片起了一个好听的名字："静电影"。

三人下车，发现这是一片荒宅，而且空无一人，有很多空房间，确实是个开班授课的好地方，三人商量决定留宿一晚，明天白天再继续查看。

这里设计了一个第三人的视角，透过荒宅的窗户，有人看着前来踩点的三位摄影师。

夜里，海哥听到窗户外有动静，他睁开眼睛，看到一扇窗户未关，风呼呼地往里吹。

他起身去关窗，余光感到墙角有什么东西一闪而过。他试图叫醒两位同伴，但他们翻身后又睡去。海哥发现睡前放在桌上的钱包不见了，他追了出去。

人影跑在前面，上了楼梯，海哥跟了上去。他来到二层的一个天台上，明明在前面的人影，突然在他身后一闪，消失不见。海哥跑过天台的一个空房间，突然感到窗户里面有动静，拿手电一照，有一根"绳子"在风中微晃。

他推开空房间的门，走近"绳子"，发现是照相机的带子，上面落满了尘土。他往上一拉，带子另一头很重，他双手缓缓拖起，是一款老式的胶片相机。

这款相机市面上已经不多见，价格不菲，海哥转头看看，四下没人，拿着相机走出空房间。

他走下天台，空房间的一侧出现了一个蹲在地上的人影。"她"头发很长，看不清脸，抬头看着海哥的背影。

摄影培训班的同学们陆续入住外景地，其中有一位同学摆好了姿势叫海哥，海哥给她拍了两张照片。

海哥在简易的暗房中冲印照片，用在阁楼上捡来的相机拍照，风景照片没有任何问题，唯独在拍摄人物照片时出现了一些问题，人物的颈前总有一道阴影，海哥对这个现象感到有点奇怪。

海哥看着冲印出来的照片，倚靠在床边，迷迷糊糊地睡着了。

深夜，急促的敲门声传来。班长向海哥反映紧急事件，班里的同学出现呼吸困难症状。海哥赶到现场，发现正是上午那个找他拍照的同学。他大吃一惊，赶紧安排车辆将人送医院抢救。

在接下来的几天里，海哥经常在深夜听到敲门声，去开门，却发现并没有人在外面。

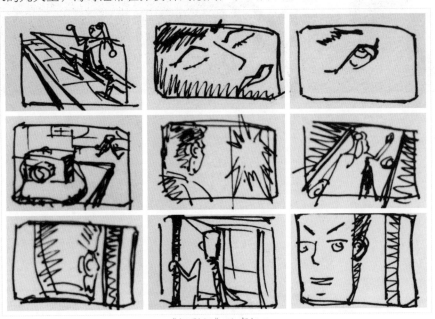

《摄影师》故事板 2

　　上图这张故事板，就是海哥不断回忆突发意外事件当天的画面设计，班长跑来向海哥反映情况，海哥开门，门外并没有人。

　　海哥跟两个同伴说起自己的顾虑：这台相机有问题。

　　对照片例中的效果，大家会发现实拍画面与预设故事中的画面是"高度"吻合的。

镜头 01	脚步声，演员打着手电，往画左跑；特写
镜头 02	主人公听到动静，缓缓睁开眼睛；近景
镜头 03	双脚交替，在石板路上跑；特写

镜头 01	演员推开门，迈步走进走廊；中景
镜头 02	相机镜头，变焦；大特写
镜头 03	主人公起身，传来敲门声；近景

镜头 01	主人公打开灯，坐起来；近景
镜头 02	演员在门口急速敲门；中景
镜头 03	主人公走到门口开门，空无一人；中景

　　接前面的故事情节，我们接着介绍：海哥的说法，并没有得到同伴的认可。因为有其他人向他们反映，在女同学突发意外之前，曾说过想找海哥聊一下办理退费的事情，不巧当天晚上她就出现了意外。

　　就此，海哥与两个同伴之间闹翻了，之前大家在工作中积淀的矛盾也借由此事爆发。

　　争吵过后，为了共同的利益，大家暂时还要继续合作。表面上三人跟之前一样，但背后，海哥用这台捡来的相机，趁同伴们不注意，分别都拍摄了照片。

　　果不其然，如同海哥设想的一样。被这台相机拍摄过的人，都会出现一些意外事件……

　　《摄影师》整个故事还是很复杂的，事件的逻辑性、合理性，以及最终故事的结局，要落在是某人"搞鬼"，而不是相机真的有问题，对于故事中出现的这类"问题"，都需要创作者解释清楚，而不能简单归于某种"灵异"事件，这是说不通的。

我们将《摄影师》以故事板的形式视觉化，使复杂的脉络变得相对清晰。

在与同学们讨论这个故事的时候，大家也随着剧情和所看到的画面提出自己的建议。电影的创作本就该如此，融合众人智慧，让更多的人参与进来，体会其中的乐趣。

不能让想法只"活"在创作者的想象中，说不清，道不明，这样可能就会埋没一个好的故事创意。

5.2.3　《三点》故事板创作

凌晨三点诡异的敲门声，明子电脑上的 QQ 弹出一个陌生人的奇怪言语。

妻子的关心却让主人公明子更加愤怒，一个从天而降的塑料娃娃，从头到脚散发出鬼魅的气息，是它让明子半夜惨叫？还是它制造出房外有人的声响？一个充满离奇色彩的故事就这样"发生"了。

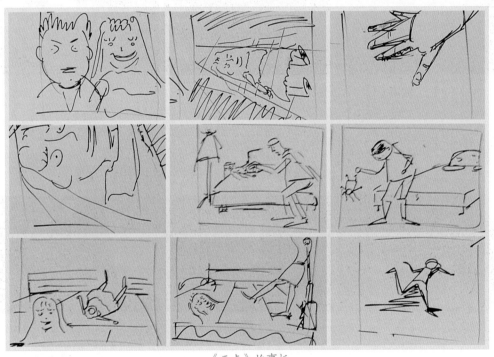

《三点》故事板

又是一个恐怖片？

一个班上二十个学生，交上来的编剧课作业，有三分之二讲的都是灵异事件。同学们总是一如既往地保持着这份默契。笔者猜想，也许在人们心中，灵异故事是一个永恒的主题。

《三点》这个故事起源于一个真实事件：一位同学半夜被一阵敲门声吵醒，他很害怕，又不敢去开门，他想叫宿舍其他同学去门口看看。宿舍中原本有六个人，他们一起躺下睡觉，结果凌晨起来的时候只有他自己，于是他更加害怕了。

最终他鼓起勇气，大着胆子把门打开，原来是他们室友出去没带钥匙。

基于这个事件，我们设计了一个以盗取别人网银和 QQ 号为生的"黑客"角色。

直到有一天，被他盗了网银的小女孩在 QQ 上找到他，索要自己治病的钱。主人公很害怕，他满脑子都是那个小姑娘，感觉小姑娘就在他家的房顶上，就在他的卧室里，就在他的朋友圈里。他吓得摔倒在地，大喊："来人啊，来人啊……"

这是一个坏人做坏事被惩罚的故事。

我们设计了一个被主人公"骗去钱财"小姑娘的化身：塑料娃娃。从上图故事板的设计中，大家可以看到这个实物化的角色。它出现在主人公的生活中，出现在他与妻子的合影中，让"它"无处不在，因为坏人的心中有"鬼"，故事创作时我们运用了"心魔"。

《三点》故事的场景，选在了一位同学的家里，在这里完成影片所有镜头的拍摄，不需要转场，大大提高了拍摄效率。我们的目标：在二十四小时内完成拍摄。

这个黑客叫明子，他的妻子叫小娟。

镜头 01	走廊门后面，一只塑料娃娃；特写
镜头 02	客厅的大门从外面推开；中景
镜头 03	主人公躺在床上，突然睁开眼睛；特写

小娟进屋后，发现明子又躺在地上浑身缩成一团，嘴里喊着："啊，鬼啊……"她马上走过去安抚他，告诉他世界上没有鬼，并把他扶上了床，此时时钟的指针刚好在凌晨三点的位置。

镜头 01	地板，主人公倒地入画，倒在地上急速向里推；小全
镜头 02	一只脚迈进，另一只脚跟着踩在客厅的地板上；特写
镜头 03	主人公躲在沙发后面，吓得往墙角退；中景

第二天晚上明子从睡梦中惊醒，他感觉那个小女孩又来找他了。在梦中，他得知被他盗了网银的小女孩患了白血病，他偷了人家的钱，不久后她就去世了。

镜头 01	走进房间的人，停下脚步，站定；特写
镜头 02	双脚迈步，走过来，来人叫主人公的名字；近景
镜头 03	主人公的爱人过来扶他；中景

时钟刚好在三点钟，门口确实有人敲门。娟子把门打开，原来是明子的好朋友陈东，他是从外地老家过来的，与明子是发小，来到北京打工，暂住在明子家里。

陈东回来后询问明子的病情，娟子请他帮忙带明子去医院复查，因为娟子公司临时安排她出差。陈东爽快地答应了，正在这时，明子突然间出现在卧室的门口。

明子表情木然，任凭陈东招呼，头也不回地转身离去。

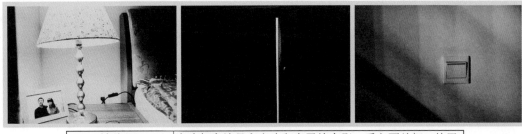

镜头 01	床头灯旁边是主人公和妻子的合影，手入画关灯；特写
镜头 02	门缓缓打开的声音，开了一个缝隙；中景
镜头 03	开门的影子照在墙上；特写

晚上明子又做噩梦了，他仿佛又听到了敲门声，一下子愤怒了，冲出房门，想去看个究竟。床头柜上他和妻子小娟的照片，变成了他和塑料娃娃的合影。

第三天，娟子出差回来看到了一个娃娃，娃娃的头和身体分离，在地上滚动，陈东跟她讲述了昨天明子从楼上跳下去的事件。

镜头 01	门突然关上；特写
镜头 02	主人公坐在地上，向后退，扶着门把手挣扎着要站起来；门口的娃娃越升越高，摆动身体；近景
镜头 03	主人公双手抱着头；特写

陈东明天要去警察局录口供，娟子却不知去向，真相能否揭开，娟子为什么离开？她去了哪里？会跳舞的娃娃到底是怎么回事？

镜头 01	主人公快速爬向电梯，连按开关；中景
镜头 02	照在娃娃身上的光一闪一闪；特写
镜头 03	电梯门打开，跳舞的娃娃出现；近景

幕后这一切的操纵者又是谁，我们将在成片中揭晓。

5.2.4 《永远的十八岁》故事板创作

下面是河北唐山联合大学二十六位同学用三个星期的时间共同完成的作品。

处于叛逆期的青年 (旭东)，受教导主任的训斥，产生极强的逆反心理，前往酒吧发泄，与他人发生口角，引发篮球场上的打斗。主人公的父亲赶到，在危机时刻保护了他，这件事深深地触动了主人公。最终他将如何抉择？是开始新的生活，远离打架、闹事的朋友们，还是要继续沉沦……影片给了一个答案。

下图中的故事板，设计了主人公在学校抽烟被"抓"(这是他被训斥的主因)，以及他惹事后挨打、受伤之后发生的事件。

影片最终剪辑时，并没有按照故事板设计的顺序逐一"展示"事件：被训斥，去酒吧，打架，获救，改过自新。而是让事件平行发展，彼此交织，直达故事结尾揭示人物关系。

对于本片而言，如果选择单线程叙事，片子会像"白开水"，毫无味道。

讲故事需要技巧，同样的故事，不同的讲法，观众对故事的体会是截然不同的。

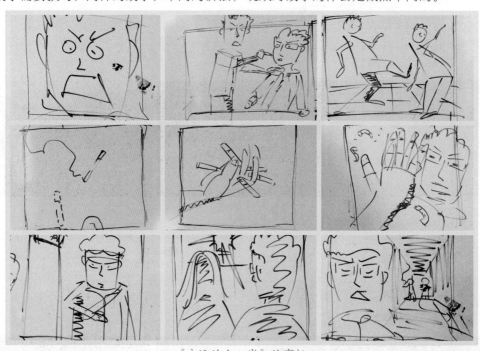

《永远的十八岁》故事板

影片开始：酒吧，主人公旭东一个人在喝闷酒，烟雾缭绕，他边喝边骂。

这里运用了平行叙事：在旭东喝酒的时候，让教导主任出场 (下班回家)。将喝酒和下班回家两件事交织在一起。

旭东喝酒，教导主任下班走出教学楼；旭东骂人，教导主任过马路；旭东在烟灰缸里熄灭烟头（拧按），马路上一辆疾驰的汽车呼啸而来，教导主任身陷险境。

我们从酒吧开始，再引入打架事件，其中穿插教导主任训斥，一环套一环，层层铺垫。

备注：在教导主任出车祸这场戏中，绝不能让车真的把人给撞了，要通过镜头的设计让人感觉是真实可信的，但在实施的过程中又不会冒风险。和同学们带着设计好的故事板，在拍摄现场用几个不同角度的摔倒镜头，完成了"出车祸"这场戏的拍摄。

通过上述事件，交代了主人公旭东对教导主任的不满情绪；另一方面是让教导主任在观众面前亮相，并身处险境。影片的开始，在这两个主要人物之间建立了一种对抗的人物关系，并通过危机事件创建了一个悬念。

随后，旭东被朋友的电话叫到了酒吧。

醉眼蒙眬的旭东看到一个漂亮姑娘，对其进行骚扰；认识姑娘的一位男同学出面阻止，双方在互殴的过程中，旭东仗着自己有朋友的帮忙把对方打倒在地。

旭东和朋友们跑到卫生间大呼过瘾，教导主任将三人堵在门口，就他们抽烟一事训斥。看到这里观众就明白了：原来车祸只是虚惊一场，通过抓抽烟这件小事，对师生关系进行强调。

在和同学们讨论剧本的时候，选择了抽烟这个事件作为双方矛盾的起因：学生抽烟，教导主任不让抽；学生偷着抽，教导主任下"猛药"坚决打击。这样一来双方矛盾升级，再加上影片中教导主任对待学生的方式有些粗暴（这是剧情设计的需要，影片结尾将会揭晓，主任为什么这样），进一步把事件推向更大的冲突点。

被欺负女生的男同学，在酒吧里吃了亏，岂能善罢甘休，所以纠集自己的朋友来学校找人。

双方在篮球场相遇，主人公旭东被打倒在地，对方人多势众，还带了"家伙"。

旭东被他们从地上揪起，在地板上拖行，这时主人公的爸爸出现了。

镜头 01	主人公闭着眼睛坐在地板上，拉的人一用力，使其身体后仰；近景
镜头 02	"高个"用手扶着主人公的头，"墨镜"走过来骂道"找死"；小全
镜头 03	黑屏，棍子打在身上的声音

镜头 04	教务室的门从内拉开，主人公的姐姐低着头从里面走出来；转身将门轻带上，向镜头走来，没有跟主人公说话；主人公远远地跟在她的后面，姐姐抿嘴，吸气；近景
镜头 05	他跟着姐姐走在走廊里，向门口走去；中景
镜头 06	姐姐没有表情，走了两步，缓缓转身，对弟弟喊"你给我滚，我没你这个弟弟"；中景
镜头 07	主人公后退两步，缓缓转过身，站立不稳；中景
镜头 08	他坐在了地上，单手撑地，近景
镜头 09	身体后仰，躺在地上；近景

镜头 03 黑屏，在这个桥段里没有表现主人公爸爸是如何解救旭东的。而通过第二天，旭东的姐姐赶来学校，处理弟弟打架事件造成的严重后果，最后通过主人公的回忆和忏悔，来表现当天晚上在篮球场发生的事件。

5.2.5　《画家 Lee 的奇幻漂泊》故事板创作

这是在北京电影制片厂和同学们创作的故事，一个关于梦想的故事。

梦想到底是什么，我们要为梦想而活还是终将离梦想远去，或许在这个故事中我们都能看到一个答案。

故事讲述的是：一位青年画家在外取景拍照，遇见一位漂亮的姑娘。他们相视一笑，彼此错过。在此后的日子里，姑娘的形象经常被画家回忆，并且成为他创作的一个"主题"。

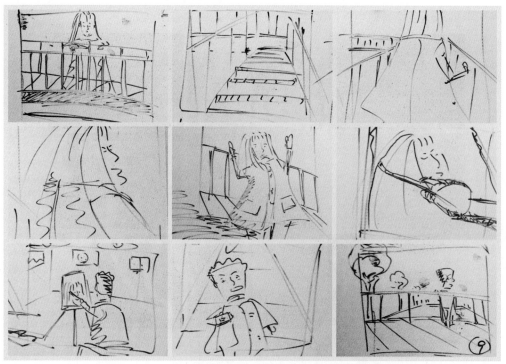

《画家 Lee 的奇幻漂泊》故事板

画家再次回到他们偶遇的地方，画家能感觉到她就在附近，好像刚刚就坐在这里……画家追寻姑娘留下的"印记"，恍惚之间看见了姑娘，还感受到她即将会遇到危险。画家凭着感受创作了一幅男人的画像，这个画像中的男人即是给姑娘造成伤害的人，这个男人竟然主动来到画家的画室……

这些神奇事件，到底是画家的想象，还是真有其事，最终画家和姑娘的命运又将走向何方？我们在成片中揭晓。

故事开端的偶遇桥段：画家遇到了一位漂亮的姑娘。设计的拍摄场景，就在北京 798 的天桥上。画家在天桥下出现，姑娘在天桥上；画家走向天桥，他看见她；她看见他。他们相视一笑，他目送她走向远方。

此后，她成为画家的美好回忆，他在画板上以姑娘的形象进行创作。故事结束，一幅女演员形象的肖像也在画板上完成了。

我们对照故事的画面设计和最终的影片成片，在原画面设定的基础之上，成片的效果更加丰富。

镜头 01	声音起，街道，身穿白色羽绒服的主人公入画，他看着画左，拿出相机拍照；看向画右，拿相机拍照；中景
镜头 02	天桥上，隔着栅栏，主人公拍照，走向画右；远景
镜头 03	一辆面包车驶过，主人公沿着街道往前走，镜头摇向天桥，空无一人；中景
镜头 04	主人公在天桥的楼梯上拍照，转头，看到桥上有一个人；近景
镜头 05	天桥上有一个姑娘，双手搭在栅栏上，看着主人公微笑；主人公快步上楼梯走向姑娘；小全
镜头 06	姑娘看他走过来，缓缓转身，背向他；主人公走上楼梯，在拐角处放慢脚步，手扶在栅栏上，微笑看着姑娘，站定；小全
镜头 07	主人公手拿画笔，在画布上向下勾画画像中女人的头发轮廓；中景
镜头 08	画笔入画在调色板上来回涂抹；特写
镜头 09	画家用画笔调色；中景

整部片子的拍摄时长：历时 12 个小时。

早晨五点集合，准备工作就绪，晚上 23 点之前收工。杀青饭提前吃的，不然饭店下班没地方吃饭。晚饭过后，我们开始夜戏的拍摄，天桥的纵深空间很大，桥上，桥下，机位调度灵活。

拍摄奔跑、藏匿、追逐的戏，毫无压力。

带着故事板的原始设定，在片场随时拿出来对比进度，按照设想影片如期完成。

5.2.6 《大导演》故事板创作

这是在传媒大学编导班和同学们一起创作的故事，影片讲述了一个富二代想要当明星的故事，影片原名《大哥的梦想》，暂改为《大导演》。

影片设定：一个有钱的富二代搭起了一个剧组，让编剧为自己量身定制一个角色，但是他又驾驭不了。拍了好几天，一个镜头都没有过。导演快疯了，终于忍不住对他发火，拿剧本打他的头。

制片看导演没有停手的意思，生怕导演把"金主"给惹急了，撤资，那后面的戏就真的没法拍了。他费了九牛二虎之力把导演给拉住了。

导演自己也心知肚明，知道这部戏不会有太好的结果，但他也有自己的打算，再烂的片子起码也有钱拿。一个"十八线"开外的导演，平时也都没什么人找，没戏可拍才是一个导演最可悲的。

对照故事的设计，对"导演打人这场戏"进行了戏剧化处理，因为《大导演》这个影片的类型定位为喜剧片。

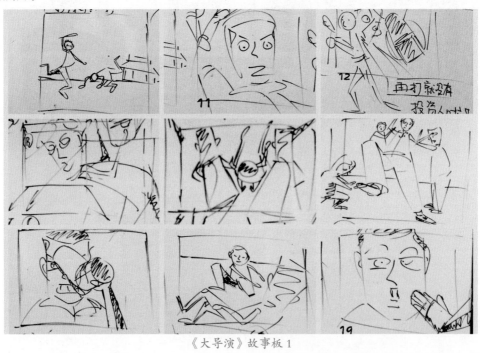

《大导演》故事板 1

这个故事是戏中戏的结构，影片中富二代、制片和导演看似是剧组成员，其实他们也是演员，和要拍的戏一样，都是故事中的人物。

随着每期课程的进展，我们使用的拍摄器材也越来越专业，拍摄套件、镜头、稳定器、灯光、脚架，都是平日拍摄时常用的器材。当跟组人员和同学们汇合后，大家对这些器材爱不释手，进行各种体验和尝试。

镜头 01	摄影机套件（5DII+ 辅助器材）
镜头 02	监视器
镜头 03	LED 灯光
镜头 04	LED 灯光由电池供电
镜头 05	可穿戴稳定器
镜头 06	监视器由电池供电
镜头 07	脚架
镜头 08	镜头箱
镜头 09	灯光配套

这部影片全部设计在晚上完成，按照计划我们通宵拍摄，第二天上午十点左右顺利杀青。

拍夜戏，肯定是疲惫不堪。但每次拍摄都一定要在 24 小时内完成，多一天就多一天的费用。剧组在拍好片的前提下，最重要的就是：节省开支，压缩成本。

人苦点，那都不叫事儿。

我们戏中戏的内容，也就是这个剧组在拍摄的戏是什么？

按照故事设定，是一场床戏。本片的定位是喜剧片，在剧组拍床戏，这里面可以展开的冲突和戏剧性是"无限"大的。剧中设定，出演的富二代很"老实"，不敢和女演员之间有任何近距离的接触，基于这个"木讷"的设定，想以此为滑稽点，颠覆观众对"床戏"的认识。

把生活中司空见惯的平常小事进行放大，让大家看到这个剧组是在一本正经地拍戏。这哪里是什么"床戏"，而是一群不专业的人在各种"露怯"，从而实现其喜剧性。

这部片子拍摄于 2013 年，不知道什么原因，一直没有完成剪辑。

是创作者在看素材时，对故事又不认可了？还是有事拖下来？导致该片一直没有进入后期环节，实在有点可惜。此次本教程升级、改版，再次翻看了拍摄素材，部分片段现在看起来，还会乐得不行。

找时间一定要完成剪辑，要对得起我们通宵达旦的拍摄，夜以继日的工作。

比较历次授课，该片的故事板画得最为流畅，线条简洁，画面明了、大胆。

在影片的高潮部分，我们还设计了一段舞蹈，对"床戏"进行了艺术化的处理。

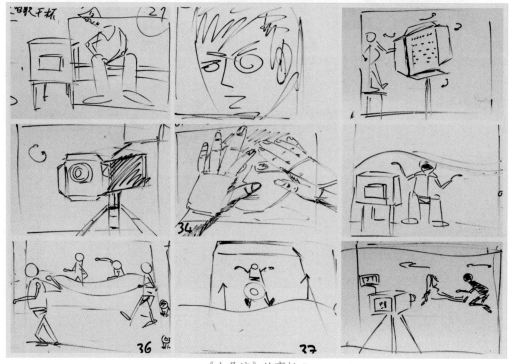

《大导演》故事板2

几年的时间过去了，虽然片子没有剪辑出来。但从剧照上看，大家当时玩得都很开心，工作也很投入。

该片跟《三点》一样，设计要求：要在一个场景中拍摄完成。

《大导演》这部影片的拍摄难度也是较大的，我们选择了一个舞蹈房，里面有一面墙的镜子，要借这个镜子的倒影来参与构图。

我们还采购了一块 10m×10m 的布，高潮环节用来罩住拍摄现场，形成一幕"布墙"。

打好光，透过布，通过影子来表达一些内容。对照故事板，我们可以看到这方面的设计构思。

下面表格中的内容对应下图中的内容。

镜头 01	将机器安装到稳定器
镜头 02	调试稳定器
镜头 03	同学们用稳定器试拍
镜头 04	一个玩乐队的同学来到片场
镜头 05	化妆老师在工作
镜头 06	候场的同学们玩得很嗨，跳起舞来
镜头 07	备份素材
镜头 08	开拍的准备
镜头 09	日落，夜戏开始

《大导演》剧照

　　本片的化妆老师是笔者的好朋友，历次拍摄学生大作业时都有她的身影，给我们的拍摄以大力的支持。拍摄学生作业没什么预算，全靠各位朋友帮助和支持，在此一一谢过。希望有机会，笔者也能为你们去现场打一盏灯，扛起一面旗帜，尽一份微薄之力。

5.3　商业故事板

　　本节课展示的故事板是凤凰教育宣传片设计。

　　商业故事板不仅对画面的设计感有要求，其设计图形的内涵要与公司品牌、价值相一致，相互形成对应关系。在商业故事板中，客户想要看到的就是最接近成片的视觉效果，所以每一格画面都要足够精细。

　　整个故事板的绘制工作是在电脑上完成的，软件提供的笔触细腻、丰富。利用好电脑绘画的优势，创作过程会更加有效率。

　　接下来展示两种风格的商业故事板，第一种是中国水墨画风格；第二种是科技感极强的现代风格。下面就切入正题。

5.3.1　水墨故事板

　　宣传片是一家公司对外宣传展示的载体，它代表了公司的企业形象，是公司文化的象征。

　　笔者在创意阐述阶段，选择用水墨风格来构建所有图形，以契合中国几千年的文化传承；而教育的本质也是一种传承，要把尊师重教这种精神传承下去。

　　整个故事板的主题将紧扣"博学、审论、慎思、明辨、笃行"这十个字。在故事板中要有表现技法的镜头设计，更要为画面找到"灵魂"，不紧扣主题，客户是不会认可的。

故事板的开篇，用一滴墨的扩散，代表从无到有，一生二，二生三，三生万物。

一滴墨构建了一个包罗万象的世界。博学意味着宽广、博大，所以在开篇用墨、鱼、山、水创造了一个世界，来紧扣"博大、渊博"这个主题。

水墨故事板

接着，水墨幻化成了龙的形状在天地之间穿梭，它若隐若现，虚幻又真实。

龙的身躯形成了山脉，意味着我们文化的起源，根基扎实而又气势磅礴，是龙脉象征。

蜿蜒起伏的万里长城就像是龙的身躯，守护着我国的万里疆土，此处依然是用画面呼应博大宽广这个主题。

除了博学外，还要有一种监管的机制，博学像水，但不加管制就会泛滥成灾，不但要博学多才，更要对学问详细询问，彻底搞懂。

汹涌的波涛不断翻涌，形成的巨浪气吞山河。

用桥对博学之水加以审问、加以怀疑。

问过之后以自己的方式活学活用，这是学习的第二个阶段。

将所学到的东西为己所用，视为慎思。不想出一番道理，不要停止。不但要思考，还要对所学的东西明辨是非。博学、广泛就会鱼龙混杂，真伪难辨。既然辨了，就要辨明为止。

经过了这个阶段之后，要将所学落实，做到知行合一，这就是笃行。

"笃"有坚持不懈、踏踏实实之意，只有目标明确、踏踏实实之人才能够做到笃行，也意味着无论是做学问还是开公司，尤其是与教育相关的公司更要坚持自己的口碑，按照明确的目标坚定不移地执行。所以选择了用奔驰的马来诠释出笃行的精髓。

水能载舟，亦能覆舟。滔天的巨浪穿过拱桥被分流成无数的小溪。奔腾的骏马从水中腾空而起，象征着笃行，代表着坚持不懈的努力。

三滴水墨向前涌动，所到之处形成了龙凤吉祥的天坛阶梯，一个由水墨构建的天坛孕育而生。

备注：下面的故事板是绘画的过程，镜头 01、04、07、10 是每格的最终效果，其右侧是在软件中画面的分层效果。分层的画面即故事板的制作过程图解，也是未来故事板动画的示意图。

水墨故事板分层 1

镜头 01 至镜头 03	水奔涌的效果	白色的波浪一层	黑色的线条一层
镜头 04 至镜头 06	水墨渐进效果	线条一层	单独的水墨一层
镜头 07 至镜头 09	台阶的效果	阴影轮廓一层	线条一层
镜头 10 至镜头 12	天坛的效果	结构线一层	水墨一层

这时从天地中心出现了一位长者，他和他的七十二门徒及三千弟子谈诗作赋。水墨幻化的凤凰展翅高飞，涌动的墨汁形成了教育的字样。

下面的表格对应下面的故事板。

镜头 01 至镜头 03	天坛台阶的效果	台阶一层	天坛的前景
镜头 04 至镜头 06	水墨效果	分出一层阴影	台阶的阴影
镜头 07 至镜头 09	烟雾的效果	线条一层	阴影轮廓一层
镜头 10 至镜头 12	人物的效果	人物线条一层	水墨形成的轮廓

水墨故事板分层2

创意来源：运用学习的五个阶段作为整个创作的依据。

"博学之、审问之、慎思之、明辨之、笃行之"出自《中庸》第二十章，这是孔子的后裔子思的名著，说的就是学习的几个层次和对学问的态度，呈递进的阶段，把它作为教育公司文化的载体恰当，具有说服力。

篇幅有限，不展示全部的故事板设计，将创意文案整理、提炼，供大家参考。

5.3.2　公开课科幻故事板

我们把目光放到二十年之后，想一下那个时候老师该如何给学生上课。在未来，老师的课件还是存放到电脑里，用PPT的形式展示出来吗？师生之间的位置还是讲台上和讲台下吗？接下来，大家会看到一个全新的以电脑特技为辅助手段，重现教学这一过程的科幻畅想。

关于未来的影像，需要在想象力的帮助下，让我们"看见"。故事板能够将现实中不可见的影像"具像化"，形成看得见、摸得着的画面，所以才有了接下来的一系列设计。

影片开始，我们设计了一所学校的环境。上课铃响起，学生入座，老师进入课堂向大家说道："同学们早上好！"

老师打开教案：在空中一点，激活了一个虚拟的键盘。一个全息的屏幕出现在讲台上，老师从课程单元中"抓取"了今天要讲的内容。

计算机不再是固态的形式，它已经存在于空间中。计算机的硬件已经不复存在，它们演化为全息投影的屏幕和智能化的程序。

背景（黑板）出现今天要讲的课件：动画原理。

三个知识点对话框弹出。在开始新的内容讲解之前，老师要检查班上同学的作业情况。他重新激活数据库，浏览学生的作业。随着他对作业的点评，该生的信息和形象会出现在虚拟的大屏幕上，上面有学生作业，也有他对该作业的反馈。

作业检查结束，进入今天的课程。

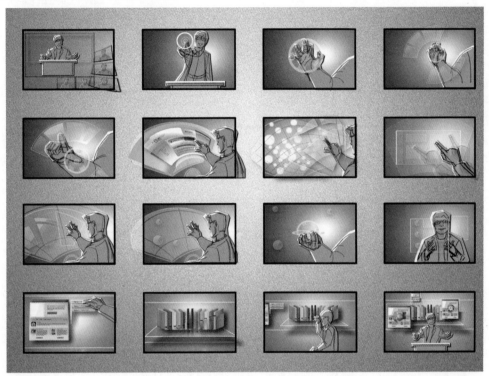

公开课科幻故事板

他在手中画了一个圆，把圆移动到空中，圆变成了实体的球，球在老师手中按照运动轨迹产生运动。老师把球托在手中，往教室中间一扔，球体开始产生变化。

老师对同学们说：圆是一切造型的基础，大家看我如何用它建立一个三维角色。

老师双手由下而上，球体完成了复制。老师双手左右一提，一个有头有脚、活泼可爱的卡通形象出现了。老师在黑板上用手画出一段曲线，把刚刚创建的卡通角色放到了这条运动轨迹上，通过拉升、挤压让这个卡通角色做出各种姿势、动态。

卡通角色竟然动了起来，越来越快，它在同学们的眼前跳跃、翻转，就像有了生命一样。

接下来，老师讲解的课程是关于马的动画。

马在胶片的齿轮上奔跑，越来越快，胶片的运动也越来越快，最终胶片走到了尽头，静止在空中。老师解释了动画与帧的关系。话一说完，胶片以极快的速度收缩回到胶片的齿轮中。

老师从胶片齿轮上走下来，对今天的课程做出总结。

老师讲道：今天的课程到此结束。

通过这个故事板创意和给出的上图中的画面效果，大家看到了科幻题材的故事板风格。

商业故事板的绘制过程都是采用软件的分层功能，一层一层做效果进行设计，这样的方式修改起来很便捷。当对设计的画面推翻重做时，分层保留了我们前期设计的成果，起到简化工作流程、提高效率的作用。

在下图中，我们可以看到三格画面的分层效果。

备注：下面的故事板是绘画的过程，镜头 01、04、07、10 是每格的最终效果，其右侧是在软件中画面的分层效果。

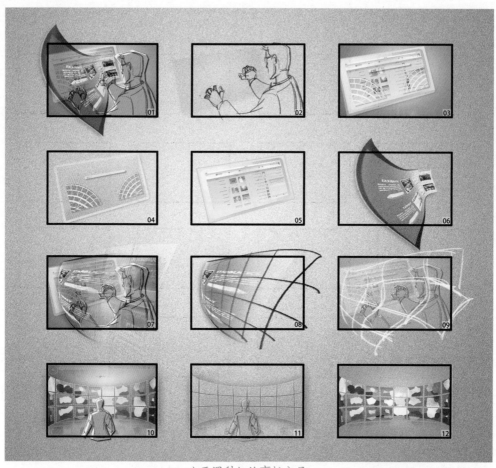

公开课科幻故事板分层

镜头 01 至镜头 03	信息页面出屏效果	人物线条	全息投影的页面
镜头 04 至镜头 06	虚拟键盘	页面的阴影	页面出屏分层
镜头 07 至镜头 09	页面出屏效果	线条	白色的高光层
镜头 10 至镜头 12	人物看屏幕墙	屏幕墙结构层	屏幕墙画面层

5.4 故事板创作流程

在本节课中，笔者简要分享在课堂上进行故事板创作的全过程，这样读者就像我们团队中的"一员"，体验影片从创意到完成的整个流程。

课堂上故事板的创作过程充满了"变数"。

同学们经过讨论，给出的好想法和有趣的建议会被采纳、吸收，故事的发展是一个"动态"效果。

故事板课程有很大的随机性，故事并不是提前准备的。

主干情节的发展和人物关系像流逝的时间一样，下一秒会走向哪里并不提前知晓。

5.4.1　故事大纲

同学们组成编剧小组，一起讨论微电影剧本，确定最终参与演出的演员，并讨论场地的可行性。编剧小组的每位成员都会为剧本的结构和故事逻辑的合理性提出建议。

编剧小组讨论故事

待选剧本定下后，由编剧小组代表彭南同学给大家讲故事。

阐述故事的主线，分享演员在事件发生时的心理状态，有些符合人物性格的台词就在讨论的过程中出现了！

编剧小组代表向同学们讲故事

接下来，进入提问阶段。

同学们对故事内容及想要表达的主题思想展开讨论。例如，故事中某个情节的设计是否合理？某些镜头在现有条件下，应该怎样去实现拍摄？该画面是否符合剧情的需要？

讨论常会出现偏离主题的情况，这时需要打断给出新的指引方向。

片子属于每一个人，有想法一定要如实表达，千万不要不好意思说，有分歧才会有进步。

讨论故事的合理性和可行性

结合前面的故事讨论，会产生具有代表性的事件，也就是小的情节片段。

这时，需要导演对这些情节点进行整合和构思，设计出一个符合当前条件和现场环境，一个可执行的故事大纲。

根据时间、地点、人物、事件设计出剧本的雏形。

拍摄的场地对整个故事的走向有着决定性的影响。故事的情景设计、气氛的渲染，一定要在合适的环境中才能建构出来。

当剧本的雏形出来后，接下来就是确定演员。

没有必要非要用专业演员，直接在学生中间选择就是一个不错的想法。谁能演？谁适合某个角色？平日里与同学们相处，相互了解是决定角色的重要一环。

5.4.2 创作前的准备

准备开工，清理教室，为下午的故事板创作课做准备。

这是一间多功能教室，里面可以搭建影棚，放映电影，也可以根据我们的需要随时调整，形成新的空间。在这种开放的教学环境中，剧组的灵活性可以得到充分展现。

清理房间

故事板绘画练习

如何画故事板，我们接下来做一个小练习。

问：卡通人物的五官怎么画？

答：画一个人物，圆形是人物头部的轮廓。

用线进行五官的结构设定，交叉线在圆上的位置决定了五官的位置。

用点、线绘制五官。

一个卡通形象就完成了。

下面表格中的内容对应下图。

镜头 01	画出方框，并列排序
镜头 02	在白板上画出六格（八格也是可以的）
镜头 03	画一个圆，由上往下分割圆
镜头 04	学生练习画线，由左至右，分割圆 两条线交叉的位置即确定眼睛的位置
镜头 05	竖线用来确定鼻子的位置
镜头 06	在横线上绘制一侧的眼睛
镜头 07	在眼睛上面绘制眉毛
镜头 08	让学生练习
镜头 09	画一个人物很容易

5.4.3　让每个人都融入创作中

结合之前创作的故事大纲，我们就有了继续深入的框架。

后面，大家一起为故事注入"灵魂"。

在故事情节的讨论过程中，不时会产生好的点子。很可能是一句有趣的台词，要把突然迸发出来的灵感马上记录下来。笔记本电脑是课堂和片场必备，移动办公，随时更新我们的工作计划。

边画故事板，边记录创作过程中的台词和将来需要准备的道具。

记录课堂上随时产生的好点子

老师画完一组镜头后，同学们开始依据画出的故事板表演、排练。

在演练中，不断发现需要修改的地方，把前面每个步骤都做好，思路也变得越来越清晰。

故事板也会根据现场排练效果，再进行完善。设计画面让我们预见"未来"，排练又可以反过来帮助我们更好地设计画面。

在课堂上画出整部微电影的故事板，使参与其中的每一个人都明确地知道电影中的细节是如何设计出来的。在未来的片场，这些画面预设将一步一步变成看得见摸得着的影像。一个人的想法始终是有局限的，不要吝啬分享自己的想法，越分享越快乐。

大家一起构建故事并画出故事板

5.4.4 故事板式的编剧课

拍摄前找到样片也很重要。这不是在消遣时间，或做无用功。

不同类型的影片有着不同的套路，有针对性地找来参考片，可以为大家带来新的灵感，尤其是看完马上就去实践，受益匪浅。光看，而不去拍摄是学不到东西的。

故事板是人人都可以掌握的工具，没有大家想象中那么难。课堂创作时，对有些画面的处理，笔者直接交给提出问题的同学，走上台，用笔画出自己的想法，鼓励大家拿起笔，是迈向成功的第一步。只要勤于练习，注意点、线、面和阴影的绘画技巧，画故事板也并不难。

故事板绘画练习

问：面向镜头对话的人物如何画？

答：人物由上至下画，对话中的人物由内向外画。

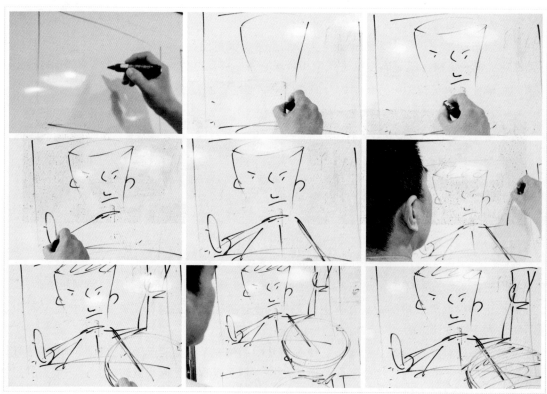

故事板绘画示范

镜头 01	人物画在方框中
镜头 02	勾画角色外形
镜头 03	点、线、弯勾，形成五官
镜头 04	手臂用直线，手用竖状的方形
镜头 05	线条形成身体的轮廓
镜头 06	折线形成右侧上摆的手臂
镜头 07	前景绘制一个圆形
镜头 08	两条线向下形成圆柱体
镜头 09	两人的对话，面对面的效果

　　故事板除了可以串联剧情之外，还便于与他人分享。对照着画面，每个人都可以轻易地表达自己的想法，是赞同，是非议，或者是有更好的建议。很多同学喜欢听人家说，隐藏自己的想法，这需要引导和鼓励。

　　很多时候，潜能是被逼出来的。成长的过程少不了大量的尝试和失败。

　　拍电影要让每个人都融入其中，画故事板、讲故事板、分享故事板的过程，就是要求大家学会表达，尝试着更多地融入集体。

　　勇敢地走到台前陈述自己的想法，会让每个人都变得强大。创作的过程就是一个团队由弱到强、由散漫到团结的过程。

5.4.5　透视和景深

　　在画故事板的时候，一定要强调纵深、利用透视，这样画面才更加具有张力和层次感。

　　为了更加贴切地表现出剧中人物的情绪，在设计一段情节之后，第一时间将其表演出来。在表演中揣摩主角的心思，找出更合理的表现方式。这些现场随机出现的内容，都将成为故事板创作的一部分，指引我们向前，向前，再向前。

一起构建故事板

5.4.6　深入剧中人物

　　创作者只有了解剧中的人物，才能够拍摄出打动人心的作品。

　　拍电影就是一个身体力行的工作，诠释它最好的办法是用身心去感受。

　　在创作的过程中，时常会让我们忘记时间的存在，尝试着让自己的身体跟着剧情一起"动起来"，揣摩角色的性格，模仿角色可能会采取的动作。这样会比你在课堂上一动不动，坐在那里更有收获。

　　对于某些问题的合理性解释，可以通过互动来完成。

　　让同学演一个剧中人物，与自己对戏。两人相互触动，相互施压，最终形成了一种故事中的情绪。

我们在此时就释放出了心中那个不曾修饰的"人物"，或许我们从中可以找到自己的影子。

故事结构常常也因人而异，因时间而异，因不同人群组合而异。如果故事是"圆"的，那要我们一同去塑造它内在的轮廓。

在黑板上不停地画画是一件很累的事情，不用任何参考全部凭空创作。

人的动作、想象中的空间、物体之间合理的透视关系……这些信息在大脑中高速运转，源源不断地将文字转化成画面。让团队成员理解接下来所发生的事情，那么我们的故事就离成功更进了一步，前面所受的那些苦和所花费的精力都有了价值。

构建故事板

故事板绘画练习

问：背向镜头的角色如何画？

答：从头开始。

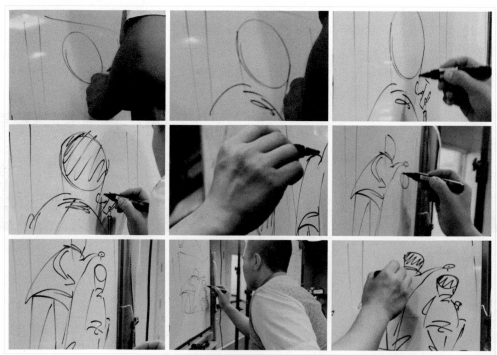

故事板绘画示范

镜头 01	画圆，建立头部轮廓
镜头 02	两条线向下，建立柱体；绘制椭圆，建立人物的背
镜头 03	绘制 C 形，建立人物的耳部

镜头 04	突起的鼻子
镜头 05	人物右侧，绘制另一角色
镜头 06	方法同前，绘制头、身的轮廓
镜头 07	两个人物的大结构
镜头 08	刻画细节
镜头 09	来回涂抹，将连线作为阴影

5.4.7　头脑风暴

创作的过程并不是一帆风顺，对故事持续地"推进"是少有的一种良好状态。

课堂上也经常会有进行不下去的情况发生，现场几十号人突然就卡在某一个情节上突破不了，怎么办呢？

稍微休息一下，跟同学们一对一地聊一聊。

我问你答，对话的形式，常能获得某种启发。在相对放松的环境中，询问不爱发言的那些同学，既增加了大家的参与感，又会听到独特的见解，这样的编剧课程大家都很有收获。

故事板绘画练习

问：个性化的卡通人物如何画？

答：强调特点，将你想强调的部位进行夸张处理。

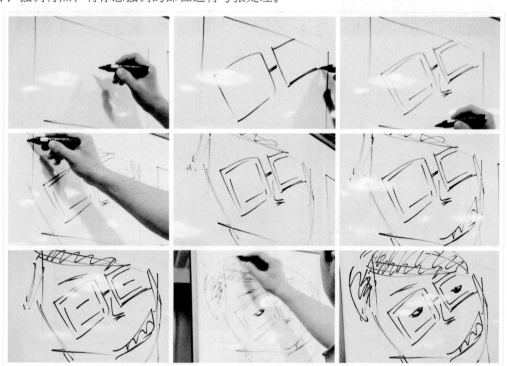

故事板绘画示范

镜头 01	起笔
镜头 02	两个大的方框，眼镜的结构
镜头 03	人物的鼻子

镜头 04	曲线，绘制左右两侧的发型轮廓
镜头 05	脸部轮廓线
镜头 06	倾斜的嘴角
镜头 07	两条直线，眼睛的位置
镜头 08	连贯的线条，用于头部的阴影
镜头 09	绘制瞳孔，头部完成

5.4.8　快乐的日子

故事完成了，故事板也画好了，迈开腿出外景。

外景地要常去，构思过程中在场景中多待会儿，会给予我们很多启发。参考着故事板，观察环境，为实景拍摄做好最后准备。

吃饭的时间也不能放过。

如果想让团队高效运转，那就抓紧一切可以利用的时间，及时做好团队成员间的沟通，及时发现问题，拿出新的解决方案。看着团队不断成长，故事一点一点地成形，真是让人怀念的日子啊！

抓紧时间全速推进

故事板绘画练习

问：镜头里有多个人，应该如何画？

答：主体在画面中间，如果左右两侧都有角色，可以考虑只取他们的部分入画。

故事板绘画示范

镜头 01	方形的头部轮廓
镜头 02	头发和身体的轮廓
镜头 03	画左人物露出的一侧手臂
镜头 04	设计两人的比例，用于决定画面右侧的人物是小孩
镜头 05	在画右起笔
镜头 06	一个拉小提琴的男人的头部，方形
镜头 07	绘制男人的手臂轮廓
镜头 08	绘制男人的腿部轮廓
镜头 09	绘制男人的脚部

5.5 故事板的作用

关于故事板的作用，编排了一小段关于故事板的口诀，帮助读者加深印象。

- 魂：影像的灵魂，是导演与整个团队沟通的桥梁。
- 省：依赖它节省预算，提高效率，降低拍摄成本。
- 圆：画圆，万物都可用圆来表示，能看懂就行。
- 美：美术基础，画故事板，不一定要学过传统的美术。
- 规：指规范，形成规范，形成原则，避免跟着感觉走。

故事板绘画练习

问：人物的动势应该怎么画？

答：头、身成一个夹角，避免让人物直直地立在画面中。

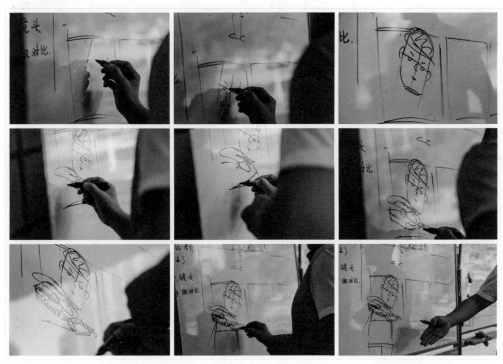

故事板绘画示范

镜头 01	两条线，人物的轮廓
镜头 02	绘制十字交叉线
镜头 03	横线，左右两侧，找眼睛的位置
镜头 04	曲线，弯曲的手臂
镜头 05	设定另一只手的位置
镜头 06	在人物胸前完成小提琴的轮廓
镜头 07	注意身体和小提琴相互的遮挡
镜头 08	身体的轮廓线
镜头 09	调整右手的位置，卡通人物完成

故事结构与故事板

　　画故事板就是在建立故事结构。两者之间没有硬性的先后之分，先有故事结构再画故事板是可以的；画了故事板再完善故事结构也没有问题。相对而言，故事结构的雏形是较易实现的，初期想法可能不太成熟，但随着故事板的推进，故事结构也在相应地做着调整。

　　作者的个人习惯是先出一个大概的故事结构。将事件、高潮和人物关系做一个基础的设定。

　　卡好时间之后，再绘制故事板。这些都是个人习惯，仅供参考。

故事板绘画练习

问：什么是故事结构？

答：故事结构是人物之间的关系与事件的发展形成的环环相扣的图谱。

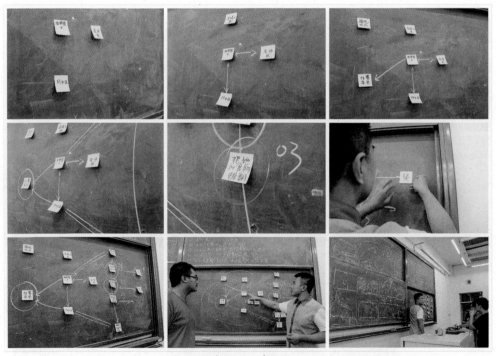

故事板和故事结构

镜头 01	贴纸上写上人物的名字，贴在黑板上
镜头 02	用箭头建立人物的关系
镜头 03	出现的新人物，继续写下来，贴上
镜头 04	事件发展的方向，连接了人物
镜头 05	按时间线，呈并列关系的事件进行连线
镜头 06	人物情绪，作为事件结果的状态，标记
镜头 07	将人物和事件之间进行连接
镜头 08	相互的影响用曲线标记出来
镜头 09	故事板与结构图是创作的有效工具

5.6　本课小结

剧本文字到视觉画面转化的过程中，故事板是看得见、摸得着的一座"桥梁"。在故事板的帮助下，我们可以提前预见到影片未来的"样子"。

笔者希望学习编导的同学们能够掌握这一技巧，利用故事板提升微电影的创作水平。

在本课最后，笔者给出带编导班学生创作故事板的完整过程，从故事大纲开始，和同学们一起头脑风暴，以故事板的形式，深入剧中人物，拓展剧本创作的新边界。

一部 15 分钟的短片，故事板的绘制持续了三天，一格一格将剧本文字转化为画面。

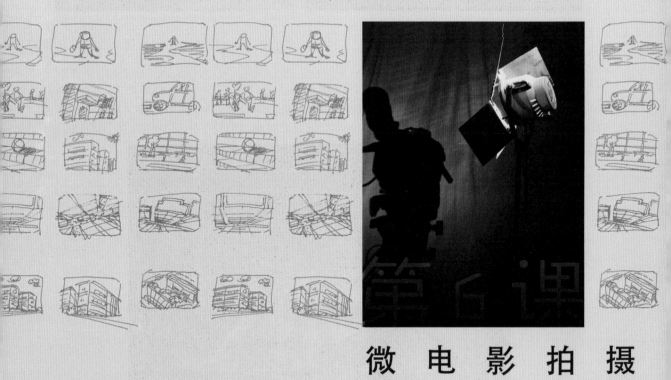

第6课

微电影拍摄

本课是拍摄实践课。

笔者将讲解的所有课程都与拍摄有关，无论是镜头语言还是故事板，实质上都是解决怎样拍摄这个问题。

本课的拍摄实践课程将从以下三个方面展开：一是体验摄影棚里的拍摄过程；二是展示实拍过程中的现场调度；三是把摄影、摄像彼此相通的知识点提取共性，尽量以深入浅出的方式进行讲解。

在本课的前半段笔者会带领大家体验摄影棚里的拍摄流程，这个环节的内容容易理解，气氛轻松。随着课程的推进，大家会看到摄影机、轨道、监视器、小摇臂等拍摄过程中常用的辅助器材。与在剧组拍片一样，在我们的课程中这些器材也是不可或缺的元素。

组装小摇臂 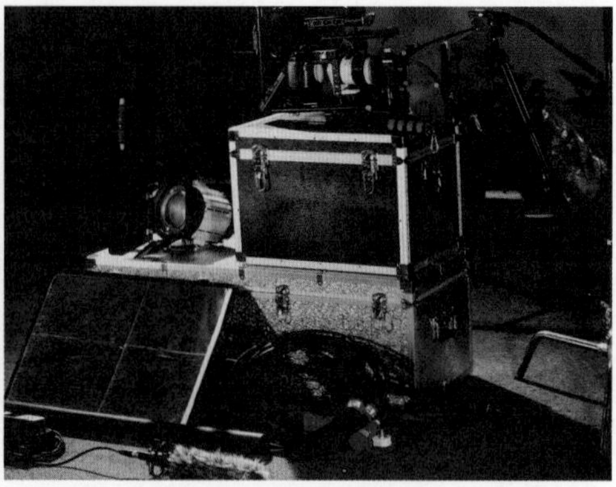　　　　　　　　　　　　　需要用到的拍摄器材

关于机位的架设、演员站位的原则、镜头的轴线等涉及的具体拍摄技巧，笔者放到了后半节课来讲。

通过对这些重要知识点的学习，大家会感觉到拍摄并不是一件很容易的事情，尤其是拍出高质量的影片实属不易。只会点按摄影机上的开机按钮，没有目的地拍摄永远不会成为驾驭镜头语言、会用影像讲故事的"高手"，我们的目标是远离操机员，脱离"菜鸟"队伍，成为真正的摄影师。

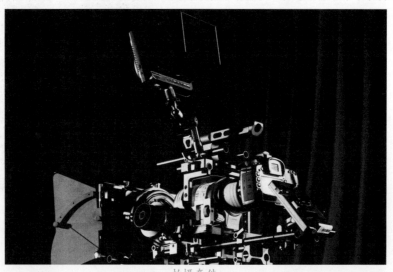

拍摄套件

要使拍摄的影像最终能为你的故事所用，就是本书要解决的问题。在体验摄影棚里拍摄的环节中，将一次完整的拍摄流程从准备、到布光，再到架设摄影机，最终完成拍摄任务展示出来，与大家分享这个过程中遇到的问题及流程中涉及的摄像、摄影相关的知识点，目标就是通过实践激发大家的

动手能力，近距离地感受拍摄现场。

　　拍摄这门功课，说一千道一万，还是要自己动手更有收获。从书本上获得的经验和知识最终还是会重新交还给老师……来一次属于自己的拍摄才是最好的学习方法。

　　很多读者都有单反相机，而且性能都不差，用来拍摄微电影作品可以说足够了，如何用好自己手中的相机也是本课关注的一个方面，在讲解过程中融入了相机和摄影知识。摄影作为影视入门的基础课程，是每一个初学者的必经之路。

　　把功课做扎实、多拍多练，从而为完成自己的微电影作品打下坚实的基础。

6.1　体验摄影棚

　　摄影课是一门基础课程，谈到基础，可以说它是人人都可以轻松掌握的一门技术，尤其是在学习拍摄微电影的过程中，照片摄影与电影摄影相通的概念可以让我们对摄影机操作和摄影技术有更直观的认识。

　　笔者对学习摄影和掌握微电影拍摄有着自己的见解：这门"手艺"不能仅从书本上获得知识，还需要大家动手去拍。老师给你做示范，以及各种言传身教，把他所认为的种种最有效的方式都告诉你，只是完成50%的引你入门的工作。摄影到底是怎么回事？依然需要你独自完成实践环节的课程。

　　独立应对拍摄过程中各种复杂的环境，反复体会瓶颈的突破口，无论结果如何都会给你留下宝贵的经验，成为你日后前行的力量。

　　接下来的课程更像一个游记，我们边走边学，轻松地学习，快乐地学习。笔者在这个轻松的过程中会穿插关于摄影的一些基础知识，跟上我们的步伐顺利完成一次外拍之旅：

边走边拍 / 走进摄影棚 / 安排摄影机的位置 / 测光和布光 / 摄影机初体验 / 准备开拍 / 抠像与电脑特技

6.1.1　边走边拍

　　前往摄影棚的路上是一次很好的出外景机会。景有了，模特也有了，拿起相机随时记录精彩。模特摆好姿势，摄影师站好位置，一切准备就绪的拍照是"摆拍"；摄影师随时抓动态的人、景、车流属于"抓拍"，这种练习很锻炼摄影师的反应速度，一切都是运动的，手持相机，相机的参数需要根据环境快速改变，然后还能实现曝光正常的照片，你就出徒了。在"扫街"的过程中，稍微没有注意，拍出的效果不是曝光不足，就是整个片子都虚掉了。

出外景

街拍练习

　　路上让同学们拿着相机去"扫街"，去抓拍他们感兴趣的内容，留着回去当作业点评。经过50

分钟的路程我们到达了目的地。从车上下来要经过一段地下通道，光突然变暗，此时要迅速调整相机的曝光量，确保画面不能过暗，快门速度不能设定得太低。对于初学者来说，1/60秒是一个"安全"的快门速度，更低的快门速度很容易出现手抖照片虚掉的效果。

从图中效果可以知道：远处的景物还是相对清晰的，这说明当时拍摄时相机用的是小光圈，景深的范围相对较长，从这两点就可以判断出当时天气不错，阳光很强，漫反射把整个地下通道都微微地打亮。除了自己拍摄之外，要多看别人拍摄的摄影作品，如果能从照片中总结出自己的心得体会，慢慢地就能够感知当时拍摄时的现场环境和摄影师当时的创作意图。

即将抵达摄影棚

路过通道

为了照顾初学者，笔者要给不熟悉单反相机的同学们恶补一下相机的外观及主要功能键的作用，不管大家手头是什么型号的相机都能从图中对应找出实现这些功能的位置。不要过分追求相机的型号和镜头，我们的初级目标是先学会把照片拍清晰、不虚。

很多同学问我："老师，学摄影需要多长时间？"一个星期足矣！后面就靠自己去悟，多拍、多练。很多人以为摄影的书越厚越好，学习摄影没几个月或一年半载根本就学不会。其实你又不是准备去当一个摄影的理论家，实在没有必要这样难为自己。

照片拍得好不好看？什么标准才能称为好照片？这是仁者见仁、智者见智的问题。只要符合大众的审美观即可。

1.相机的正面

先介绍相机的正面区域，就是有镜头的一面。

单反相机的前面有三个主要区域，A位置是手柄，拿相机的时候手指弯曲刚好可以在这个位置握住相机，手感舒适。相机在该位置会凸起，表面有防滑材质，增加手和相机的摩擦，确保手持相机时的稳定性。

在图中B位置有一个按钮，我们可以用它来完成镜头的更换操作，初学者一般不要去按它，一不小心把镜头碰松，导致在拍摄过程中掉了下来，人家真的会笑话你的！而且这个笑料会让人记忆深刻，没事的时候就想起来，说什么时候你又犯"二"了！

在C位置有一个转盘，用于切换拍摄模式。相机针对不同的拍摄内容，给出几种拍摄参数的组合设置，让用户可以有针对性地进行切换，后面再详细介绍转盘上各项功能的用途。

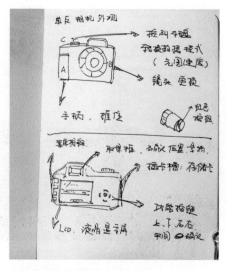
单反相机的外观

2. 相机的背面

我们再来看一下相机的背面区域 (没有镜头的一面)，因为画得比较立体，具有透视感，所以其他的立体面也出现在图中，图中的相机包括相机的顶面区域和背面区域。

背面最大的区域是显示屏，从中可以看到拍摄的效果。当然这不是很准确的一种观看模式，屏幕太小，很多细节看不到，可能你拍虚了，但因为可视面积小的问题而察觉不到。

另外一个观看窗口是取景框，显示当前相机的可视范围，我们常说的构图就是在这个可视区域中安排被拍摄的人和景。

在面板的右侧有五个按钮，上、下、左、右、中，用于屏幕上显示的菜单和各功能参数面板的选择操作。其中左、右按钮可以实现对已经拍摄照片的回放、删除、旋转等操作。说白了这些功能键是能够完成人机交互的控制按键。

在最右侧的侧面位置是存储卡的插拔区域，我们所拍摄的数字照片都存在这张卡上。提醒大家一定要做好备份工作，拍摄完成马上要做备份，不要急于清空卡上的照片，删除和格式化之前一定要反复确认。

3. 相机的顶部

再来看一下相机的顶部区域，凸起的这部分是闪光灯，闪光灯很好理解，光线暗的时候，可以通过闪光灯瞬间照亮场景，帮助我们完成拍摄任务。

右图中 A 位置是快门，按一下就可以完成单张和多张连拍照片的效果，很多同学反映，按完相机快门后相机无反应，快门无应答，好像相机拒绝完成拍摄。排除相机出现问题的可能，这是由于相机无法完成对焦，所以快门无法触发。相机"感觉"当前场景光线不足，让它找不到焦点，它是在提醒你："你当我是手电筒吗？在这么黑的地方竟然要我曝光！"

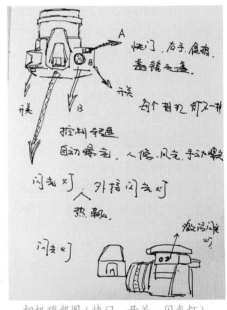

相机顶部图 (快门、开关、闪光灯)

或许你有疑问，场景很亮，房间里的灯全开着，一点也不感觉暗……但相机有它自己的测光方式，它看到的"世界"并不是我们眼睛所看到的样子，所以我们要经常站在相机的角度去思考问题。

此时只要稍稍旋转或改变相机的位置，就一点点的距离，选择稍微亮一点的位置让相机重新对焦，就可以触发快门。

当然在这里所列举的案例你可能没有碰到过，或者是即便按照上述所讲的操作也无法完成拍摄，那我们应该怎么办呢？

这需要继续学习，把书中后面讲的内容都吃"透"，也许你就明白了。

随着你对摄影、对光影、对相机的原理理解得越来越透彻，有些看似简单的问题就越发变得不好回答。为什么呢？因为完成拍摄是一个充满变数的过程，再加上相机的参数众多，很可能某个按钮没有调好，就实现不了笔者上述所描述的情况。

你就会说，不会啊！根本就不是那样的。我的相机一切正常，完全照你说的去做，为什么拍出来还是虚的呢？我拍照的时候，相机根本就没有对焦的过程。快门很"听话"，一按就拍，但就是拍完就虚。

那很可能你的相机自动对焦的按钮没有开启，所以无论何时何地，相机在这个命令的指示下，从来不进行对焦操作，就直接曝光成像向你"交差"了事，所以只要你按下快门，相机马上就会触发。

在相机没有对焦的过程中，如果刚好被拍摄的物体在相机的某一个焦点的景深区间之内，也许照片能够拍摄清晰，但曝光可能会有问题（过亮或过暗），完美的成像靠运气，也靠技巧。

如果照片拍出来就是虚的，无论怎么去调快门、光圈、ISO都没用。这时你就要考虑是不是相机的自动对焦按钮被不小心关闭了。

综上所述，决定拍摄的变量是如此多，在自己看书学习却无法实践、又没有人交流的情况下，学习摄影真的变成了一件神奇的事情……

在相机的顶部图中 B 位置是拍摄模式切换转盘。

对照图中标识的开关位置找到自己相机的开机按钮，因为每个相机的生产厂商、型号不一样，所以各款相机开机按钮的位置也不完全一样。很多相机的开机按钮在相机背面的显示屏下面。

4. 相机的侧面

接下来看一下相机的侧面（这里指的是相机背对着你时，你的左手对应的这个面）。

无论是草图，还是实物。占有视觉最大面积的区域是机身，第二大位置是镜头，当然有的镜头比机身还大，那就另当别论了！

注意看右图中的标识，在机身侧面有一个可打开的面板，通过这个面板可以用数据线连接电脑，实现相机数据的导出、复制、删除等操作。

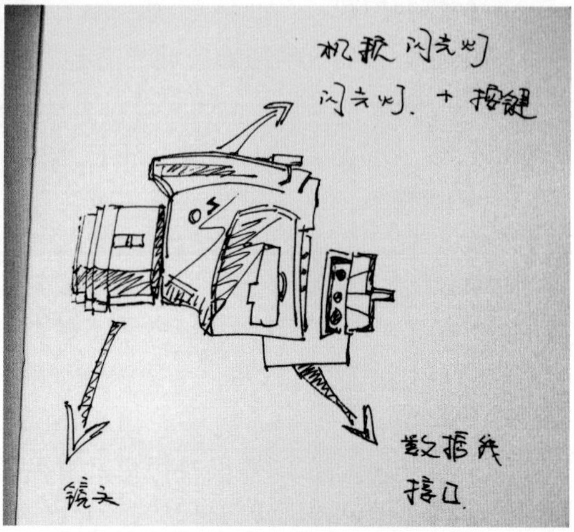

5. 相机的底部

在相机底部左边的面板可以打开，里面放置电池。可以通过这里完成电池更换，电池拿出来之后如果插

相机侧面图（机身、镜头、数据线接口）

反是放不进去的，所以遇到这样的情况大家不要对相机过于"暴力"，考虑一下是不是自己操作的问题。在通常情况下会为相机多采购一块电池备用，出外景因相机没电而错过风景那是相当可惜的一件事情。而且相机的充电器要随身携带，拍完要有马上充电的好习惯。

笔者在文中描述相机的左右位置并不是完全绝对的，如果你把相机旋转180°，那正好与图中的标识位置相反。

在下面相机底部图中右侧有一个凹进去的螺丝孔，这是与云台连接固定三脚架的区域。

拍摄视频时一定要考虑三脚架，确保相机拍摄的画面不抖动。手持也是可以的，适用于运动镜头的拍摄。我们有一部微电影完全是用手持拍摄，效果也不错，但对摄影师的要求非常高，对于初学者还是建议使用三脚架。

相机买回来之后，机身、镜头、电池、充电器这些必备的部件都是分开单独放置在包装盒中的（注意有些机器买来时不带镜头）。大家注意看下面相机配件图中有个背带，要把背带装在机身上，拍摄的时候最好把带子缠在手腕上，以免相机脱落产生不必要的损失。

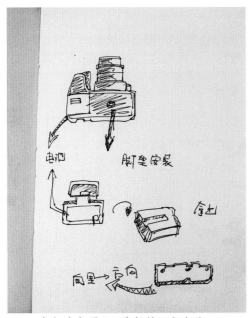

相机底部图（三脚架接口与电池）

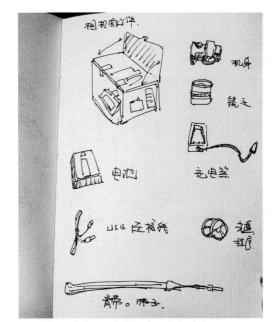

相机配件图（单反相机套机）

　　笔者在这里给出了一个装置背带的示意图，带子连接之后可以通过左右两边的调节框控制带子与相机左右位置的松紧，如右图所示。

　　相机背面取景框右侧有一个屈光度调节按钮，目的是方便一些轻微近视的人群在不戴眼镜的情况下，也可以从取景器内看到清晰的画面。屈光度的功能是通过在相机取景目镜处多加一组镜片实现的，通过旋钮调整镜片的位置关系，使其在 -300~+200 之间形成屈光度的调节。厂商考虑到在摄影爱好者中，近视的人群还是占有相当大的比例这一因素，所以相机的屈光度调节装置是一个很实用的"人性化"设计。

　　刚买回来的镜头需要额外为其购置一个 UV 镜，价格在十块钱到三百块钱不等，它可以很好地帮助你保护镜头，避免意外的碰撞和划伤。手机都会贴膜，我们的"爱机"也要武装到"牙齿"。有一次去新疆拍摄，出发前镜头都是全新的，他们忘记了额外采购 UV 镜，一路上真让人提心吊胆，处处格外小心。

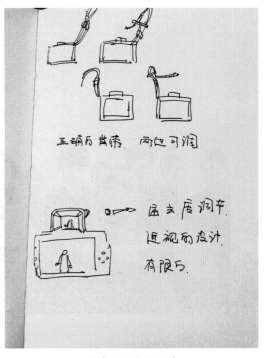

背带与屈光度调节

6. 相机的安装及配件

　　安装镜头与 UV 镜图中展示了相机安装、更换镜头的技巧。

　　按住镜头释放按钮不放，逆时针旋转镜头即可完成镜头卸下的操作；在相机机身位置找到一个白色的点，再将镜头顶端红色点的位置进行对应，顺时针旋转就可以把镜头重新装配在相机上。一般情况下，不要来回拆换镜头，在尘土多、风大、下雨、下雪、强光的环境中，更换镜头会造成安全隐患。发现很多同学把换镜头当成一种玩乐，一会儿卸下，一会儿装上，这样很不好，在剧组更换镜头都是用黑布蒙着或在相对封闭的空间中完成的。

但从来都不更换镜头也不好，不会更换镜头，人家会质疑你的摄影水平。

为爱机购置一个相机包，将镜头和机身分开放置（建议大家这样做），镜头卸下后，机身的镜头接口位置要用盖子拧紧，避免灰尘进入。备用的充电器及电池由夹层固定，检查一下存储卡，然后拎包走人，出去拍外景，开始你的摄影师生涯。

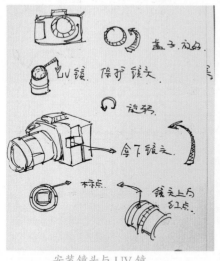

安装镜头与 UV 镜

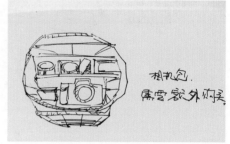

相机包

本节关键词：三脚架

三脚架的主要功能是支撑、稳定相机，它带有云台和三角形的支撑腿。云台可以实现相机 90° 的竖拍功能。云台的旋转功能，在一定空间范围内给予了摄影师迅速调整相机角度的能力。三脚架的使用频率非常高，应用广泛，尤其是在视频拍摄、夜景拍摄、微距拍摄、商业广告片拍摄中，更是摄影师的"好帮手"。

相机组装三脚架

用相机竖拍

6.1.2 走进摄影棚

走进摄影棚，映入眼帘的是一大块绿幕背景，方方正正的空间中灯光器材分布在各处，较其他辅助拍摄器材（例如，摇臂、轨道、监视器……）而言，灯光器材从数量上占有相当大的比重。

从这个信息可以看出，灯光是拍摄的重要组成部分。

摄影棚

绿色背景布

如果单纯从常理出发，拍摄的空间越大，需要用到的灯光就越多，尤其是要在室内拍摄时，除了要把场景照亮之外，还需要额外的光源对人物进行多角度的补光。用在现场的重要道具，也需要单独用光把它们照亮。不然摄影机"看"不到它们，如果现场过暗，那么画面上毫无细节和层次可言。

在剧组里灯光是一个人数众多的大组，也是工作最辛苦的团队。他们要早早地赶到现场，布置灯光；拍摄结束后，还要最后一组离开，要清场，还要把灯光器材装箱、装车。电影、电视剧、广告片的拍摄中如果用到了大功率的灯光器材，需要额外的发电车、发电机组来配合。

吊顶的灯光组件

这里展示的这个棚里的灯光器材大部分是从房顶上通过伸缩组件连接，需要的时候拉下来进行照明，灯光的接口位置有旋转组件。灯光师可以按照需要对灯光进行 60°以内的旋转，完成拍摄之后向上一推就可以将灯光重新归位，这样一来灯光器材不会占用额外的空间，使用起来很方便。

抬头望去，灯光形成了一个灯光阵列，很是壮观。

使用相机拍摄照片和视频之前，需要确认几个重要的参数设置。例如，设置所需要的画面尺寸。把摄影师的意思通过具体的功能菜单来"告诉"相机，这不是对着相机喊话能够做到的，而是通过相机菜单里的功能键选项来实现的。

在这里讲解一下拍摄之前要进行哪些参数设置，信息量较大，虽然只是就着重点讲，但对初学者来说也是需要一定时间反复练习才能够运用自如的。知识的积累和实践的运用需要一个过程，这是急不来的。

按下相机的 MENU(菜单) 按钮，显示屏会显示带有参数的对话框。通过上、下、左、右键，可以进行各功能命令的访问。

找到"画质"这一选项，可以完成相片的拍摄尺寸设置。拍摄尺寸直接决定了相机存储卡存储照片数量的能力，拍摄的照片尺寸越小，能够存储的照片数量就越大。就拍摄经验来讲，要将拍摄尺寸尽可能设置为最大，拍摄的内容要以最高画质来保存，存储卡用完了可以再换，错过的事件和风景可能再也找不回来了。

最高画质的标识通常是 RAW+JPG L 模式。

其中 RAW 格式是照片的一种原始无压缩数据格式，可以理解为"数字底片"。RAW 格式是 CMOS 或者 CCD 图像传感器将光源信号转换为数字信号的原始数据。这种直接从 CMOS 或 CCD 上得到的数据，在后期处理环节中，可以给予摄影师最大限度的发挥空间。摄影师可以通过后期处理软件任意调整色温和白平衡，并且是不会有图像质量损失的。在对画面进行提亮或压暗的操作过程中，影像较其他格式相比较而言有着最大的"宽容度"。将这种未经处理的文件格式导入计算机后，普通的软件无法识别，需要专门的图片处理工具。JPG 是常用的一种图像压缩格式，L 的意思就是"最大"英文的缩写。

选择该项就是"告诉"相机对拍摄的画面要以最大画质来保存相片。初学者用 JPG L 模式也就够用了。

当你用 RAW + JPG L 格式来存储照片，在这种设置下拍的照片以两种格式保存：一种是 RAW，另一种是 JPG。如果你不熟悉 RAW 格式，也不会使用后期软件进行后期处理，就会浪费大量的存储空间，增加数据的导入、筛选时间。

有意思的事发生了，改变了照片的拍摄尺寸不会影响到视频的拍摄尺寸。为什么呢？因为改变单反相机视频拍摄尺寸有另外一项命令，照片和视频是两种存储模式，不能混在一起去理解。

只有相机拍摄模式处于视频拍摄状态时，设置视频的菜单才会出现。在不同的模式下，按下相机的 MENU（菜单）按钮，显示屏显示参数的对话框是不一样的。这也是有些初学者找不到相应命令的原因所在。

如果相机的菜单文字不是中文，可以通过语言菜单中的"中文"选项进行设置。

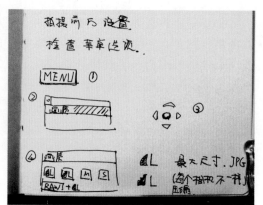

相机的功能菜单

白平衡也是一个重要的参数，重要到什么程度？要求你必须熟悉其中每一个选项的用途。白平衡到底是做什么用的？它可以告诉相机使用与拍摄现场的环境相符的最佳颜色模式进行拍摄。建议初学者先把白平衡的选项设置为自动，掌握了光圈、快门、感光度等概念，能够拍摄出曝光正常的片子之后再回过头来理解白平衡这个概念就会相对容易一些。笔者的课程目标之一就是让大家尽快上手，希望大家能够在自学阶段受到更少的干扰。

在白平衡菜单中，系统提供了几种常用的色温模式，例如阴天拍摄模式的图标就是"云彩"；"小太阳"代表了晴天拍摄模式；钨丝灯拍摄模式和荧光灯拍摄模式，是室内拍摄时需要使用的拍摄模式。原理上就是根据光源选择合适的白平衡。

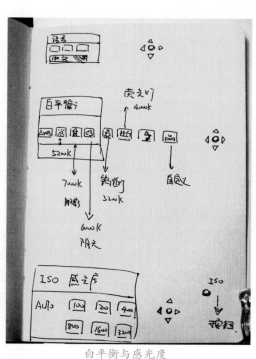

单反相机系统功能强大，给予用户强有力的支持。手头没有单反相机的同学也可以用手机来体验一下白平衡的各种模式作用。

大家把手机拿出来，打开摄像头，在设置栏中也可以看到类似的功能。

这些都说明了一个问题，机器不是人，它不熟悉你的拍摄环境，需要用户来告诉它一些信息，这样经过"沟通"之后，拍摄的照片才会更加接近人眼中的这个世界。

白平衡与感光度

又因为光是一种能量，在不同的状态下，它的颜色差异巨大，白平衡就是解决光颜色差异的问题。

可能有人会说，光是没有颜色的，你说的内容不是很好理解。在人眼看来光的颜色差异并不明显，所以初学者才会对白平衡没有直观的印象，理解起来不是那么容易。

下面可以做这样一个练习，把相机的白平衡设置为"小太阳"模式。早晨、中午、晚上，在相同的场景中拍摄一张白纸。对比三张照片会发现一个问题，就是同一张白纸在不同的时间段中，白颜色并不纯粹，尤其是早晚拍摄的照片中，有明显的差异。有可能偏蓝，也有可能偏黄。蓝在颜色中是冷色系，黄在颜色中是暖色系。

同样的白纸，同样的白颜色，为什么会出现不同的色差？这就是白平衡要解决的问题，让相机找到正确的白色。白色找到了，那整个片子就不会偏色了。

当然，人眼是没有这样的问题的。在任何一个时段中，我们看到的白纸上面的白都是一样的。

对于白平衡有着更为专业的解释，上述的文字是经过笔者的理解得出的，用的是通俗易懂的语言，把大家引进门，后面的拍摄还要靠自己去感悟。

如果你没有相机，拿出自己的手机也可以完成这项练习。多试几个拍摄模式，白平衡这个知识点就很容易明白了。如果还不明白就接着往下学，等把光圈、快门、感光度等概念理解了，也许白平衡这个概念连同自学过程中很多其他的困扰也都一并解决了。

我们来看一下感光度菜单，有 100、400、800、1600、3200 等数字。这些都是做什么用的？看着就让人头大。这又是一个和白平衡一样需要体悟才能获得的知识。

体悟是什么概念，就是没有明确的标准和概念，一切以人的感觉为前提。感觉环境暗了，光不够，拍出的照片暗，提高一点感光度，画面就会亮一点。道理是这样，但调节感光度操作是最后一道"防线"，是在不得已的情况下摄影师才会提高感光度设置。

拍摄现场没有额外的光源，相机的光圈已经开到了最大，快门的调节也到了极限，这时才会考虑去提高感光度的数值。

如果用一句话来理解感光度，它就是控制相机对光线明暗的敏感度。当光线不足的情况下可以适当提高感光度数值来进行补光，代价就是噪点增多，使画质变差。一般拍摄情况下，首先要把感光度设置为 100。

相机可以实现连拍功能。按住快门之后，相机以机身的最高速度驱动快门连续完成拍摄任务。默认情况下，按下一次快门键，拍摄一张照片。在驱动模式菜单中，用户可以设定快门拍摄模式：按下后是单张拍照还是连续拍照。相机还提供了定时拍摄功能，让拍照者有足够的时间跑到镜头前与大家合影，功能很实用。

自动对焦菜单可以设定相机的对焦模式。大部分相机提供了三种对焦方式。

先让笔者来用大白话解释一下什么是对焦。

照片是二维空间，电影画面也是如此。经过相机和摄影机的处理之后，三维空间的景物变得平面化。你站在河边，离你不远的距离有一棵树，树的前面是桥，桥的对面是远山。这就是三维空间，物体与物体之间都有一定的距离。而照片就把这种前景、中景、远景都进行二维平面上的压缩。

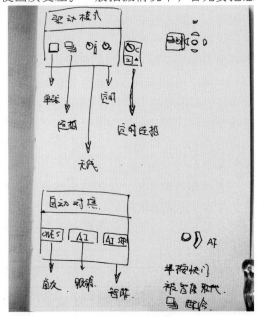

连拍与对焦模式

113

在拍摄之前，我们需要告诉相机焦点的位置，这里说的位置就是三维空间中的对焦。焦点放置的位置是未来照片中最清晰的区域。

拍摄不就是要把照片拍清晰吗？怎么还得以这样的方式"告诉"相机，这是怎么回事？

这又是没有站在相机的角度看待问题。我们从自己的视角出发，只要是眼睛正常看到的影像都是清楚的，超出视线的范围（远处的山、人流、车流）才会变得模糊。

相机也是一样的，在它的可见视野里也存在这样的区间。我们使用相机拍摄，就要了解它的语言，学会站在它的立场看待世界。

相机完成拍摄之前需要找到一个焦点，然后触发快门，完成成像。如果对焦错误，会出现要拍摄的对象是模糊的，而无关紧要的背景却是清晰的。

我们再做个简单的游戏，通过这个游戏你就能够理解相机的对焦原理。眼睛盯着前方看，抬起手臂，伸出一根手指，将手指移动到眼前，但眼睛依然保持看前方的状态，你会发现一个有趣的现象，随着手指的移动越来越近，手指变得越来越模糊。

可能在做这个游戏时，大家发现没有出现笔者所描述的现象，实际上发生在眼前的情况是这样的：手指始终清楚。那你有没有注意到另外一个现象，除了手指清楚之外其他的都是模糊的。

这正是笔者要讲的：把焦点对在了手指，则背景虚化；把焦点对在了背景，则手指模糊。

如果在手指的移动过程中，一会儿看手指，一会儿看背景，就会发现眼睛不断地在调整对焦目标，次数多了会让人很不舒服，眼前的景物一会儿清晰，一会儿模糊的。这是眼睛在进行反复对焦"操作"。

照片风格菜单可以使拍摄的每一张照片按照指定的颜色风格存储在存储卡上，这个功能实际的意义并不大，大家玩一玩就可以了！当用户修改了照片风格后，就失去了照片的原始风格，后期希望对照片调色处理就变得异常困难。

所以说这不是件"划算"的买卖，举个例子：我们以黑白模式拍摄照片，照片的质感加强的同时色彩被过滤掉了，回家后再想拿这张黑白照片恢复到色彩模式的成本要远远高于通过后期软件把彩色照片变为黑白照片或其他颜色风格的照片。

有同学可能会问无论怎么按 MENU(菜单) 按钮，屏幕都无法显示任何内容，是不是机器坏了？很有可能是因为你无意中触碰了屏幕 Disp 按钮（显示/关闭），再次按 Disp 按钮即可恢复屏幕的显示功能。

拍摄了很多照片，想回放怎么办？三角形的播放按钮可以调用存储卡中已经拍摄的照片，可以通过左、右按钮实现向前、向后浏览；上、下按钮在此时也有了新的功能，可以实现单张照片参数、色彩分布等信息的显示。

大家拿到新相机，试拍几张练练手，有没有发现一个现象。完成拍摄之后，照片会在屏幕上显示一下，很快屏幕就黑了，还想再看刚刚的拍摄效果需要按回放按钮。

有的同学会说这样很不方便，还没有看清楚拍得怎么样，照片就一晃而过不见了。不知道这个照片的显示时间能不能修改。

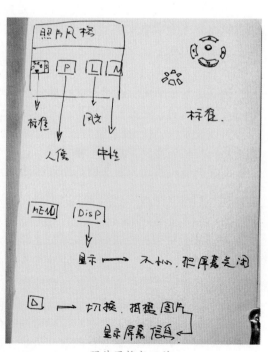

照片风格与回放

这项功能是厂商出于提高电池的带电时间而设计的，拍摄完成之后系统会自动根据设定的时长关闭显示屏，以节约用电。系统默认的图像确认时间可以通过用户的手动设置进行修改。

显示屏的亮度也提供了具体的控制参数供用户 DIY，如果感觉屏幕显示过暗或过亮，可以通过屏幕亮度选项来进行调整。把屏幕调亮就意味着增加用电量，外拍的时候记得多带几块电池。现在的相机屏幕也很智能化，它会根据用户所在的环境自动提亮或降低屏幕亮度，配合摄影师的工作环境，增强用户体验。

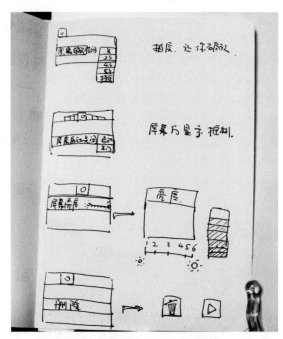

常用功能设置

对于自己不喜欢的照片可进行删除操作。通过"垃圾箱"图标，配合上下功能键，还可以进行 10 张照片的连续删除操作。与删除、格式化相关的命令大家尽量少用。一不小心就可能造成误操作，经常有同学拿到相机之后，拍了几张感觉不好，就在机器上进行删除操作，想节省存储卡的空间。这个习惯一旦养成，以后很容易出现操作失误，让自己辛苦拍摄的好照片丢失。

较好的方法是拿回去到电脑里去备份，然后再考虑删除。

良好的备份照片习惯一定要养成，尤其是未来自己拍摄商业作品，别人不会因为你的误操作就原谅你。经济损失不说，一些不容易捕捉的相片就再也回不来了。

我们备份完存储卡上的照片后，可以对存储卡上的照片进行删除，这项功能要慎用，防止哪天你一不小心把还没有备份的照片清空。

如果用单反相机拍摄视频，视频制式可选择 PAL，这里不再进行详细解释，大家记住这就是一种视频的标准即可，有些知识需要死记硬背。

如何才能让相机进入视频拍摄模式呢？

大家是否还对相机顶部的拍摄模式转盘有印象，其中有一个图标是一个摄影机样式，转动到该档位即可。

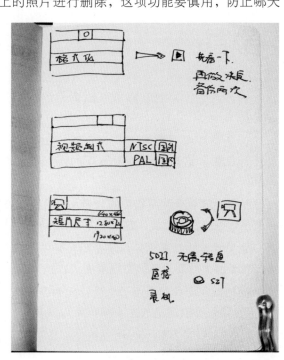

此时再进入菜单，就会发现菜单的样式与之前的拍照模式有了不同之处。多了几个选项，可以设置拍摄视频的大小和帧速率。一般使用的拍摄格式都是最高质量：视频大小 1920，每秒 25 帧。以这样的格式录制，32GB 的卡半个小时就得更换一张。

有一些专门为拍摄视频优化过的单反相机，无须转动拍摄模式转盘，直接按下相机背面的录制按钮，即可完成视频的拍摄，例如 Canon 5D II。

视频拍摄选项

视频的拍摄尺寸分为标清和高清，数值越大，占用空间越大。练习阶段大家可以选择 640 这个档位。

本节关键词：斯坦尼康

斯坦尼康 (Steadicam) 是一种摄影机稳定装置，拍摄运动镜头时摄影师借助它来稳定摄影机。例如要拍摄一段跟随镜头，演员要从卧室走到街道上，摄影师需要跟随演员的运动，一路跟拍，他要随演员一起走出卧室，经过漫长的二层楼梯，身体在下楼的过程中产生了大幅度的运动。斯坦尼康可以把摄影机的运动减弱，确保拍摄画面的稳定。当然单纯依靠辅助器材是解决不了全部问题的，摄影师也需要平日大量地练习，放低重心，身体在移动过程中控制步伐，保持更小的运动幅度。

整个斯坦尼康装置由多个部分组成，通过一个特制的背心，可以把摄影机组件穿在身上，拍摄时摄影师只要控制握手部分的方向，即可完成拍摄，这种稳定性能是最好的。另外一种轻型的斯坦尼康，用双手即可把摄影机提在胸前来完成拍摄，价格便宜，在 1500 元左右，小成本的拍摄团队可以考虑。当然它的稳定性能肯定是没有穿在身上的好。

斯坦尼康

斯坦尼康在实际拍摄中的应用

6.1.3　安排摄影机的位置

任何一次拍摄，到了现场后，摆在面前的第一个问题就是摄影机的位置在什么地方？四四方方的房间中任何地方都可以放置机器，有选择障碍的人可能就犯难了。到底放在什么地方合适呢？

首先要考虑拍摄时演员的位置，如果要用到道具，还要确认空间能不能摆得开；然后看一下灯光位置，这个摄影棚中吊顶的灯光光源相对集中，优势在于布光均匀，缺点是灯光没有层次感。

拍摄时要充分利用绿色的背景布，拍摄完成后，后期制作环节大家要对拍摄素材进行抠像处理。由于是自己拍、自己演，这样的素材用于练习就显得更有价值。

除了背景的绿幕之外，还要用额外的绿幕把地面铺出一个需要的区域。稍后演员会在绿幕的中间位置表演，后期用电脑特技来换天、换地、换背景。

在拍摄现场我们动用了轨道，因为要拍摄运动镜头，需要在选定的区域内覆盖全部的演员走位（轨道车通过在轨道上的左右横移可以实现）。如果拍摄期间需要固定机位，直接把摄影机从轨道上取下，即可完成拍摄。

摄影机放置在轨道车上

摄影机的机位调度

上面的流程说起来简单，做起来挺花费时间的，这么折腾一番，一个小时不经意之间就过去了，所以剧组拍摄就是磨时间，很多细致的工作就是用时间来打磨。

摄影机、轨道、灯光器材等与拍摄相关的器材，都是装在各自的箱子里的。良好的拍摄习惯就是拍摄完后把器材归纳好，保证下次再拍摄不会出现找不到器材的情况。

每次拍摄之前除了要整体考虑机位、演员走位、布光外，还要对各种器材进行调试，摄影机的关键参数要检查一遍，不能拍完了才发现格式不对。

每次拍摄的环境不一样，摄影机的白平衡设置都要重新调整，包括快门、光圈、感光度都要逐一检查、确认。保险起见，要试拍一条，回放观看效果。

轨道器材

拍摄前的检查

拍摄模式这个知识点，笔者在前面的章节中提到过，下面逐一对常用的几种拍摄模式进行详细介绍。

笔者在讲解到知识点的时候，会自动切换到"大白话"模式，目标就是针对初学者，让大家一看就懂，争取做到"手把手"教学的效果。

切换拍摄模式就是告诉相机你想让它拍什么：拍远山，拍一望无际茂密的森林，拍长长的巷子。例如切换到风景模式，相机就会把景深拉大，让你拍摄的风景从近到远都是清晰的。

当你想拍人物时，切换到人物模式，相机就会把景深变小，除了被拍摄的人物之外，人物的背景虚化。当然也有例外，你从你家楼上向下拍美女，背景是虚不下去的，因为作为前景的美女离你太远，即使相机把美女的背景给虚化掉，也不是那么明显。

可能看到这里，你非要说："我不管，我就要让这个美女的背景虚掉，你必须给我想办法。"

办法肯定是有的，你先把美女叫住别让她走远了，然后下楼离近点去拍她，保证背景虚得让你满意。

这么讲大家明白拍摄模式是怎么一回事了吧？

接下来进入专家模式了，专家模式就是深奥模式，专家提醒：有一些需要大家死记硬背的知识点，一定要下点功夫记住。这点苦还是要自己吃的，别人帮不了你，相机对此也表示无能为力。

如果有一天，你拿起单反相机后不知道该怎么拍，就把转盘转到 P 档，全部交给相机"看着办"，这个全自动功能真的可以救你于"水火"之中。

M 档是手动模式，这是最难掌握的一种拍摄模式，控制曝光的三个变量全部都需要摄影师自行设置，相机真正地为你所用，坚决执行你的一切指令，初学者先跳过这一档位继续往前学习。

TV 档和 S 档是快门优先模式，这属于半自动模式，就是说相机把一半的曝光权利交给你，根据你设定的快门数值，运算得出合适的光圈值，最终完美曝光。只要你的快门设置得不是太离谱，基本上都能有不错的效果。

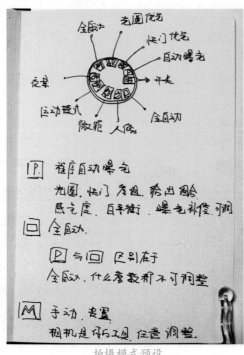

拍摄模式预设

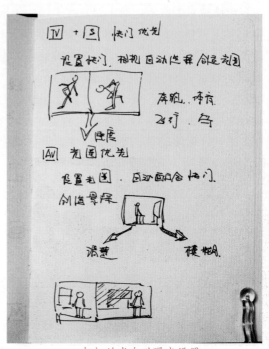

相机的半自动曝光设置

快门数值在 60 之上就属于安全快门，安全的意思就是在手不抖的情况下，照片拍出来是清晰的。

相机根据你设置的快门进行合适的曝光，刚才讲到了快门 60，再试着提高快门的数值，快门数值越大，捕捉动态能力越强，在 320 这个数值上，可以捕捉到人腾空跳起的瞬间。记得多拍几张，选张效果最好的给别人看。

快门速度快了，进入相机的光就会成倍缩减，合适的曝光要根据照片的效果来判断。过曝就加大快门速度，过暗减小快门速度。总之你现在有了调节快门的权利，这样一来，单反相机基本上就摘掉了"傻瓜相机"的帽子。

下面看一下 AV 档拍摄模式，这里的 AV 代表光圈优先拍摄模式。这也属于半自动模式，就是说相机又把一半的曝光权利交给你，根据你设定的光圈数值运算，得出合适的快门，最终完美曝光。通过这些模式就能够看出，快门和光圈是决定曝光的重要依据，前面讲过提高快门速度可以捕捉高速运动中的物体，那提高光圈能够实现什么神奇的效果呢？

还记得前面提到的给美女拍照片，想实现背景虚化的效果吗？光圈就是起这个作用的。光圈的大小决定了景深的范围。光圈数值越小，背景越虚化。当然你不能用小光圈跑你家楼上去拍照，然后回来跟我说："老师，你讲得不对。我光圈都开到最小了，景深还是出不来。"这就是典型的让老师"操碎心"的问法。背景虚化效果除了光圈小，还要离被拍摄物体足够近。需要多近，贴上去拍吗？

这个又涉及一个新的拍摄模式：微距模式。能贴多近，就贴多近，景深虚化到了极致。

光圈常用来创作景深，前景实，背景虚化，这就是光圈的作用。

可能有同学会问，多大的光圈可以实现上述效果。理论上数值越小，景深越虚化。光圈调节范围并不取决于相机，而是镜头。相机顶部有转动的齿轮用于调节光圈的数值，不同的镜头光圈的可控区间是不一样的。多数镜头最小光圈数值是 4，有的定焦镜头光圈数可以达到 1.2。

光圈的最小数值决定了背景的虚化程度，在光线不足的情况下，大光圈镜头可以更好地帮助摄影师完成曝光。如果大家对光圈还是只有概念上的理解，有个案例可以帮助大家加强对光圈的认识。

小孔成像的原理是光通过小孔把影像以倒置的方式投影到背景上。这个小孔就是光圈。随着科技的不断发展，小孔不再是一个固定不变的形状，它变成了由扇叶片组成的可以控制的光孔，以适应不同的拍摄需求。

由扇叶片组成的小孔张开的程度取决于摄影师设置的数值大小，同时也取决于镜头的制作工艺，如果镜头最小光圈是 1.2，小孔处于全打开状态。就是说此时光孔最大，光孔大意味着更多的进光量，所以可以完成在光线不足情况下的拍摄，同时也能让背景最大限度地虚化。

如果镜头最大光圈是 22，小孔处于全关闭状态。就是说此时光孔最小，光孔小意味着更少的进光量，所以可以完成在光线特别充足情况下的拍摄，同时也能让背景最大限度地清晰。因为它的景深范围很大，相当于我们站在高处视野开阔，一览众山小。

人像拍摄模式，实质上是光圈优先模式的一种变形，可以实现前景的人、物实，背景的人、物虚化。它的图标样式就是人物的头像，很容易识别。

运动拍摄模式就是快门优先模式的一种延伸，用于捕捉运动的人和物，它的图标样式就是一个奔跑姿势的人。

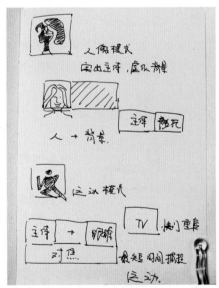

人像模式与运动模式

我们这样对比着学习，把知识点关联着往前推。前面的知识点是基础，后面的知识点是延伸。采用这种方式，目标是让大家都能够在短时间内成为一名合格的摄影师。

微距拍摄模式常用于拍摄花和昆虫，小的植物和昆虫相较于人体来说非常小，要想把它们拍清晰，需要离得很近。

相机与被拍摄物体之间的距离可大可小，所以景别和构图的概念应运而生。那么相机与被拍摄物体之间的距离多大才算合适，我们直接从取景框中可以得出答案。这就涉及如何构图这个问题。

构图决定了景别及被拍摄体在照片中的位置。拍得好是一种美，拍不好，再美丽的风景也会打折扣。

让我们回到微距拍摄如何构图这个话题上，那么小的物体如何处置？有一个简单的办法，就是把它们全部放置在画面的中心，小物体首先要拍完整、拍清晰、拍得足够大充满画面。它是主体，让它充满整个照片。

拍小的物体就需要相机足够接近被拍摄物。

离得太近会出现焦点对不上的问题，镜头成像是需要一定的距离的，到了镜头成像的极限，相机会以对不上焦来提醒你。这时需要把相机往后移动，找到一个可以正常对焦的位置。

还想更近距离地拍摄，此时相机也接近了极限距离应该怎么办呢？可以采购一款微距镜头，这个镜头专门用来拍摄小的物体。

微距拍摄模式的图标是一朵花的形状，很生动形象的标识，很容易识别。

闪光灯关闭模式，相机系统在自动档拍照时，它的测光系统如果感觉光线不足，就会自动弹起相机顶端的闪光灯。这绝对是个很酷的功能，让人感觉好专业。

在生活中也可以找到类似的功能。在光线不足的情况下用手机拍照，机内的闪光灯也会配合自动开启。

这个功能就是告诉相机无论何时，都不要让闪光灯自动打开。

到底拍摄时要不要开启闪光灯呢？一般情况下，建议不要开启机顶闪光灯，由于闪光灯的位置被限制在镜头的顶端，拍摄出来的照片效果很容易就缺少层次感，整个面光迎面扑向人物，很容易把人拍丑。

如果它确实没有什么用为什么还要保留此功能？

机顶闪光灯只能救急时作为唯一一盏光源来照亮场景使用。这并不是说闪光灯毫无优点，在商业摄影中全靠闪光灯来营造光彩、塑造人物。在摄影棚中闪光灯与相机完全分离，是相互独立的系统。摄影师根据需要将闪光灯放置在模特的前、后、左、右等位置，来完成人物的顶光、面光、侧光、逆光等光效的布置。所以说位置很重要，放对位置，发挥作用；放错位置，尽给人添乱。

风光模式是 AV 光圈优先模式的一种延伸，该模式用于拍摄纵深感强的大远景，它能够实现从近景到远景都很清晰的照片效果。风光模式的图标由山和云的形状构成，一目了然，准确到位。

夜景人像拍摄模式就是开启机顶闪光的模式，光线不足的情况下用该模式进行拍摄，闪光灯会自动开启，辅助相机对焦并完成拍照（光线太暗相机的焦点无法对焦）。

微距与闪光灯关闭

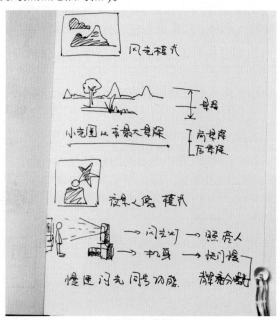

风光与夜景模式

相机各种拍摄模式介绍完了，细心的读者会问：你前面开头时说的M手动模式还没有讲呢？

当大家明白了光圈优先拍摄模式和快门优先拍摄模式后，可以尝试一下手动模式。这需要我们自己设定快门和光圈的数值。相机依据此信息进行曝光，设置得不准确是无法实现完美曝光的。这属于高级模式，积累拍摄经验最终就会掌握该模式。

手动模式下遵循以下两个大原则：如果照片过亮，就加大快门或增加光圈数值；如果照片过暗，就减小快门或减少光圈数值。

到底是变快门还是调整光圈，取决于摄影师的拍摄对象，捕捉处于动态的人和物通过调整快门来实现，要想实现前景与背景分离的景深虚化效果可设置光圈。这完全取决于拍摄者自己到底想要什么效果。

本节关键词：轨道

在前面的拍摄过程中我们应用了轨道，在剧组的拍摄过程中对这件不可缺少的器材需要再多了解一点。电影技术日新月异，轨道车系统也在不断地发展和完善，以前的轨道、轨道车也逐渐往智能化、程序化发展。

人力轨道逐步被电动轨道代替。摄影助理不用再像从前那样弯腰驼背地埋头工作，而是手持控制器，为轨道设定运行速度，一遍、两遍、多遍拍摄同一场景，轨道上摄影机的运动轨迹可以做到完全一致，匀速、变速、加速度均可遥控设置。

对于初学拍电影的同学，可能还用不上那些高端产品，咱们还是从推轨道车的摄影助理做起。

轨道是一节一节的，组接时首尾相连，可根据需要进行拼接。

轨道分直轨和弯轨两种，都可以直接进行拼接，能够实现摄影机在两个平面上的位移运动。

出外景时铺轨道要确保地面平整，这样摄影机在移动的过程中是平稳的，如果地面凹凸不平会导致画面晃动，让观众长时间观看抖动的画面会让人头晕眼花，严重者可能导致呕吐。

怎么解决呢？在剧组的拍摄现场，我们常会看到一袋子三角形的小木块。它就是专门解决轨道在不平整地面架设后不稳定问题的。轨道与地面的间隙用小木块插入，三角形的尖部位置填充轨道悬空的部分。

轨道平稳后，还需要用水平仪横向放置在轨道的中间位置，确保轨道左右两侧处于同一水平面，如果产生倾斜，通过调整小木块的位置进行校正。

拼接轨道

测量水平

轨道拼接好后，如果要移动千万不能两人左右一个，抬起来就走。这样会把轨道连接位置损坏，下次再用会出现无法固定的现象。

轨道车的车轮不能直接接触地面。如果轮子被磨损产生不光滑的表面，使用轨道就失去了意义。

使用轨道的注意事项

避免磨损轮子

上述这些细节在使用的过程中要特别注意。

6.1.4 测光和布光

在拍摄前，布光、测光及试拍几乎是同时进行的。

摄影机架设好之后，需要从监视器中取景，需要演员站位看构图、调灯光。在这之前，会习惯性地完成摄影机的白平衡设置，确保色温正确。有关白平衡的概念前面已经讲过了，在这里再习惯性地强调一下。

演员站好位之前，把他的发丝灯上摇，让光从头顶反方向朝向摄影机。在确保光不入镜的情况下，人物的头部及头发被灯光照亮并更具有立体感。

摄影棚布光

摄影棚测光

在摄影棚里布光是件不错的事情，所有光源都在自己的控制之内，不像室外不可控的因素太多。在棚里拍摄也不用考虑天光逐渐变化的问题，时间充裕，可以慢慢来，精雕细琢。把光比控制好，把人物"打"饱满。

笔者在前面讲过，人眼看到的光与机器"看到"的光是不一样的。我们要站在摄影机的角度来看世界。人眼感觉现场灯光很亮，也许摄影机会有不一样的"感知"，我们从监视器中看相同的场景会是另外一番景象。那如何确保摄影机拍摄的画面是我们想要的呢？

这就是测光的学问。

在剧组里摄影师不仅仅操作摄影机，还需要对灯光有控制力。什么地方过暗？什么地方过曝？都需要第一时间知道，并迅速做出调整。

既然通过人眼难以做出准确的曝光判断，我们应该遵循什么呢？借助测光表实现正确曝光。

这个奇形怪状的"家伙"到底是怎么工作的？测光表很有用，它可以根据现场光线信息给出光圈、快门、ISO 的组合数值。摄影师根据这些参数再对摄影机、相机进行设置，让布光有依据可循，让拍摄变得更有保障。所以测光表是摄影师必备的工具之一，是测光过程中的重要器材。

测光表

测光这个知识点涵盖的内容过于宽泛，虽然笔者在极力避免"节外生枝"，但有几个与测光相关的重点知识还是要提及一下，不然测光的过程会让人只知其表，不知其里，对测光概念的理解就会模棱两可。

正确曝光的过程就是摄影师把看到的景物如实地记录下来的过程。正确的曝光意味着场景中具有不同属性的物体都如实地得到了还原，这里讲的物体属性特指是光照射在该物体表面后，光进行反射、折射的状态。

当一束光投射到物体上时，会发生反射、折射、衍射等现象。

如果把一束白光投射到玻璃棱镜上，光线经过棱镜折射以后就会在白色平面上形成一条彩色的光带，颜色的排列方式是：顶端位置是红色，靠近棱镜底边的是紫色，中间颜色排列顺序依次为橙、黄、绿、蓝、靛，这就是人们常说的光谱。

光谱中每一种色光不能再分解出其他色光，所以称为单色光。由单色光混合而成的光叫复色光。自然界中的太阳光、白炽电灯和日光灯发出的光都是复色光。

在光线照到物体上时，一部分光被物体反射，一部分光被物体吸收，一部分穿过物体。

不同物体对不同颜色色光的反射、吸收和穿透的情况不尽相同，这种细微的差异呈现了色彩纷呈的大千世界。光不但决定了物体的颜色，还决定了物体的透明度，光线透过物体的光量决定该物体的透明度，被该物体反射的光决定了不透明物体的颜色。

理解了光的特性，也就明白了测光表的工作原理。

测光表可以测量被摄物体的照度或亮度。测光表分为入射式照度测光表和反射式亮度测光表两大类。它们分别测量光线到达被摄物体表面的平均照度光强或被摄体表面的平均反射光亮度。目前的测光表都兼有测量入射光和反射光两种功能。

由于入射光测光表是根据投射到物体表面受光面上的亮度来实现的，因此原则上测光值不会受到被摄物表面的色彩、反射、透明度的影响。所以从测量出拍摄现场的整体照明状态的平均亮度而言，使用入射光测光表是一种合理的测光方式。

入射光测光表测量的是光源投向被摄体的光线，测量出照射被摄物的光量，换句话说就是测量入射光亮度的测量方式。原则上是把测光表的受光球体从被摄物的位置朝向照相机机位进行测量。

使用测光表的具体步骤如下。

(1) 将测光表放在被摄体的位置上。

(2) 将白色半透明的球状受光器朝向摄影机镜头。

(3) 测得读数。

(4) 进行相机、摄影机的参数设置。

(5) 得到正确的曝光。

根据入射光读数进行曝光，很多时候就直接把曝光参数用于实拍，结果总是八九不离十。

要是遇到远处的风景，或是无法到被摄物所在位置进行测量的拍摄条件时，采取和被摄物等值的光线状态进行测量也是可信的。当然这需要根据经验做出最后判断。

入射光测光模式有一定的局限性，摄影师不可能每次都走近被摄体去更准确地测量投射在它上面的光线。有时候摄影师要面对几个主要的被摄体进行曝光评估，在复杂的场景中需要进行曝光值的取舍，例如室外拍摄，阳光的照射形成的明显阴影，这时无法对被拍摄物体分别进行测光处理。因此可以说，入射式测光法是一种不太适合风光摄影等拍摄距离较远的一种测光方式。

入射光测光表在受光元器件的前面，都配有白色的半球形受光面，通过测量投射到此立体球体面的光的亮度来求出 EV 值。

🔊 提示：

EV 是英语 Exposure Values 的缩写，是反映曝光多少的一个量，其最初定义为：当感光度为 ISO 100、光圈系数为 F1、曝光时间为 1 秒时，曝光量定义为 0。

- 曝光量减少一档 (快门时间减少一半或者光圈缩小一档)，EV+1。
- 曝光量增加一档 (快门时间增加一倍或者光圈增加一档)，EV-1。

EV 值其实是一个换算曝光参数的公式，大家在初学阶段只要了解有这么一个概念即可，如果在拍摄过程中真用它去设置相机的曝光参数，会让我们的学习过程变得异常痛苦。初级学习阶段我们先把它跳过去，继续轻装前行。

现在讲一下反射光亮度测光表测光模式，这种测光方式能测量一定范围内整体光线反射亮度、强度的平均值。

反射光亮度测光模式实现步骤及理论依据如下。

(1) 白色半透明的球状受光器直接对准被摄物进行测量 (与测量入射光完全不一样的方式)。

(2) 得出被摄物自身的亮度、反射光强度。

(3) 可以实现极小区间范围的测光模式。

(4) 能够实现 1°范围的点式光线密度的测量。

(5) 以 18% 反射率灰板为测量基准。

其中 18% 反射率灰板所代表的灰色 (中灰) 是一个较难理解的概念，在此要重点讲一下。

如果把世界上的色彩去掉，只剩下黑、白两种颜色，从黑到白或从白到黑之间存在着一个灰度空间。通过加减黑白颜色的合成比例，形成了一个表达物体明暗亮度的区间。在这个明暗度的序列中，经过与自然界中的物体颜色进行比对，得出如下结论：世界上物体的色调大部分都处在一个中等亮度区间之内。

经过反复测试人们找到了一个准确、忠实还原现场"光感"的灰度值，这个灰度值大约等于 18% 反射率灰板的亮度。

以此作为标准能适应大多数场景光线曝光的需要。那么找到该场景最接近中等亮度的位置进行测光，就能保证在大多数情况下得到一个曝光刚刚合适的影像。

我们把这个概念带入工作模式中，测光表将被摄物的亮度、透明度混杂在一起，取平均值。

测光表的职能是：不管景物是明是暗，根据它的指示曝光，它都能保证摄影师得到一个相等明暗度的影像。但是，根据拍摄条件、被摄物的背景光亮度，以及来自周围环境光的影响，在测光过程中对测光表上受光球体的方向进行微妙的调整是必不可少的。

必须注意使用测光表时的受光角度，通常测光表的受光角度和标准镜头的视角相仿，约在

30°~50°之间。在测量远处景物时，如果测光表的受角过大，将无法获取读数，这时可以用测量亮度相仿的替代物进行测量，也可以用入射光测光表取得一个读数，再加上经验的判断，便可实现正确曝光。

一个问题摆在我们的面前，如果测光表的操作者没有选择好场景中最接近中等灰度的位置进行反射光测量，那是不是就意味着测光表反馈的曝光读数不准确。即使是一个有经验的摄影师，要快速地在各种光线复杂的拍摄环境中去做出准确的判断，好像上述的流程并不是一个高效快捷的测光流程。

基于上述原因我们应该如何快速地完成测光，进而实现正确的曝光设置呢?

在拍摄的现场自己最好准备一块标准的灰卡，根据灰卡进行测光，并完成带有灰卡的画面拍摄，后面同一场景的拍摄都将以该测光数值为基准进行曝光，因为第一个镜头带有了灰卡的画面，后期时该镜头将成为校色、数字化调光、校正白平衡的重要依据。

彩色的色卡也是拍摄的必备工具，我们经常看到在拍摄现场演员或者是工作人员手举色卡完成第一个镜头的拍摄。

标准灰卡

彩色色卡

标准灰板是指灰色无光泽的卡板，表面的反射系数达到 18%。

彩色的色卡上面有形形色色的色彩反射系数，大体上的光线反射平均值都是以反射系数 18% 来制作得出的，以此为基准，配合曝光使用。

反射光亮度测光模式也有自己不擅长的地方。

在少数场合下，当被摄体是纯黑或纯白色时，它就不能适应，无力还原了，这时就得由摄影师根据现场环境做出应对，常用方法就是使用曝光补偿，把测光表无力还原的部分给找回来。

因为无论是测量黑或是白，测光值都是再现中灰的曝光值。如果不进行任何调整直接对场景进行曝光，就会导致白色曝光不足、黑色过曝的现象。如果在测量的数值基础上能把握好"白加黑减"的简单定律，就可避免出现此种问题。

黑色和白色处于明暗亮度的两个极端位置，以黑色物体吸收光线的特点为例，如果物体吸收光谱内的所有可见光，不反射任何颜色的光，它将光线全部吸收没有任何反射，没有任何光从物体上面产生反射，所以它看起来是黑色。人眼的感觉就是该物体是黑色的。

如果将三原色的颜料以恰当的比例混合，使其反射光降到最低，人眼也会感觉为黑色。所以黑色既可以是缺少光造成的，也可以是所有光被吸收造成的。相反白色物体对光反射程度高。

下面还是举例说明吧。

拍摄雪地的场景时，就得增加 1~2 档曝光量，否则照片上得到的将是曝光不足、颜色发灰的雪景。

又如，拍摄黑色的杯子时，就得减少 1~2 档曝光量，否则照片上得到的将是一个颜色发灰的像被稀释了的黑色杯子。不理解这个原理，不知道测光表的局限，遇到特殊场合就会误事。测光表受光球体朝向的调整、曝光补偿量的决定，从某种意义上说，有必要依靠经验性的直觉。

比较入射式测光表模式和反射式测光表模式，EV 值读数不同是何原因？

反射式亮度测光表是根据测得的被摄体的亮度来算出测光值，一般来说如果被测量的物体是近似 18% 灰的情况下，才能得到正确的测光值。但如果测量反射率高或是反射率低的被摄体时，都会导致曝光错误的情况，为了避免此类情况就要进行曝光补偿。

入射式照度测光表是根据测得的被摄体的照度来算出测光值，所以不受反射率的影响。根据测光值就可以如实再现被摄物体，白的就是白的，黑的就是黑的。

当你并用入射测光模式和反射测光模式，对一个相同的物体进行测光时，出现测光值不同的情况是很正常的，这个差值正是反射式测光表的曝光补偿量数值。

为了加强大家对光和曝光概念的理解，我们刚才用黑、白、灰描述了一种颜色的空间，用于解释机器曝光所遵循的反射率标准。接下来将借着这个话题阐述一个细节，细节可以理解为层次，光的层次、明暗的层次，但这些都是基于人眼看待世界的标准。

摄影这门学问需要我们站在摄影机的角度来重新看待世界。

摄影机对现实中丰富的色彩细节和层次的还原与再现是有限的。因为数字格式、数码的技术还处于一个"初级"阶段，技术人员正不断努力实现新技术的伟大变革。

对于人眼所能看到的细节，无论是数码还是胶片都不可能 100% 地再现，它们只能试图去还原。当然它有自己的语言，我们需要读懂它们的含义，才能更好地驾驭光，以呈现我们眼中这个多姿多彩的世界。

镜头光圈的档位，1.4/2.8/5.6……这是一种描述影像、描述光感的语言。

早期的胶片和现代的数码格式用"宽容度"这种语言来存储、记录光和影像，它的常用表达方式如下：1、2、4、8、16、32、64、128、256，以数字方式来表示。

"宽容度"即为感光材料的宽容度，通常也称为曝光宽容度，说的就是表现被摄物明暗差别的能力。

镜头光圈的档位和存储介质的"宽容度"是对应和相互关联的。

最暗和最亮位置的对比称为光比。黑白胶片的宽容度是 1：128 左右，彩色负片的宽容度在 1：32 ～ 1：64 左右，彩色反转片的宽容度仅为 1：16 ～ 1：32 左右，相纸的宽容度大约在 1：30 左右。

这些概念告诉我们什么问题呢？

现实环境与照片影像形成了一个"适配"关系。合理的曝光组合类似于一个"套子"，曝光过度和曝光不足都属于不合适的"匹配"关系。合理的曝光是使现实环境的中等亮度区间正好处于"套子"的顶端和末端。一切都刚刚好，曝光完美，影像还原度高。

合适的曝光是正确的测光、充满层次感的影像细节的表现、对位于两极之间黑白明暗被摄物真实还原能力的综合控制。

通过这三个标准大家就能够建立自己的影像评判标准，把握住大的原则，审美、技术、经验层层提升。当然还是实践最重要，理论知识的欠缺会逐步在实战中得到弥补。

在这里再举两个案例，专门针对过暗区域曝光和针对过亮区域曝光时问题的解决方案。

以明亮的天空为对象测光进行曝光，地面部分会因曝光不足过暗，黑成一片毫无细节。相反，

如果对准地面暗部进行曝光，天空部分会出现曝光过度、色调曝白从而失去美感。在这种情况下要
找到天与地、明与暗的中间被摄体进行测光，测光
目标选择正确会使天空和地面的曝光趋于正常。

测光完成，让我们继续摄影棚的体验。

经过一系列的测光、布光、试拍练习，同学们
对光的作用、曝光的设置、被摄主体与环境的关系
都有了亲身的体验。了解了原理，把枯燥的理论转
变为兴趣，从而进一步推动大家的动手能力。

在摄影棚实践

本节关键词：相机测光

接下来再结合相机自身的测光系统进行讲解，
加深大家对布光、测光的理解。其实单反相机本身
就是一块具有反射光亮度测光模式的测光表。结合
前面的课程，大家会发现相机的光圈优先和快门优
先拍摄模式的工作原理，这种半自动的曝光方式恰
好证明了相机本身具有测光表的功能。不然，相机
不会根据摄影师设定的光圈或快门数值得出相应的
曝光参数，实现正常曝光操作。

正确的曝光一定是光圈、快门和感光度三者的
平衡。

既然相机本身具有测光表功能，为什么还要衍
生出功能单一的测光表产品？

相机内的测光系统只能测量反射光，而手持测
光表还具有测量入射光和闪光灯的功能。当然测光
表的优势还远不止上述举例的内容，测光表的其他
应用超出了本课程的大方向，故不再深入讨论。

相机的测光模式有点测光模式、评价测光模式、
中央重点测光模式、局部测光模式。

为了让大家更了解相机的测光模式，下面对其
逐一进行解释。

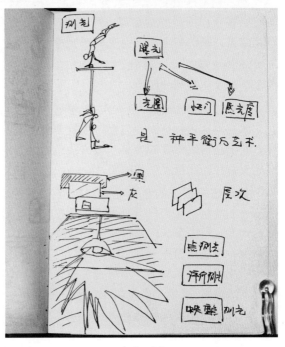

相机测光

1. 点测光模式

点测光：相机的光传感器对显示屏画面中的某一个点进行测光，得出该位置被摄物体的光线反
射率。然后将光线信号转化成电信号，传输给显示屏形成可供用户识别的光圈或快门数值，进而指
令传感器以此为曝光设置完成影像的存储。

在本节内容讲解过程中不断强调 18% 的反射率，如果把 18% 的反射率转变成为颜色供大家识别，
我们会看到中灰色调的一张图片。如果对某一种颜色进行笼统的描述，我们会用三种常见的表达色
彩的方式来形容：高调、中调和低调。

与此相对应描述光线反射强弱的方式也可以描述为：高反射率（高调）、中等反射率（灰调）和
低反射率（低调）。将三者混合取平均值近似于 18% 灰，这就成为相机测光的标准。

测光系统以该数值进行测光评测，被摄物体的反射率超过 18%，相机成像就会过曝，需要调低

曝光量（调小光圈或调快快门）；反之就是曝光不足，需要增加曝光量。当然凡事都有例外，拍摄大面积的黑或白为主的照片，需要我们进行曝光补偿，因为相机的测光会提供有偏差的曝光参数。

大家要记住：相机中的所有测光模式均以18%的反射率为曝光守则。

当我们对场景的曝光不满意时，又找不到合适的测光点。该怎么办？在此介绍一种实用的解决方案：对焦与测光分离法。笔者更喜欢这样描述这种方法：半按快门重新构图法。

被摄物体的位置和环境布光在完全不变的情况下，测光点不同拍摄出来的效果也完全不一样。在点测光模式中，由于测光点选择的位置不同，既可以实现曝光均匀的整体效果，也可以拍出光线对比强烈的剪影效果。

这给了摄影师更大的创作空间。为了拍摄出需要的效果，可以将测光位置与实际的曝光位置进行分离。这个功能叫作点测联动：相机的对焦点就是相机测光的中心点，半按快门完成对焦和测光之后，测光得出的曝光信息瞬间就被锁定（松开快门测光的信息自动被释放）。

当我们重新改变构图后,此时一定要确定不要松开快门，松开快门就意味着放弃刚才的测光信息，相机会重新根据新的对焦点进行测光。重新构图后，被拍摄主体不会被新构图中的光线干扰前面的测光结果，快门完全按下，完成曝光操作。

点测光模式和半按快门重新构图法很擅长拍摄出明暗对比强烈的照片。

相机在默认状态下测光点始终处于构图的中心，不使用这项技巧，我们很可能就要重新调整灯光，才能获得所需要的效果。该方法也适用于拍摄风光大片和光比反差强烈的照片。

能理解被摄物的色调亮度和标准灰度的差以及曝光的关系，从相机点测光模式下反馈的参数，摄影师完全可以预测出照片拍摄的效果，这一点只能体会，无法用语言形容。笔者结合自身的体会：从相机中读到一组数字，不用看拍摄完的照片，就知道效果满意，继续拍摄无须理会刚刚拍摄的片子，所有的关注力全部都放在环境之中，完全沉浸在与这个世界互动的某种快乐之中。

从右图中可以看到球体被照亮的区域，取点作为测光方式，该方式擅长拍摄出对比强烈、高光反差大的影像。

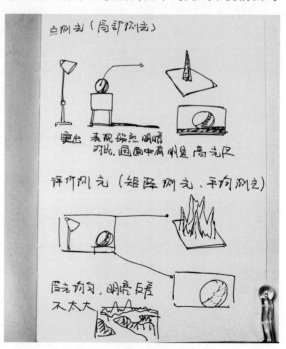

点测光与评价测光

2.评价测光模式

评价测光又称为矩阵测光，系统以横平竖直的交叉线对画面进行分割式测光，取得图像明暗区域的平均值，最终将测光信息转变为曝光值。与点测光模式完全相反，评价测光模式下测光面积大，点测光模式比评价测光模式测光的范围要窄得多，评价测光取整体明暗信息，点测光只对特定部分的亮度进行反应。

拍摄时摄影师要根据现场光线灵活调整测光模式，如果是一般的风光摄影，选择评价测光模式拍摄比较方便。但如果是光影复杂交错的场景，使用点测光模式是比较好的选择。

同样的角度选择不同的测光模式，拍摄出来的效果会有很大的差异。这种差异就是最好的学习方法，初学者了解这些未曾接触过的知识点，最好的方式就是从练习中体会，书上写的东西和老师讲的内容需要你自己去检验。

使用哪种测光模式完全取决于摄影师本人，书上讲解的内容只是一种参考，适合自己的方式才是最佳选择。

评价测光模式应用广泛，是常用的测光模式。初学者可以先从这个模式起步。

3. 中央重点测光模式

在尼康的单反相机中，该功能又被称为中央重点平均测光。

使用该模式可以对画面的中央部分 (60%) 和画面其余部分 (40%) 分别测光，然后取其平均值。在其平均值的计算过程中，画面中央为重点测光区域。

中央重点测光是一种传统测光方式，具体的测光区域和测光评测的算法也是根据相机厂商自身的标准建立的，大家不用太在意中央的区间范围到底是多大，只要记住该模式强调构图中处于中心位置的被摄主体进行优先测光即可。

在人像摄影和以某单一、群体物体为主体的构图中，使用中央重点测光方式比评价测光方式效果更加突出，适合被摄体集中于画面中心的构图，测光不容易受周围环境光线亮度和颜色的影响。

因为中央重点测光以画面中心区域的曝光值为主，捎带抓取整体的曝光值，在确保中央部分得到正确曝光的同时，很可能其他的区域出现过亮与过暗的情形。但当画面的周边部分有极端明亮或昏暗的部分时，也不会过多地影响画面中间位置的曝光。

如果需要拍摄的主体构图不以画面为中心或摄影师想追求逆光效果时，中央重点测光模式就不适用了。

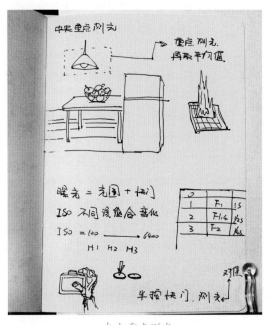

中央重点测光

4. 局部测光模式

局部测光模式的测光区域大于点测光模式，小于中央重点测光模式。局部测光的概念完全可以通过上述几种测光模式的讲解来获得。

再额外提及一点摄影创作的话题。

使照片正确地曝光，完成一幅合格的摄影作品是拍摄的一种技巧，拍出好看的照片并不是一种创作。摄影也不仅仅只是为了拍出一张曝光合适的照片。

摄影师要通过照片传达自己的某种意图。

适当的曝光效果并不是摄影追求的唯一标准。对光的表达和用光的艺术也不仅仅局限在某一个标准范围之内，有很多时候曝光过度与曝光不足恰恰能够完成某种创作思想的传递。对于不同主题的摄影作品来讲，摄影师有必要根据自己的创作意图对光线做出选择，而不仅仅只是追求曝光合适。

我们也会出于意图的表现需要使影像过曝或过暗，被摄物会因主题差异而拍出迥然不同的照片。根据照片的内容，刻意的曝光不足可加强暗色调的凝重感，传递一种深邃的力量；刻意的曝光过度会表现出明亮色调的轻快、洒脱、飘逸，传递一种积极的意图。

我们把摄像与摄影的概念一起来讲，原因就正在于此，光对于这些拍摄设备来讲：基本的概念是完全相通的。在各种拍摄条件不具备的情况下，在没有摄影棚实践的状况下，使用单反相机拍摄、了解光影的现象是比较靠谱的一种途径，拍摄照片是摄影师一个人完全可以掌控的事情。条件允许的情况下，借一台测光表可以很迅速地让你了解光圈、快门等控光的概念。

6.1.5　摄影机初体验

把光布好后，可以让我们的准摄影师们试拍几条，感受一下"人机合一"的乐趣。在剧组里摄影师有一个专门服务摄影工作的小团队，就像灯光组有灯光师和灯光助理一样。摄影师专注于高品质的影像成像，摄影助理负责配合摄影师的工作。

在剧组里摄影师要掌控拍摄现场的各种复杂状况，在这场戏里使用什么样的镜头？机位在什么位置？灯光是否需要再调整？导演意图如何表达？

面对如此之多的信息，摄影师展开工作的同时会放权给他的助理们。

他将和导演一起坐在监视器后面监看画面。导演看到画面在脑海中串联故事的前后衔接，摄影师看到画面要确认是否出现曝光过度？是否有穿帮现象？画面在运动过程中是否有抖动？各摄影组员的配合是否到位？

在片场需要摄影师处理的信息量和工作量很多，如此之多的信息都要求摄影师迅速做出判断。这些经验的积累必须通过一次又一次的拍摄来获得，在实战中不断成长、不断成熟。最终成为一名优秀的摄影师，导演把工作交给你才放心。

那对于刚刚接触摄影的同学们要做的第一步就是要熟悉你的拍摄器材。

有了前面课程打下的基础，现阶段就是检验和实战的环节。需要注意的是，因为摄影机的型号众多，从外形上看虽然都大体相似，但各生产厂商对一些功能模块的具体位置设置却是不尽相同。所以绝对不能认死理，死记硬背某一种型号的摄影机的按键位置。

对于很多初学者而言，第一次掌控摄影机遇到的首要问题就是不知道如何开机。找不到开机键这个看似简单的问题能够难倒许多人。

面对这个大家伙有点束手无策，理论知识学了一大堆，但到了现场就头脑发晕。什么流程、什么标准……全都抛到脑后。

电影从业者是如何从新手走到从业岗位上的？他们沿用的是什么样的教学方式？师傅带徒弟，徒弟给师傅打下手，看师傅如何做，然后自己动手，积累经验。

在摄影棚把摄影机放置在轨道上，摄影师上轨道车的时候重心要放低，此时摄影助理要手扶把手，用力固定轨道车，以便让摄影师站稳。摄影师要找好自己的位置，手放置在摄影机左侧的控制方向的操纵柄上，在拍摄过程中摄影师可以实现机器的上下左右旋转，摄影师一定注意在轨道车运动的过程中保持身体稳定。

第一次拍摄大家都很紧张，我们的准摄影师姿势僵硬，上车、拍摄都很吃力。找不好位置让身体稳定，同时手也控制不好旋转机器的力度，不是旋转得太快就是旋转跟不上轨道车的移动，让被拍摄的演员偏离预定的画面位置。

这样一来，构图根本就无法成立。再加上推轨道车的助理步伐不稳，拍出的画面一顿一顿，让人感觉很不舒服。

那姿势、那动作让旁观的人都相当紧张。丝毫不夸张地说，笔者常常搀扶着同学们完成人生的第一次试拍。所以摄影绝非一件容易的事情。即便有师傅手把手地教你，都需要自己大量的练习才能获得突破。

笔者感觉学习的过程并不是一味表扬的过程，有效的方式是在进行的过程中不断修正你的问题，把你犯过的错误告诉你，维持团队之间表面的和谐以及不负责任的鼓励都是对有效学习的一种误导。

搀扶着"上机"

练习实拍

为了增加更多的练习机会，笔者将三台 DV 分配到其他同学的手中，让他们记录拍摄的花絮。这为拍摄过程保留了历史资料，最后这些视频作为大家练习剪辑的素材。

参与拍摄的同学们可以通过视频找出自己拍摄过程中出现的问题。剪辑的同学可以重温当时拍摄现场时强调的那些重点问题。这些视频里记录了属于我们自己的故事，是独一无二的练习素材。

很多同学拍得晃，他们自己并不承认。他们感觉自己拍摄过程中手持稳定，没有出现什么不符合拍摄流程的地方。但拿到素材一看，镜头不稳，急速位移，曝光过度，拍摄过程中不自觉的说话音，都被摄影机真实地记录下来。看到自己拍摄的素材啥都不说了，视频都毫无隐瞒如实地"告诉"你了。

拍摄花絮

手持拍摄实践

拍摄完成后，需要回放视频，观看拍摄效果。

摄影机机身自带的小屏幕可以完成视频的回放、播放操作。

早期使用磁带的老型摄影机，所有的视频都被录制在磁带上。视频本身不会分段，这意味着你拍摄了十分钟的视频，需要通过倒放、快进磁带来找到前面拍摄的内容。

磁带记录影像的方式有点像流逝的时间，以线性的方式存储画面，随着磁带不断前进，画面连续记录在磁带的不同位置上。

目前被广泛使用的数码摄影机，在视频存储和视频回放方面有着很多优点。每次拍摄完成后，该段视频以一个独立的文件存储在存储卡中，我们可以很快捷地找到相应的视频文件进行回放。

摄影机自带的监视屏幕太小，最多作为参数设定的显示面板来使用，如果单纯作为画面的监看，会导致画面中很多细节都无法看清。所以在摄影机的套件中提供了更大尺寸的监视器，供摄影师和导演对拍摄的画面进行监看。

大家看到刚才自己拍摄的画面很有成就感。即使拍得惨不忍睹，但我们的准摄影师们好像并不关注这些，对他们来说能够拍出来就是最好的一件事情。

回放拍摄片段   监视器中回放

监视器除了回放功能，还可以代替摄影机机身的小屏幕观看前端传送过来的图像，在小成本的制作过程中，常常将单反相机作为摄影机进行视频的拍摄，单反相机的机身外接监视器之后，机身的小屏幕自动处于黑屏状态。

单反作为摄影机外接监视器的另一个问题就是信号传递过来的延时，等待延时的时间虽然不长，但对于整个影片的拍摄过程来讲，这种延时积累在一起就变得让人相当不舒服。

监视器尺寸有 9、10、12、14、15、17、21 英寸……监视器也不是越大越好，笔者常用的是 17 英寸的监视器，监视器如果太大不好搬运。

监视器的接口非常丰富，有音频输入、S-video 输入、RGB 分量输入、SDI 输入、HDMI 输入输出。越高级的监视器，接口也越专业。高端的监视器可以接收高清非压缩的信号。注意要使监视器的分辨率设置与摄影机一致，不然不是画面变形就是发挥不了监视器原有的图像还原能力。

虽然显示器和家用电视机也有外接摄影机的接口，但监视器依然是不可替代的辅助器材。监视器在色彩、图像清晰度和整机稳定性上有着自己的高标准。

7 寸的监视器   导演监视器

带有 HD-SDI 接口的监视器设备，其显示图像的分辨率为 1920×1080，这能为摄影师、导演提供更多细节上的显示。如果画面的细节不能清楚地再现，也就失去了监看目的，所以监视器需要具有较高的图像分辨率和清晰度。另一方面来讲，能够真实地反映被摄物体的色彩特征，也是选择监视器的关键因素，监视器要具备高的色彩还原度。由于监视器通常需要长时间不间断地工作，尤其是外景拍摄没地方给你插电源，可以进行电池供电的监视器是个不错的选择。

　　我们为单反相机额外购置了一台 7 英寸小型监视器，通过魔术手臂把它固定在摄影机机身附近，当然这需要一些必要的套件，摄影师用小监视器代替相机机身的小屏幕，对于小成本的拍摄任务来说，这是个不错的选择。

　　小监视器的接口还可以通过 HDMI 线再次外接到大型监视器。这需要套件中有 HDMI 分屏装置才可以做到。这样一来，导演可以远离摄影机进行监看，对于空间有限的拍摄场地这项功能是笔者的最爱。

监视器套件 5D

为摄影机外接 HDM1 连线

本节关键词：感光度

　　感光度就是相机对光线的敏感程度。当然这句话说得不够准确，但为了让大家能够尽快地理解这个概念，在此去掉了一些专业名词的堆砌。随着课程的深入我们再把那些去掉的信息找回来。

　　有个生动的比喻，有些人容忍度高，不容易发火，怎么样都行；有些人容忍度低，容易发火，话不投机就要拿板砖拍你。这和感光度如出一辙，高感光度对光十分敏感，与低感光度相比而言，在光线更少的前提下依然可以完成照片、胶片的曝光，当然这种对光的诉求并不是无底线的，没有光什么也拍不出来。

　　高感光度可以让摄影师在光线不充足的情况下也能完成拍摄任务。

　　谈到感光度我们就要完成一次时空之旅，回到摄影机使用胶片的年代来把感光度的原理做一次梳理。

　　使用胶卷和胶片拍摄，当触发快门之后，光线照射到胶片的乳剂层，与乳剂层内的卤化银晶体发生化学反应，最终卤化银晶体相互聚结沉积在胶片上，留下影像。这是一次胶片曝光过程的化学反应。

感光度原理

　　快门触发和光圈的开合代表了曝光的时间。在这个时间内，光线接触到被摄物体反射到胶片的乳剂层是有层次的，因为被摄物体本身并不会完全反射光线，有的地方反射的光线多，有的地方反射的光线少，这些光线像投影一样在胶片上发生化学反应，胶片上投射光量多，胶片表面就会有更多的晶体聚结在一起；投影的光量少，晶体的变化和聚结也少；没有光落到乳剂层上也就没有晶体的变化和聚结。由此我们通过胶片得到了不同的影像。

胶卷和胶片的感光度是通过改变胶卷的化学成分来改变它对光线的敏感度，在数码设备还在实验阶段远未普及之前，拍照时我们需要为相机购买胶卷。在胶卷包装背面都会标有 ISO 100、ISO 200、ISO 400 这样的字样，此处的 ISO 数值越大，表示胶卷的感光速度越快。

那现在我们明白了胶片的感光度与 ISO 的数值成正比这个大的原则。

高感光度的胶卷，只需要较弱的光线就能使胶卷产生影像，在同样亮度的光线条件下，可以使用较小的光圈或较高的快门速度完成影像曝光。

举例说明，感光度为 ISO 400 的胶片曝光速度比感光度为 ISO 200 快一倍，如果在光线保持不变的情况下，使用感光度为 ISO 200 的胶片正常曝光设置的快门速度为 1/100 秒，那么在感光度为 ISO 400 的胶片完成同样的操作快门速度只要 1/200 秒。

那相机又是如何识别摄影师使用感光度不同的胶片呢？

胶卷暗盒外壳的矩形方块形成了 12 位编码，银白色或黑色方块用来表达这种二进制的信息，导通或者绝缘。通过读取这个编码，相机能够判断出装载到机身的是何种感光度的胶片。

这种编码被称为 DX 编码，于 1981 年率先运用在 Kodak 彩色胶卷 VR 100 上。DX 编码成为胶卷标识感光度的业界标准，接着日本的 FUJIFILM、柯尼卡美能达 KONICA MINOLTA、德国的 AGFA 等胶片公司也相继采用了 DX 编码系统。

进入数码时代之后，相机开始不使用胶片了。负责成像的部分被称为感光元件，由此我们这样来描述感光度：感光元件对光的敏感度。

数码相机的感光元件是固定不变的，不能像相机更换胶片一样，更换实现不同感光度的感光元件，为了实现感光度的提升，数码相机普遍采用电子信号放大增益技术，以提高感光度的 ISO 数值。

表示感光度数值的 ISO 100、ISO 200 和 ISO 400 等胶片时代常见的数值也自然而然地移植到数码相机中。这些代表不同感光度的数值和字母是如何来的，大家弄清楚了吧！没有什么事情和规则是天上掉馅饼一样出现在我们眼前的。很多事物都有其发展的历程和缘由。

感光度提升的增益又是如何实现的呢？

为了使影像变得更明亮，为了使用更少的光线进行成像，放大器就以损失感光元件受光面积来实现这一目标。假设感光元件 CCD 上感光点有 100 个，现在加大增益幅度使原来的 100 个感光点变成 50 个，原来的感光面积小了一半，感光速度也就提升了一倍。同时感光面积的大幅度"缩水"导致画面产生更多的噪点。

经验告诉我们：用最低的感光度 ISO 100 进行拍摄，通过快门和光圈来调节进光量。感光度提升到 ISO 800 后噪点明显增加。

如果拍摄依然过暗，通过后期软件进行提亮时，就会发现噪点充满整张照片，就是这个道理。不到万不得已，不要使用高感光度设置进行拍摄。

6.1.6 准备开拍

人多了不好管理，尤其是出外景、棚拍。人多、器材也多。要维持好秩序还要照顾到每位同学，让大家都有收获，都能够得到练习。

　　将现场的灯、摄影机、监视器及其他常用的辅助器材放置到位后，把几个组长叫过来让他们安排本组的故事进行排练。

　　各组准备各组的故事，参与故事演出的成员由准编剧和准导演们共同选择。多数同学从本组中完成演员筛选，这样一来大家都能够得到锻炼。

　　各个重要的职位先由那些动手能力强的人担当，然后再在随后的拍摄练习中大家轮流体验。由于男女性格、身体上的差异，基本上决定了大多数人的职位选择。女生适合写剧本、参与演出、协调、组织、制片等工作；男生适合摄影、摄像、导演、灯光、搬运等工作。基于这些特点，在剧本的写作初期和建组的开始阶段，人员的分配要遵循这些自然规律。

　　笔者带过的学习导演的学生有几百人，发现在任何团体里总是有些人容易被人忽视。他们不爱表达，没有观点，不积极参与活动。他们更愿意远远地看着，静静地坐在那里听人讲。

　　遇到这样的学生，需要找到与他们交流的方法，给予更多的关注，尽可能让他们更多地参与进来。其实在很多时候他们的思想、思维更加犀利和敏锐。在慌乱之中，给予你的建议和想法更加新颖。而且他们的作业总是完成得最好，所以不要忽视团队中的每一个人。

　　各组把各自的故事写到黑板上，一会儿按照顺序开拍。

　　笔者此时稍微休息一下，看各组的排练，看这些准导演们安排演员走位。

各组长安排排练

现场排练结束给出意见

　　在此时跟大家说点题外话。

　　(1) 学生们都是可爱的。

　　(2) 学生学习不好多数都是老师的责任。

　　(3) 教育一旦用混日子的态度去做，真的是浪费大家的时间。

　　(4) 实践太少是学习没有效果的问题所在。

　　(5) 教程与课件的开发落后于时代的发展，传授的知识也就属于不实用的过时内容。

　　(6) 大家都应该去做自己喜欢的事情，选择自己喜欢的专业。

　　(7) 与学生们在一起是无比快乐的事情。

　　(8) 拍摄电影作业让每个人离电影更近一步，包括笔者本人。

　　记得在中国传媒大学西校区给学生上课的那段时间，来回的路程要三个小时。早晨五点半要起床，一路急奔过去还有可能迟到。每天在漫长的地铁上都会告诫自己，时间宝贵，今天一定要有所收获，不能混，要过得有价值。

当人对自己有要求、对他人有要求时，生活、工作就会变得异常辛苦。

在短时间内让他们出成果，就得不断地施加压力。上课每天的作业必须完成，不睡觉也要做完，天天如此，直到把全班的毕业创作做出来为止。一群人通宵达旦地努力向前，看着都让人热血沸腾。

经历了痛苦之后，这些一起吃苦的同行者会变得空前团结，整个团队的精神全部凝聚在一起，从一盘散沙到拧成一股绳，才是最出成绩的时候。

这个时候可以开机了。完成的作品一定不会差。作品代表着人的精神，当人们拼尽全力之后就为影像注入了灵魂，这样的作品才能够打动人。人的"精、气、神"转移到了这些画面之内，点亮平凡，绽放光彩。

演戏并不是把生活中的场景搬到银幕上来，这些东西太过平淡，没有人去看，有矛盾、有冲突、有爆发，拍出来的戏才会好看，作为案例出现在书中的内容一定是有它的特别之处，例如这位同学的故事和表演值得大家学习。

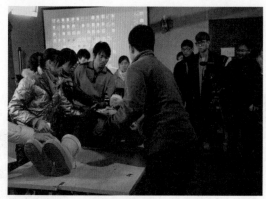
演员到位

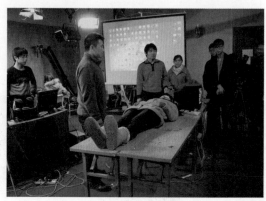
演员调度与走位排练

史晓雯同学演绎他们组的一个爱情故事。拍摄之前跟全体同学讲过要准备好各组的道具，到摄影棚拍摄如果缺东西我们又不可能回去取，不能完成拍摄就会造成损失。当时大部分人把老师的话当耳旁风了，只有晓雯同学随身带着自己演出的道具。

她受了眼伤，默默爱他的人贡献了自己的眼角膜……

故事很长，在这里笔者就不再叙述。她的表现很出色，满分。

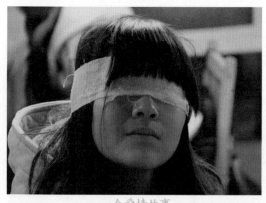
一个爱情故事

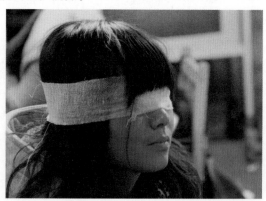
充分的准备工作造就好演技

各组的故事拍摄结束后，带大家体验了一下如何使用摇臂实现运动镜头的拍摄。摇臂是内外景拍摄的必备器材。在摄影棚中把摄影机固定在摇臂上，实现长距离的多维度空间的摄影机运动，摇臂不愧是拍摄的一种利器。

摇臂是拍摄电视剧、电影、广告等大型影视作品时用到的一种大型器材 (也有中小型的)。

我们平时常见的摄像、摄影辅助器材是三脚架，它的功能是固定机位、调节水平以及方便摄影师完成镜头的推、拉、摇、移等操作。摇臂在此功能上又增加了升降功能。

在摇臂的配合下，镜头的运动能够更加"夸张"，借此可以拍摄出宏伟、大气、快节奏的场面。

实现镜头上升拍摄

镜头下降运动拍摄

本节关键词：光圈

下面讲解光圈这个概念。我们从体悟开始，就是拿出一种大家平时经历过的感受讲起。从生活中帮助大家回忆类似的经验，将光圈与体悟关联起来，然后初学者一下子就明白了光圈到底是怎么一回事。

作为一个宅男的经历：宅在家里也不知道几点，看书、玩游戏、网上聊天，突然感觉肚子很饿，决定去外面"找食"吃。从楼道出来，外面的强光很晃眼，宅男在不自觉的情况下眯起眼睛。

眯眼睛这个动作就是光圈缩小的过程。瞪眼睛这个动作就是光圈放大的过程。

例如类似的经验还有：在滑雪的过程中如果把墨镜摘掉，雪地的反光特别亮，让人睁不开眼睛，常见的动作就是眯起眼睛不敢直视。

人的眼睛长在人的脸上。光圈"长"在相机的什么地方呢？光圈"长"在相机的镜头里。镜头是相机的眼睛，光线太强的时候相机也需要"眯起"眼睛，不然拍出的照片就曝光过度了。很显然，光圈是为了应对不同光线强度而出现的调节装置。

说光圈是一个装置因为它本身不是一成不变的，它具有开、合功能。

相机的成像原理是基于小孔成像：一个完全封闭的盒子，在某一面钻一个小圆孔，将胶片放置在光孔照射进来的位置，胶片需要放置在封闭的盒子中正对光孔的那一面。在光孔的前面点一支蜡烛，过一会儿一个倒置的蜡烛就在胶片上完成了曝光。这个有孔的盒子及整个曝光的过程就是早期照相机的样子和成像的原理。

道理是这个道理，历史的发展是一个循序渐进的过程。在早期相机发展的阶段，人们哪里会想象出我们现在使用的单反相机是如此先进。又是镜头，又是数字感光元件，前人不敢想象的东西都在为我们所用。

在多年前，拍照都是人坐好了等两个小时让胶片充分曝光，才能完成拍照。为什么要等两个小时？因为早期的胶片没有我们目前使用的胶片的感光度高。

一个盒子，需要漫长的时间才能曝光的胶片，拍照时要一动不动地坐两个小时。为什么以前的照片都是人坐在凳子上？因为站着太累啊。坐着还好一点，起码能避免一些身体的轻微晃动。

那时候的照片很容易就拍虚了，人稍微一动，曝光位置在胶片上出现偏差，跟我们现在拍照时手抖了一下效果类似。

即便拍照的人一动不动，照片还是经常会拍模糊。曝光的时间一长，什么事情都有可能发生。地球是在不断运动的，光也是处于变化之中。那有什么办法能够实现更快的曝光并拍摄出更清晰的图像呢？通过不断的试验，人们找到了用玻璃来聚光的办法，凸镜的聚光功能被应用到这个能拍照片的盒子上。

把玻璃凸镜装到这个光孔上，加大进光量的同时就解决了快速曝光的需要。

相机镜头诞生了，所以今天数码相机的各种镜头都是由几块凹凸镜排列组合而成，为了携带方便，设计师使用塑料外壳对镜片组进行封闭。通过镜头组进行变焦又是怎么一回事呢？这里说到的变焦指的是机位不动，通过伸缩镜头就可以完成推近、拉远的操作。随着技术越来越先进，人们发现通过凹凸镜片之间细微间距的调节，能够实现放大和缩小功能，封装成为一个镜头的凹凸镜片之间以标记的焦段代表推、拉空间的能力。

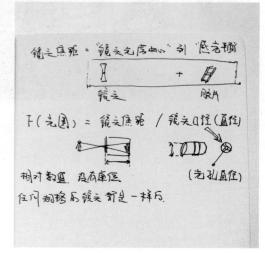

光圈的计算公式

有了镜头之后光线的亮度被大幅度地提升了，光圈就是控制光线的阀门。再从一个我们生活中的例子进行说明：镜头的光圈就像水龙头，它控制着水流（进光量）的大小。洗菜时希望水快速盛满菜盆，把水龙头拧大；刷牙洗脸的时候为了防止水流过大溅得到处都是，会把水龙头拧小。

希望水流少时，水龙头开合小；希望水流大时，水龙头开合大。这跟光圈控制进光量完全是一个道理。拍摄时合适的光圈值是"水流适中"的时候，光圈太大和光圈太小成像效果都不够锐利。

拍摄与洗菜还是有本质区别的。洗菜水多点、少点没有什么。但对曝光的控制就需要更加精准，同时也为了在拍照时能够让摄影师有据可循，什么量级的曝光量好，什么量级的曝光量不好。所以代表光圈大小的标准值出现了。

常见的光圈值有 F1、F1.4、F2、F2.8、F4、F5.6、F8、F11、F16、F22、F32、F44、F64。每两档相邻光圈值之间进光量相差一倍。例如光圈从 F4 光孔大小扩大到 F2.8，进光量便多一倍；从 F2.8 光孔大小扩大到 F2 又多一倍。

很多书里的写法是这样的：光圈由 F4 调整到 F2.8，进光量便多一倍，光圈值和光圈实际大小是相反的，进光量最大时光圈为 F1，最小光圈为 F22（对 135 相机来说）。

这样说明可能不好理解。他们会问为什么光圈的数字变小了，进光量却多了？那笔者之所以这么写，是把光圈的大小也形象地描述出来。其他书中这么介绍光圈一点都没有错。问题在于初学者不知道，光圈的数字越小，代表了光圈打开的光孔越大。

光圈数值的概念怎么更好地理解呢？

光圈为 F1，意味着一个圆形的光圈处于完全打开状态，它就是一个圆圈，所以此时光圈最大。当光圈调整为 F4，意味着一个圆形的圈缩小了，所以进光量少了。光圈为 F22，意味着一个像圆形的光圈已经处于完全闭合的状态了，仅是一个小圆孔，所以此时光圈最小。

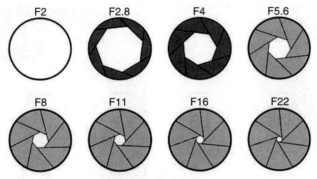

光圈开合示意图

如何让镜头的成像质量最好呢?

镜头在中等光圈的时候成像最好 (图片最清晰)。光圈的开合在 F4、F5.6、F8 时成像最清晰、最锐利。

光圈是一个用来控制光线进入相机的装置,它通常是在镜头内。表达光圈大小一般使用 F 值,这是为便于在实际摄影中计算曝光值而制定的一种与光圈数值对应的表示镜头通过光量能力的刻度值。

光圈数值量化了镜头的通光量,但在拍摄过程中,以计算公式的方式得出正确的曝光值对于初学者来说是有困难的,光圈数值之间的变化规律是以倍数的方式递增,光圈直径以 $\sqrt{2}$ (约等于 1.4) 系数关系递增,光圈 F 值 (表达光圈大小) = 镜头的焦距 / 镜头口径的直径,建议初学者先了解这个概念,然后在实际操作中慢慢地去理解这个知识点。

大光圈镜头的价钱很贵,重量惊人。例如 Canon 70-200mm 有两个版本,光圈为 F4 的售价人民币 6000 元;光圈为 F2.8 的售价近万元。这是因为光圈大一级,镜片就大很多,加工难度大。

右图所画的为光圈触发、收缩、恢复完整的物理运动示范图。

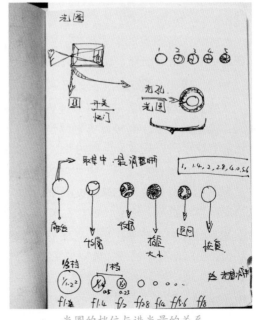

光圈的档位与进光量的关系

6.1.7　抠像与电脑特技

这个环节是通向电影未来的必经之路,在电影的制作流程中,特技是重要的一项技术手段。电影本身也是技术不断革新的产物,未来参与演出的演员及用来表达情绪的手段将被计算机进一步地放大。

新一代的电影爱好者和从业者对这一环节的学习也不能松懈。

作为体验摄影棚拍摄的环节之一,拍摄绿幕素材用于计算机实现抠像,也是本课的重点。

演员在绿幕前表演,由摄影机拍摄下来,然后将画面导到计算机中处理,抠掉背景的绿色,换上其他背景。新的背景可以是广阔的星空,可以是浩瀚的海洋,还可以是宽敞明亮的现代化办公室,创意无限,自由的天空任你翱翔。

拍摄前整理绿幕

为电脑特技拍摄素材

更换背景在电脑特效中属于入门级别的技术，完全可以使用三维动画生成虚拟的角色：人、动物及所有具有人物性格的道具。这些虚拟的角色参与到整个影片的演出中，这对影片的叙事和讲故事的方法重新进行了定义。未来的电影拍摄现场会变得越来越无聊，所有的演员集中在摄影棚中完成表演和拍摄。周围的环境和背景及任何需要的东西全部交由计算机处理。

未来的虚拟技术成熟到以假乱真的地步，把演员的性格存储为数据库，各种场景也被存储为数字格式，随时可以调用，整个系统就是一台能够提供讲故事素材的机器，你需要什么它就给你准备好什么。

一个人完成所有的影片制作，而导演只要动动嘴跟计算机讲故事，电影就出来了。这些事情都是在不远的将来会出现，让我们拭目以待吧！

畅想了未来，再说说眼前的这次体验活动。

大家调动自己的脑细胞拼命地想有关特效的场景，希望回去之后自己也可以做出像电影大片中换天、换地的效果。高楼万丈平地起，对于初次接触电脑特效的同学们来讲，这种抠像和合成的概念还没有成形，只是看了电影的花絮和一些片花，就以想象中的样子来下定义往往都是不准确的。

合成和抠像说得简单，但要将效果制作得完美，需要注意的方面还很多。例如，演员的头发丝要从绿幕中与背景分离出来，发丝那么细，抠像操作稍微不注意就会导致画面中发丝部分模糊，失去头发原本的质感，这会让观众看来相当不舒服。

再例如，换掉背景之后，真实感的体现需要合乎透视空间的关系。拍摄的角度决定了现场的空间环境，使用新背景之后，透视关系要合二为一。不然就会出现人很大，像浮于地面上一样的效果，人看起来太假，合成（特效）就失败了。

下面讲一下完成抠像需要的流程和应该注意的事项。

抠像一词英文为 Key，在有的计算机专业软件中直接以该名称命名实现这一功能的命令。使用抠像工具吸取画面中的某一种颜色，将它从画面中去除，从而使人物和背景分离，形成层级画面的合成素材。这样在室内拍摄的人物经抠像后与各种景物叠加在一起，形成神奇的艺术效果。

吸取画面中的某一种颜色在本例中指的就是背景的绿色，从视频中绿色的位置单击完成颜色信息的吸取。抠像不仅仅可以抠绿还可以抠蓝，或者抠掉其他纯色。为什么多数摄影棚都是以绿色作为背景呢？因为绿色从人的着装习惯上很少会被作为主色调使用，排除特制的衣服和演出服。

如果背景与人物着装颜色相似或一致，背景被去除的同时，演员身上具有相同颜色信息的部分也会成为镂空效果。一定要避免与背景的"撞衫"。

抠像的操作流程如下。

(1) 将原始画面导入计算机。

(2) 打开抠像软件，例如 After Effects。

(3) 将需要进行抠像的画面调入。

(4) 把素材拖到时间线上 (Time)。

(5) 选择抠像工具。

(6) 从画面背景绿幕吸取颜色信息。

(7) 对画面做抠像处理 (调节颜色去除的阈值)。

(8) 经过抠像后背景即为黑色 (透明色)。

在拍摄时，如果背景色较纯、光线也较均匀，只要将吸管吸取背景色，再适当地调整滑块改变颜色的去除范围数值，显示窗口将实时反馈背景抠像效果，就可以轻松地完成抠像操作。拍摄时背景光线不均，背景布出现褶皱，会导致抠像很难一次完成，需要反复调整参数或者使用额外的 Mask 工具配合才能实现预期的效果。

无论是在早期的电视节目制作中使用昂贵的硬件来完成抠像操作，还是现在用软件将人物与背景分离的步骤流程，抠像对拍摄质量要求的重要指标就是：背景布或墙面平整、布光要均匀，这一点大家一定要切记。

抠像要注意的问题如下。

- 背景颜色不干净，光线不均匀。
- 人物与背景太近，留下重的阴影。
- 人物出现在背景布之外。

摄影棚的体验课到这里就结束了，大家拿着素材准备到计算机上进行下一步的处理。在后来的学习心得中，能感觉到大家都玩得很开心，离开摄影棚大家合影留念，纪念人生中这个小小的第一次。

最后设计了这个镜头，一群人围着一个抱着摄影机的小姑娘……

一张张笑脸被永远地记录下来，象征着青春的美好，将时间永远地定格在了那个阳光明媚的下午，我们永远十八岁！

本节关键词：快门

快门就是镜头前的一个挡板，它可以按照指定的时间在镜头前完成关闭、打开、再关闭的操作。

还记得早期摄影的那个盒子吗？就是里面放了胶片进行曝光的盒子。快门最早的时候就是一个盖子，曝光时把盖子拿下来；感觉时间差不多了，完成曝光后再把盖子盖上。

以前拍张照片曝光时间很长，所以照相机不需要快门，只用盖子。后来胶片的感光速度被提升，再加上镜头的不断改进，大幅度提高单位时间内的曝光量，完成一张照片的曝光时间变为一分钟、几秒钟、1/10 秒，甚至几百分之一秒。

演出结束，合影留念

显然，这时候再用手工开始曝光 / 完成曝光的操作，是来不及的。一个能完成准确曝光时间控制的装置应运而生，这就是快门的"前世今生"。

跟最佳光圈一样，快门也存在一个安全快门的概念。

三脚架固然很好，但不能随时带在身上，尤其对于外出旅游的人，手持拍摄是大多数人的首选。手持相机拍摄时身体和手轻微的抖动是不可避免的，但我们能够利用快门高速曝光的特点，在手持相机时依然可以拍摄出清晰的照片。

快门闭合的速度快慢可调，1/60 秒属于安全快门的范畴，意味着这么快的速度可以"抵消"手持相机时轻微的抖动。抵消的意思就是使用了比你手抖更快的快门速度。

更准确的安全快门计算原则如下：手持相机拍摄的安全速度是焦距的倒数，例如，相机镜头使用定焦 50mm 镜头，快门速度不得低于 1/50 秒；使用 200mm 镜头时快门速度不得低于 1/200 秒，否则图片就可能模糊不清了。

有的同学问："我使用 1/30 秒拍摄依然是清晰的，你给我解释一下是怎么回事？"手持时保持相机的稳定是拍摄的前提，有些情况下不得不使用这么不安全的快门时间进行拍摄，例如光线不足，快门时间长能够保证进光量增多。拍摄时屏住呼吸，重心下沉，快门按下的瞬间身体保持不动，使用很低的快门速度也有可能拍出的照片依然很清晰，这需要练习。

使用很高的快门速度可以产生很神奇的效果，1/500 秒的快门速度在光线足够充足的情况下，能够完成将水滴落地的瞬间定格的绚丽效果。

快门的工作原理

6.2　拍摄与现场调度

经历完摄影棚的体验环节，后面的课程将会进入更为实际的训练中。

在本节中会涉及更复杂的演员调度和摄影机机位的调度。在拍摄现场，如果没有提前画好拍摄机位图，会发现顺利、高效地完成调度是一件高难度的事情。

接下来笔者会给出一些拍摄中常用的机位图模板供大家参考使用，关于拍摄中很多知识的讲解，仅仅靠文字真的很难做到让"听者"明白其意。要想顺利完成拍摄，充分的准备工作是必不可少的。

6.2.1　演员的调度

演员在什么位置？是站着，还是坐着？是站在众人的前面，还是站在背景的后面？对于这些问题没有更好的答案，一切都取决于你的剧本和导演意图。演员之间的站位代表了演员之间的关系，如强与弱、主动与被动。

后面会有具体的图例来阐述和回答上述这些疑问。

调度就是安排演员的站位和摄影机的位置，"没有规矩，不成方圆"，良好的调度离不开我们对现实生活的观察。下面会从最基本的演员站位开始去强调调度的原则，后面的所有内容实质上也是现场调度这一主题的延伸。

如下面左图中的案例是以 A 形方式处理演员之间的站位。站位关系确定了，摄影机的位置处理也就简单了。

正面给一位演员镜头，反面给另外两位演员镜头。如果他们之间就是普通的谈话，一台摄影机拍摄两遍就可以搞定。然后分别给出演员的面部或肢体语言的特写，以丰富镜头内容。例如，手指的小动作、眼神的变化、低头等。

演员调度之二，无论是两个演员还是三个演员，都可以用一个全景镜头交代人物关系之后，再分别给镜头。差异就是在这句话，如何分别给镜头？给两个演员正反打镜头是方法一，单独给每个演员镜头是方法二。

单独给每个演员镜头，当他们对话时，或者是别的演员谈话时直接切过来给反应镜头，都是一个不错的镜头设计。如果在拍摄现场感到困惑不知道如何拍摄对话，这个方案可以帮助你完成最基本的需求。

三人站位机位图设计

单独给镜头建立关系

6.2.2　机位图

本节通过这个案例将有效解决如何拍摄的问题。空间中 360° 如何放置摄影机？这个问题是需要在拍摄时解决的，下面要找出合适的语言，把这个问题讲解得清晰、简单。

纵观整个拍摄现场，导演和摄影师所有的工作内容都是对如何拍摄这个问题的解答。一旦确定了机位，后面的拍摄就会变得十分流畅。就在不久前笔者在片场，用了三个小时的时间反复思考第一个机位的位置。这是十几年的职业生涯中最纠结的一次思考。

让笔者真正困惑的无关技术，也无关经验，而是在拍摄的现场再一次发现想象中的情况与现实的出入是如此巨大。即使带着影片全套的故事板上阵，分镜头覆盖了故事中重要的景别和情节，在那一刻依然会感觉到无助和混乱。

拍片是一件很有挑战的事情，不是因为拍摄的过程复杂、困难，而是每一部作品都有之前未曾有过的某种挑战，如何让自己的设想完全实现？又如何根据现场环境创作出新的构想？无数的未知等你去解答。或许正因如此电影的创作才如此吸引人。

补充一点背景资料，上述的主场景是在一面巨大的镜子前面，

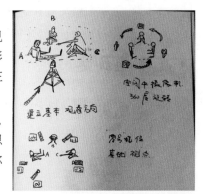

放置摄影机的基本法则

无论机位放在前后左右，都发现镜子里会出现穿帮的状况。镜子这个道具就是我们这个故事贯彻始终的重要情节。所有的人物都围绕这面巨大的镜子展开，在拍摄的过程中不穿帮是最基本的拍摄要求，包括摄影机、灯光，以及现场的工作人员，同样也不能穿帮。

要在镜头的死角之间找到空隙，既要构图美观，还要兼顾演员的表演。从什么地方开始第一个镜头，真是一件高难度的安排。最后通过摄影机的摇镜运动开始了每一个镜头的拍摄。

回到本节的知识点，三个人的场景应该如何拍摄？

需要创建 01 至 04 个机位（使用更多的机位也没有问题），用一个镜头来拍摄全景，全景主机位可以覆盖图例中所有的对话和动作。其他几个机位拍摄带人物关系的演员，对于摄影机数量的使用本着够用就成的大原则，拍得太细很浪费时间。

6.2.3 镜头分解

为了能够让大家看得更清楚，从纸面上看到导演眼前的监视器效果，下面把这组机位覆盖的最终效果画出来。为了方便理解，在此把演员 A、B、C 符号化。

先看 A、C 的对话，这是一个最明显不过的正、反拍摄镜头。前面反复提到的正打、反打说的就是这个意思。

演员 C 指责演员 A，指出他的错误。通过四个镜头可以了解到，带着 A、C 相互的人物关系，01 摄影机和 02 摄影机很好地完成了他们之间的对话。读者可能会问为什么是四个镜头，这是因为在纸面上把镜头"剪辑"得很碎，让他们完成了两组正反打的拍摄，实际上两个画面就可以说明这个问题。

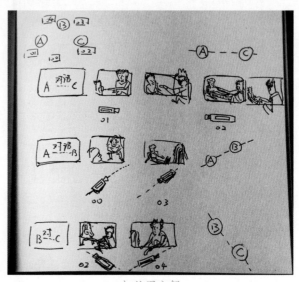

机位图分解

演员 A、演员 C

一个是演员 A，另外一个是演员 C，当然正反打镜头的意思是拍摄的过程中要带着彼此的关系，就是拍 A 时带着 C 的后背，拍 C 时带着 A 的后背。

演员 A、演员 B

再来看演员 A 和演员 B 之间的对话，也是用一组正反打来处理。

镜头 00 和镜头 03 构成了一组正反打。

在演员 A 和演员 B 之间存在着一条看不见的轴线。

演员 B、演员 C

再来看演员 B 和演员 C 之间的对话，也是用一组正反打来处理。

镜头 02 和镜头 04 构成了一组正反打。

在演员 B 和演员 C 之间存在着一条看不见的轴线。

通过这三组演员对话的对比，可以发现其实再复杂的对话也就是简单的正反打组成的。

把整个场景拆开，然后分别分析得出一个结论：两人对话的正反打拍摄方式是一切镜头语言的基本模式，掌握这个核心就完全有能力掌控和驾驭自己的影片。

吃饭是每天要做的事情，很多朋友、学生的剧本里经常要再现类似的场景。在此给出了机位图，但没有给出摄影机的位置。大家通过右图中演员的位置，正反打的构图练习找出摄影机合理的位置。如果上一小节的内容理解了，解决这个知识点中的问题就很轻松，不然就得回前一节重新学习。

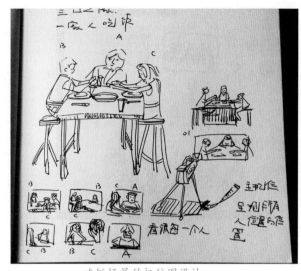

吃饭场景的机位图设计

6.2.4　正打和反打

如果你不知道摄影机在场景中应该如何放置，建议画一些机位的草图，这有助于确定方向。在场景中以更明确的方式设计机位。就本案例中三人吃饭，这一看似简单的场景，在机位的设计上也是很复杂的。

为了保证讲解得更加清晰明白，这里按照监视器中显示的最终拍摄效果并配合机位图，帮助大家构建这方面的知识。

下面将三个人以字母 A、B、C 代替，首先在第一个有台词的演员前后建立两个机位，实现一个正打和反打的效果。

下一步骤会给另外两个同桌的人反应镜头，究竟哪个演员在前，哪个演员在后，这个要根据剧本来确定。假设这是一个三口之家，爸爸、妈妈和儿子，第一个机位通常会考虑给父亲，第二个机位会考虑给母子俩，母亲在前，儿子在后。

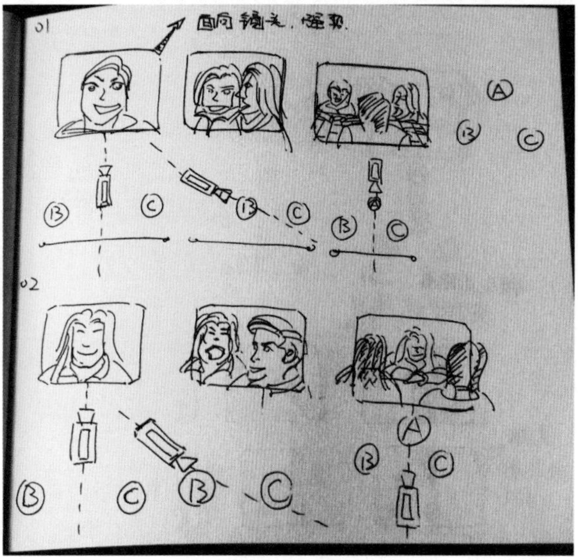

轴线上放置摄影机

6.2.5　演员站位设计

还是三个人的吃饭镜头，一男两女。我们也可以从侧面开始完成第一个机位的拍摄，此时会看到一个男人侧着身子边说边吃。

对于两个并排坐着的女人，通过一组正反打来拍摄她们的对话和反应，这样一来用三个机位就完成了她们对话的拍摄。

右下图中还显示了另外一种带男人和女人关系的正反打。第一个镜头还是给说话的男士，如果与他对面坐的女士接了他的话往下说，那就需要在他们之间建立一个过肩镜头。

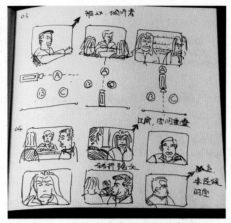

机位不同传达的意图也不尽相同

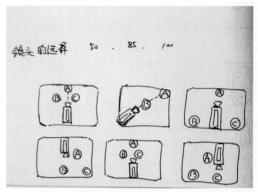

机位图分解

女士的背影、男士的正脸，或男士的背影、女士的正脸，这也是一组正反打。

为了使镜头的安排更加丰富，在此会考虑给男士或女士近景或特写。近景拍摄他们的脸部表情，特写拍摄肢体语言的细微变化。

接下来看另一种三人对话模式，如右图所示。他们三个人坐在一张桌子前，主要演员在桌子的一端，另外两个演员并排坐在桌子一侧。下面会用三个机位完成他们对话的拍摄。

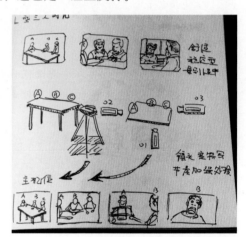

确定主机位

首先使用一个主机位拍摄全景，向观众传达演员在空间中的位置。然后用另外两个机位分别给主要演员和次要演员。这样一来，就完成了他们一组正反打的拍摄。

必要的情况下，再考虑单独给某一演员的近景，这样镜头就很丰富，机位也富有变化。

6.2.6 车戏怎么拍

车戏应该怎么拍呢？

车戏分很多种，如行驶中的和停在路边的。拍摄行驶的车戏需要专业器材，器材的使用不在本节讨论范围之内，但在此给出的机位图依然适用。

首先要带着人物关系给车中的演员中近景。

以第一个机位为标准，反打拍摄，让观众看到车里和车外的人物状态。

第三个机位给个大全景，交代车与环境的关系。

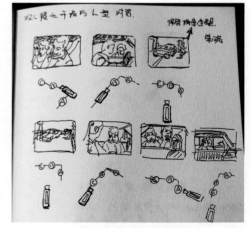

车里车外对话机位图

如果车内的两个人有对话有交流，要带着他们的关系通过正反打来完成演员之间的对话拍摄。后面图例中的机位图都是按照笔者列举的这三个机位的延伸。

接下来看一下演员相互间站位紧凑、密集模式的机位设计。

首先会用一个主机位拍摄一个小全景，把三个演员都覆盖起来。

接下来会着重给产生交流的两个演员镜头，也许他们有很长的一段对话，也许说句话就走，都可以用一个中近景的机位将对话拍摄完成。

当然有必要的情况下，会为上一个机位建立一个反打来完成拍摄要求。

同机位向前或向后拍摄同样的内容，但给观众的节奏感是不一样的，它们交替出现，可以使画面更加丰富。

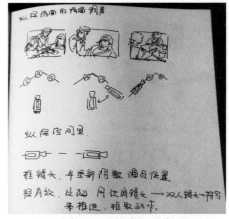

纵深空间里的摄影机调度

6.2.7　轴线法则

下面再来强调一下轴线的运用技巧，前面所列举的所有案例都依据了最基本的演员之间的轴线，机位的设定及摄影机的运动轨迹无一不以它为基准。

演员与演员之间形成一条看不见的轴线，摄影机不管是推近还是拉远，都是在这条轴线上或轴线的同一侧产生变化。以图中三个演员的三角形站位为例，用一个大全景让观众看到演员在空间中的位置。

第二个镜头带着前景的主要演员和作为背景的另外两个演员完成近景拍摄。

依据第二个摄影机轴线再相反带着男演员后背完成反打镜头的拍摄。

拍摄的时候有一个原则，如果想给谁镜头就以他为主去拍摄。同时考虑的第二个问题是让观众明白他的空间关系，笔者这里所讲的空间关系也意味着画面中其他演员是否要进入画面，是否要带着环境与背景，当把这些因素都考虑到，你就会发现机位的设计没有想象中那么难。

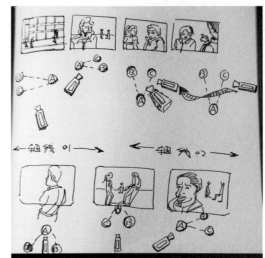

摄影机依据轴线进行放置

6.3　本课小结

在摄影棚中能够拍摄平面作品，也可以拍摄视频抠像类的片子。教学期间联系了一家摄影棚，大家一起去摄影棚中实地体验。本课将使用单反相机拍摄平面和视频的知识点糅合到一起讲解。拍照与摄像有很多共通之处，所以这次去摄影棚的路上，我们就将平时课堂上讲解的拍照理论知识也一并进行了实践。

摄影棚中的器材很全，轨道、灯光等都一一让同学们进行了实操练习。大家通过观看监视器中的摄影机画面，能够感受到专业电影的工作流程。

本课最后展示的机位图，是二、三人的常见生活场景，通过绘制的机位图，让同学们感受到场面的调度，直观感知摄影机的位置（所有的理论学习，最终只有通过实践的拍摄，才会印象深刻，理解其意义）。

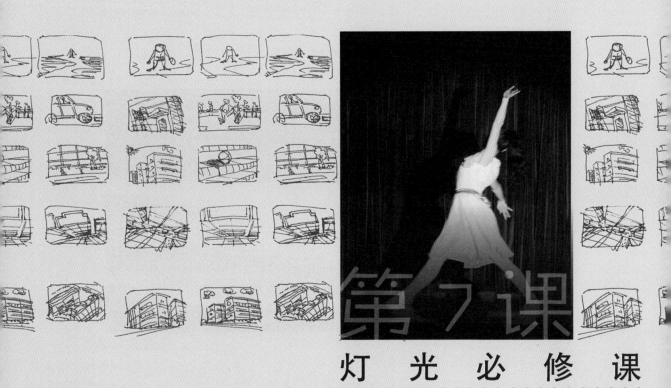

第 7 课

灯光必修课

灯光的运用也是一项重要的技能，每每谈到这项需要大量实践才能掌握的技能，就会有点困难，把实践的东西呈现在纸上，用图片和文字表现出来，还希望读者有所悟，那真是一件不容易的事。灯光的学习与摄影一样，都是要通过大量的实践才能掌握的，最直接有效的方法就是在模特走上台前，把灯光支起来，让大家所见即所得。光应该怎么打，明暗应该怎么分配，一目了然。然后让同学们自己互相上台做模特，为灯光做衰减。再用手机和相机去验证自己对光的理解。一来二去就学会了，很简单。

在本课中，还是本着让读者了解灯光，明白光在摄影、摄像中的具体应用为目标，不讲太多理论和高深的东西。读者可以像听故事一样，去了解一个个拍片现场的幕后故事。

7.1 光影之美

下面这些照片都是平时随手拍摄的风景，在旅途中，如果碰到美景，不妨及时抓拍下来。如果光线过曝，就调一下快门（调快快门）；如果片子过暗，还是再调一下快门（调慢快门），不用刻意地计算曝光量，多拍几张，反复观察，对比效果，慢慢地自己就有感觉了。拍摄水平也一点点地提高、进步了。美感是日积月累的结果，速成的思想要不得。

笔者始终认为光是主观的，每一个人对光影的理解是不一样的。没有一个标准可以说以此为依据就是最合适的，所以我们要摒弃参数化的设置，对美的理解不能量化为数字，你觉得好看，曝光合适，把你所看到的，能用手中的机器还原出来，就是成功。如下图中的落日效果，太阳快下山了，远远地就感觉到天边火烧云的惊艳，赶紧把车停在路边，拿起相机拍摄。但感觉全景的构图不好看，让朋友驱车前行1千米，拉近与城市建筑物的距离，换了一个长焦镜头，推到最近，下面这张照片就在太阳落山之前完成了。

日落照片

拍摄《日出钓鱼》照片的时候，太阳刚刚升起，笔者顺着海岸线往前走，远远地看见一个人在钓鱼，没有多想，抄起相机就拍了。这幅自动档拍摄的画面很美，笔者很喜欢。当时的光线很柔和，记录了日出美丽的瞬间。所以拍摄到好的照片是一种缘分，也是某种巧合，在那个时间、那个地点，你刚好出现，同时它也是一种必然，是你多拍多实践的必然结果。

夜晚来临，灯光把整个世界雕琢得绚丽多彩。见惯了城市的楼宇，宽广的街道，笔者把目光锁定在了一条羊肠小路，经过一片草地，看到一盏灯营造出了一种别样的美。周围漆黑一片，唯独这个方形的墙面被灯打亮，若隐若现（《夜景墙面灯光》）。

为了能够拍出这样的光感，使用了手动曝光模式，因为光线太暗，所以把快门速度降得很低。这样才能记录微弱的光，实现明暗对比强烈的拍摄。我们平时要多训练，培养自己一双善于发现的眼睛，可以随时捕捉到这些美景。

拍摄《夜景走廊》这张照片时使用了三脚架，在一层一层楼的相互重叠中找到了一个间隙，楼梯被限定在方形的空间内，边角上的光像分割线一样有节奏地排列，并照亮场景。这种对比强烈的效果都是长时间曝光实现的。

日出钓鱼

夜景墙面灯光

夜景走廊

走进一家酒吧，放眼望去，最有质感的就是吧台上倒置的酒杯。下午四点左右，光线逐渐变得柔和可爱，当时酒吧间环境的光可以通过吧台上的酒杯映射过来，背景的黑与前景的透亮，形成强烈对比。拍摄的时候，笔者离得很近，这样具有画面节奏感的沟通就实现了(《倒置的高脚杯》)。

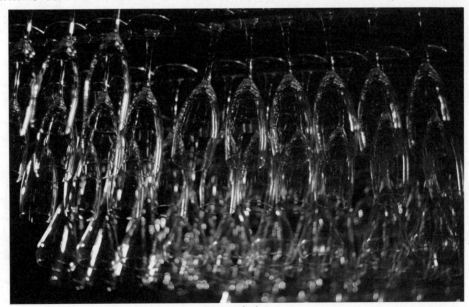
倒置的高脚杯

《夜景长椅》中这样的长椅或许很常见，也许它上面坐过各式各样的人，以这样的角度取景，或是在当时看到了椅子的孤独，它静静地在那与周围的黑暗融为了一体，当时比较符合笔者的心情，配合三脚架实现了一个长时间的曝光，在此没有展示拍照时的具体参数设置，如果改变了角度，调整了位置，整个光就变了。此处只是表达了当时拍摄时的想法，剩下的需要自己去体会。

夜景长椅

　　晚上十点，教学楼里灯光通明，每个房间都亮着灯，把曝光时间延长，强化了窗户的光。有的时候你会发现，曝光过度也是一种美。《夜景教学楼》这张照片强化了光，削弱了夜，但又被夜色衬托着，别具一格。

夜景教学楼

　　下面左图是在首饰店拍摄的，当时离得很近，所以它在画面中显得很大，最吸引人的是它的逆光。笔者用物件的实体挡住了它后背的光源，在一个合适的没有入光的位置按一下快门，完成了这张神秘中又略带华丽韵味的照片。

下面右图整个画面分成了三层,虽然这种层次不是很明显,前景是树,中景是走廊,背景是教学楼。这张图中的光呈现出一种通透感,它照亮了一切并有所保留,长时间的曝光让背景更亮,大的明暗关系以对角线被长廊分割。

首饰架

教学楼下的夜景

有时候拍片子需要快,抓拍一闪而过的事件;还有的时候需要等,等待光线,等待你所期待的人和景,他们共同帮助你完成完美的画面;更多的时候你需要走出去,到一个个美丽的地方,除了用眼睛看,还要用心去感受大自然的鬼斧神工。在昆仑山的主峰上被身边的山峰、泉水、云彩所震撼,只想展开双臂,对天大呼。下面这张照片是使用光圈优先模式完成拍摄的。想必当时一定是激动了,画面拍得不正,通过软件进行了旋转和剪切,对构图重新进行了纠正。

看到《昆仑山的记录》这张照片就好像又回到了昆仑山,又有了背上行囊要出发的冲动。

昆仑山的记录

7.2　相机与摄影机

笔者经常听到这样的问题,摄影师和摄像师的区别是什么?摄影是拿着相机拍照片,摄像是用摄影机拍视频、广告、电影,那为什么拍电影的会称为摄影师呢?那不是与拿相机拍摄的重复了吗?

摄影师到底说的是拍照片的还是拍电影的?

为什么要谈这个呢？因为这里面的学问很大，除了摄影、摄像所使用的拍摄设备不一样，所用到的灯光器材也是完全不一样的：平面摄影拍照多用闪光灯，而广告片和电影的摄影用的是持续光源。

在平面摄影棚里，大家会看到摄影师拍照过程中灯光不停地闪烁，闪光灯瞬间照亮场景；而在影片的拍摄现场各种持续发光的灯具持续不断地照亮场景，它们以有形的光柱，或者是以发散的形式存在着。

聚光灯灯头　　　　　　　　　　　　两盏聚光灯

本课中所列举的广告片、微电影、商业短片所使用的都是可以提供持续照明用的光源。随着技术的不断发展，原本用于拍照的相机也具备了拍摄视频的功能。摄影和摄像用于拍摄设备的界限也变得日益模糊，这里指的这种"模糊"是专业的单反相机也具有的电影级视频拍摄功能。越来越多的专业团队选择以专业的单反相机作为商业短片、广告片拍摄视频的首选。

寻常百姓家完全可以用相机拍摄自己居家旅游的视频录像，当然更便利的还是那种专门用来摄像的小型 DV。

单反相机可更换镜头，还有很多辅助配件，如果稍加配置，即可用于微电影的拍摄。我们把拍摄器材通过套件安装到云台上，套件上的把手和其他用于扩展的接口可方便增加其他辅助配件。

DV 摄影机　　　　　　　　　　　　单反套件

单反相机原本的显示屏太小，我们可以为其增加小监视器，还可通过供电系统为相机和监视器进行长时间的供电。

监视器

供电系统

　　加上肩托，同学们还能够把器材扛在肩上。通过一系列的辅助配件，可以把单反相机打造成能够完成长时间拍摄任务的摄影机，遮光、监视器、供电、肩扛比起专业的摄影机一样也不少。

以单反为核心的微电影摄影机 DIY

　　如下面左图所示，还可以把设备放在小的摇臂上，赋予摄影机更大的活动范围。升、降、摇、旋转镜头都不在话下。如下面右图所示，上面的箱子放置相机和各种配件，下面的箱子是拍摄用的灯光，组成剧组马上就可以开工了！

小摇臂

器材装箱随时准备出发

　　由于本节课还是以介绍灯光的知识为主，关于相机和摄影机的区别我们就点到为止。通过本小节能够让读者明白摄影、摄像时在器材上的一些区别，不至于把两个概念弄混淆。

7.3 商业广告布光

前面粗浅地讲了一下拍摄时的感受，接下来将与大家分享商业广告片和电影的布光形式。不过，讲得再多也不如到剧组里感受一下。下面将介绍更多与灯光相关的内容，以系统的方式把剧组组建到拍摄再到团队的配合给大家讲解一下，一些珍贵的现场照片能够在其中穿针引线，起到抛砖引玉的作用。

接下来展示的是我们给中国空军拍摄《航空百年》这部片子的现场，这是一部全三维制作场景的微电影，演员由真人表演，讲述的是一个科学家像电影《钢铁侠》一样在自己的实验室里制造飞行器的故事。

首先是演员试装，摄影师、灯光师在摄影棚里布置现场。摄影师用的是高清索尼900，现在的拍摄更倾向于用全数字形式直接采集到计算机中，方便后期剪辑和添加特效的流程。灯光器材都是专业的高发热量、高亮度的聚光灯，如下图所示。

演员试装

摄影师拍摄

由于演员的活动范围比较大，我们要实现整个区域的布光，除了要把场景照亮之外，还要在演员的面部实现无明显明暗分割的布光方案，在此使用了大量的柔光板和反光器材，把光散布得更加均匀。要用额外的顶光把演员头顶的头发丝打亮，勾勒出漂亮的"发丝光"。

现场的布光效果图

导演在监视器里看到演员的布光效果

在拍摄现场，辅助器材特别多，尤其是灯光组，光有的时候是靠反射和遮挡等一系列不同方向光的组合实现想要的效果。有意思的是演员脚下的辅光，可以补演员的面光和眼镜的高光。

监视器周围有遮光布，可以更专注地看到实拍后的效果，配合摄影师倒放，随时可以确定这是不是自己想要的。

拍摄现场 1

拍摄现场 2

在摄影棚里布好光后会发现拍出来的画面特别饱满，就像身处在大气层一样，一个大的范围内光线都覆盖到，并在灯光前面的柔光器材的配合下，光线变得柔和。

一切就绪，摄影机准备开机。在广告片的拍摄现场，会大量用到 2000W 和 650W 的聚光灯。主要用途：2000W 的灯大面积地照亮场景，当然需要为灯光进行柔光处理，650W 的灯常用来在高光处打逆光、做顶灯，灯光的效果最终全部从监视器中可以看到，光可以把演员从背景中分离，使画面更有层次，始终记住画面的主体是演员。如果拍摄的画面未来要做抠像，背景蓝、绿幕的灯光要均匀，否则后期会出现无法顺利将背景去掉的问题。

拍摄现场 3

拍摄现场 4

在拍摄现场，太靠近灯光的位置会灼伤皮肤，而且拍摄的时间又长，此时可做些简易的处理，以减少长时间工作的影响。

在棚里拍摄都是无实物表演，演员要对着空气以想象的方式完成动作，完成戏剧要求，所以拍摄前和中途要反复和演员沟通，让他观看视频协调自己的动作，最终才能与计算机软件虚拟的画面配合到一起。

主体的灯光布好之后，在拍摄不同的场景时，可能需要略微调整光的方向和强度，因为演员的站位、方向变了，之前的布光就不再合适了。此时要重新调整演员身上的明暗对比关系，这样的调整很浪费时间，所以一般会把类似机位的戏统一拍摄。

拍摄现场 5

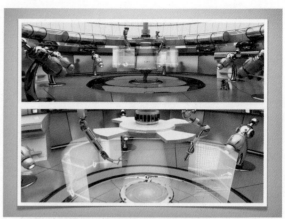

拍摄现场 6

拍摄现场 7

拍摄工作是很艰苦的，早晨五点爬起来，到晚上不知道几点收工，因为要赶进度完成任务。灯光器材和摄影机费用都是按天算的，时间就是金钱。预算本来就紧张，如果再超支就会影响后面一系列的安排。在拍摄现场，提前画好机位图和光位图可以很方便地与演员沟通。

拍摄现场 8

7.4　微电影布光

下面这些现场照片是 2010 年在珠海受邀与《阿凡达》特效总监交流、学习、体验 3D 微电影时拍摄的。在本节会看到立体摄影机和立体监视器，以及很多其他有意思的人和事。就布光方案来说，与传统的方式没有本质区别。这里再强调一遍，光是主观的，不同的导演、不同的摄像，他们对光的理解是不一样的，这些灯光器材就像是积木一样，可以随意组合，并没有什么特别的秘籍，无非是找准主光，配合好辅光，营造高光，牢记这几条，再加上临场的控制，基本布光就及格了。

这里在摄影师的后面用了 1000W 的黄头灯，通过使用米菠萝 (即白色的塑料泡沫板) 把光反射过去，目的是要给画面的前景做好补光。

微电影布光 1　　　　　　　　　　　　　　微电影布光 2

这个场景是再现原始人在海边烧烤，这里可以设计很好的立体镜头。一个演员把烤好的鱼拿向屏幕，在未来的大屏幕上观众就可以看到鱼从屏幕中出来，在眼前触手可及。注意图中墙顶的顶光，灯头是固定在墙面上的。

演员们穿着树叶做成的衣服完成仪式，在此把主光放在了屏幕右侧，左侧用几盏 1000W 的灯作为辅光，演员们的活动范围是环状的，根据演员走位可以很快地完成主辅光的配合。值得说明的一点是演员身上的绿叶与背景要抠像的蓝形成了反差，用于抠像的蓝幕和绿幕是可以很轻易地更换的，千万不要使演员的衣服与抠像的背景颜色一样或相似。

微电影布光 3　　　　　　　　　　　　　　微电影抠图 1

《阿凡达》的特效总监戴上红蓝眼镜，观看拍摄好的立体效果，拍摄现场监视器具有立体成像功能，若不戴眼镜看到的就是重叠的画面。

由于显示器呈现的立体方式有红蓝偏正之分，所以使用的显示器也要与此相匹配。在未来更先进的裸眼 3D 监视器面前，我们就可以真的像拍摄传统广告电影那样对立体效果所见即所得。

微电影抠图 2

裸眼 3D 1

立体的监视器实际上就是两台摄影机，它们以垂直的方式通过立体支架设置，做到同步开关机。

目前立体广告电影的拍摄周期和时间能够和传统方式保持一致，这意味着在未来很长一段时间立体的电影是主导，在全息影像的大趋势下，画面终将冲出电影百年来的框框，悬浮在观众眼前，让人有更非凡的身临其境之感。

裸眼 3D 2

我们来近距离地看一下立体摄影机，这是由两台 **RED ONE** 组成的拍摄系统，摄影机的同步问题、现场拍摄时间及立体拍摄效果在开拍之前是需要大量时间调整的。组建起来的立体摄制组也处于学习和摸索阶段，经过三年技术的发展及与团队的磨合，与立体有关的前后期全都不再是问题。

裸眼 3D 3

立体摄影机

以下列出拍摄现场提前准备的灯光器材，这些灯光都是室内拍摄常备工具，包括 1K(1000W) 的红头灯或黄头灯（钨丝灯发出的光是发散的，常用于打亮背景的蓝幕），1000~4000W 的聚光灯（采用多大瓦数的灯光合适？这需要根据场景、参与演出的人员来确定，需要额外的发电机或发电车），两套 650W 及一系列的柔光板、魔术腿和黑旗（后面说的这些专业术语都是支架和柔光板，用于控制光的反射、折射以及起到柔化光源的作用，光在必要的时候也要用黑色的布进行遮挡，照亮场景很容易，但对光影的控制则是一门艺术，如何用光把人打得漂亮值得好好地实践）。

摄影棚是很容易获得和临时搭建的，它本身也不需要高科技的东西，如果掌握了这些原理和用光技巧，随时随地都可搭建剧本需要的摄影棚，当一切不再限制你的时候，剩下的就是创作的快感。

现场器材 1

现场器材 2

　　通过这些图片再次重温当年的拍摄体验，这是由无数个充满乐趣的回忆汇聚起来的美妙瞬间。拍得很快乐，演员玩得也很高兴。

　　从立体监视器中可以看到重影的灯和器材，这是在计算摄影机到拍摄主体的距离，这是与传统的拍摄最本质的区别，尤其是在吸收国外立体拍摄团队的经验后，就会发现标准化、流程化和专业化能带给工作流程的便利与快捷。笔者时常想向国外同行学习更多的还是他们的工作态度，脚踏实地本着用最笨最耗时的原则去解决我们看来没必要的细节。

拍摄现场 1

　　我们的拍摄分室内和室外两种，原先计划是早上出外景。刚把器材调好，怎知老天爷不给力，瞬间飘泼的大雨把我们赶进了摄影棚。通过下面右侧的图片，我们可以看到当时立体拍摄器材是多么庞大，而就在几年前，《阿凡达》用了一套可以扛在肩上的立体拍摄设备完成了十年磨一剑的巨著。

拍摄现场 2

拍摄现场 3

　　所以说电影除了艺术还要依靠技术，电影工业的发达，也代表着科技水平的发展，制造业制作能力跟不上，电影拍摄中有些想法就实现不了。最简单的例子就是在国外要改变一下摄影机，他们会找人开发一个配件，以方便剧组的拍摄。

　　开发配件不是简单地做一个实体的钢体结构，而是这个东西具有控制的芯片，它可以和摄影机连接，与计算机实现数据共享，最后会发现全都是由程序控制摄影机运作，触发摄影机面板，这就比人为手动更加灵活。

说了点儿题外话，我们接着回到灯光这个主题。为了更好地控制灯光强度，除了大型的灯光器材，还有一个很常用的柔光纸方式，就是直接拿铁架子把它固定在灯头前面，一层不够叠两层、三层，既方便又实用。

不管是大型拍摄设备还是普通的家用摄影机，它都有控制面板和监视器，只不过专业设备可控调节的参数更多，比较专业。

拍摄现场 4

拍摄现场 5

这是两架相机在立体支架上垂直放置，两台相机同步开机，模拟了人的左右双眼。最终观众在电影院通过立体眼镜，左眼只看一台相机画面，右眼只能看到另一台相机画面，这样立体效果就实现了。

拍摄现场 6

7.5 人像布光

接下来与大家分享用胶片拍摄商业广告的幕后花絮，其中涉及对演员的布光，也就是我们常说的人像布光。

这是一条 15 秒的产品广告，要在电视上播放，使用的设备是胶片摄影机，其中有几个镜头要拍摄液态的流体，我们要使用升格技巧，让摄影机以每秒 100 张画面实现拍摄。

看一下将要使用的器材，常用的有黄头灯、ARRIY 摄影机、2000W 的聚光灯及遮光板。

准备就绪后，随时可以开机。灯光器材主要围绕在图中 $5m^2$ 大小的展台上，因为客户的产品将在这里亮相，产品的大小决定布光范围的大小。

人像布光 1

人像布光 2

人像布光 3

人像布光 4

人像布光 5

　　这次拍摄也是在摄影棚里，因为摄影棚里比较好控制，可变因素少，只要打好灯光就可以了，反而是外拍对光线的掌控能力要求更高。自然界中光线不断变化，场景的光刚调好，色温就变了，又得重新微调。有时候外拍一个场景，戏份很重，通常会把整个房子包起来以满足长时间的拍摄需要，尽量减少自然界光影对拍摄的影响。

人像布光 6

人像布光 7

　　用胶片摄影机拍摄难度更大，全凭经验曝光。因为它不像数字机，拍摄效果好坏可以从监视机中看到，在现场只能用录像带简单记录摄影机的运动及产品在画面中的构图，看不到真实的曝光效果。

在人像布光 9 图中，灯光是以 45° 打向前面的挡板，这是在营造环境光。除了物体本身主辅光的配合，还要更多考虑环境光对质感的影响。

在人像布光 10 图中，我们的演员在进行拍摄前的补妆，被所有的灯光器材团团围住，前面提到被摄物体在环境中的大小决定了布光区域的大小，首先顶光是必不可少的，发丝光还有模特脚下的光通过柔光板反射。

我们尽可能把人打得很饱满，这不是简单地照亮场景。在图片中可以看到模特的脸被打得很漂亮，因为在此着重取模特的脸部。

中午 12 点从摄影棚外往里看，这群人整天就在黑暗中工作，把自己关在小黑屋里，运用光影塑造光彩照人的演员们。

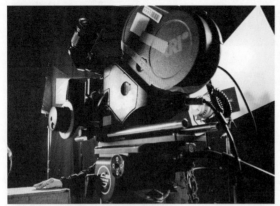

人像布光 8

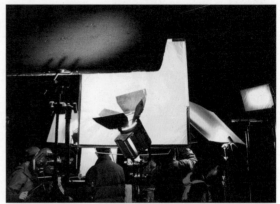

人像布光 9

人像布光 10

人像布光 11

人像布光 12

7.6 环境布光

前面讲解了布光的范围与拍摄对象的关系，接下来通过这个广告的布光方案展示拍摄群体或更大范围的布光应该如何去做。

这条广告是为一个中学拍 30 秒的 TVC 广告片。因为它是一个网校，想强调互联网上学习的便利性，必然会与学生、老师产生联系，所以很多的布光方案是要根据剧本的要求设定的。

在选择合适的摄影棚时，摄影棚面积不一样，租金也不一样。如果选择恰到好处，可以节约很多成本，这里强调的成本不只是钱，成本也代表不可收回的支出，能够合理地压缩成本那就是创造利润。

先从学生用电脑登录这家网校开始，不用的灯光器材先放在边上，主光用大型的柔光布覆盖，将摄影机架在小摇臂上开始拍摄。感觉左侧辅光过暗，让灯光师调整备用灯光的角度，往蓝色的背景墙上打，并给场景补光。

环境布光1

环境布光2

环境布光3

前面曾经提到的挡光就是一个遮遮挡挡的过程，一位灯光助理手中举着黑旗，就是给演员去掉不想在画面中出现的光位，大家可以看到环境布光4图中居中位置有一个人蹲着，他手中的1000W黄头灯往背景墙上打着辅光，这些都是细节。

调整灯光的方向不一定去调灯头，一些很细微的调整可以用旋转反光板的角度来实现。下面右图中左侧的灯光助理在调整演员的发丝光。

环境布光4

环境布光5

在环境布光6图中，主要关注包围在演员周围的三块黑布，左右各一块，助理手中半块，这些都是更精细的控制灯光的方法。

在环境布光7图中，大家看到现场很乱，但从监视器中看到的画面干净，只有演员和电脑，这说明我们不但要控制光，还要避免穿帮，这样的布光才有意义，这也是需要我们追求的。

环境布光 6

环境布光 7

在环境布光 8 图中给了这些控光器材的近景，让大家看清楚在现场中发挥着重要作用的支架和挡板。

在环境布光 9 图中，这是演员说错词了，反反复复地拍，觉得特别羞愧无奈。要注意观察的是演员头顶的发丝光、左侧肩膀和手臂的高光。显示器的背面也给补了光，整个现场看不到全黑的物件。

在环境布光 10 图中，我们改变了拍摄的内容，整个现场的布光随之调整。大家布光时可以记住一个简单的原则，即把想要拍摄的场景用光画出一个范围，先考虑把场景照亮再对局部进行精雕细琢。

在环境布光 11 图中，这是很多学生的拍摄现场，主要他们的站位要错落有致而不是互相重叠，最后人身体的阴影成为挥之不去的硬伤。在这里顶光要挂得足够高，所以会看到演员的头顶都有发丝光，这样拍出来的人物就很饱满。

环境布光 8

环境布光 9

环境布光 10

环境布光 11

环境布光 12 图中是为老师布光，人物前侧的反光板由两个人举着，在侧面的主光开启并开始发挥作用后，会发现演员的颈部有一个区域特别暗，所以要用米菠萝进行补充，记住这一条很有用。

环境布光 12

7.7　光源的位置

对光源位置的拿捏有很多讲究，像侧光、侧逆光等。而在实际拍摄中，光可以分为主光、辅助光、轮廓光、背景光等几种。在很多摄影爱好者的印象中，光线似乎越复杂越好，喜欢把所有光都照射到被摄体上，这是错误的，这样不但不能体现出光的层次感，相反会给人留下乱糟糟的感觉，因为一切都很亮，这就符合了前面一再和大家强调的，光只要有那么一点点就锦上添花了。

正确的布光方法应该注重布光的先后顺序。重点把握的是主光的位置，然后再利用辅助光来调整画面上主光形成的反差，突出层次并照亮人和物。主光的位置可以在最前方，也可以在顶部，辅助光则可以布置在四周，甚至在底部，这是根据摄影机的位置和摄影师的要求进行调整的。

对灯光的介绍和对光影知识的讲解是由浅入深的，前面先让大家看到一个整体的布光轮廓和拍摄流程，让大家有大概的认识。接下来再列举一些小场景、布光简单的幕后拍摄现场，逐渐展示光的重要性，不是多多益善，我们追求的是光的质量而不是光的数量。

布光 1

布光 2

在这个广告片的拍摄现场，就用了三大光源，主、辅、顶，与其对应的具体的灯光位置是面光、侧光和顶光。

在这里把顶光单独提出看看对人物的影响。与主光相互呼应的是演员侧面的辅助光源，注意场景中的阴影，通过阴影的位置可以很容易地判断出灯光的位置，有几盏灯就有几个影。

顶光用途很广，作用不可小视，有了它人物就有了层次。我们这个场景拍的是老师在黑板前上课，道具的反光性也是我们需要考虑的。白色的面光滑，反光度高，在镜头中太耀眼；黑面粗糙，对光进行漫反射，适合当前场景的需要。

境布光 3

布光 4

布光 5

布光 6

在布光 7 图中，摄影师与演员沟通走位，然后再确定光的位置，左右两个大的支架，上面放置的就是米菠萝，粗糙的表面对光线起到很好的发散与柔化作用。

在布光 8 图中，我们的女主角上场了，灯光助理调节演员左侧的轮廓光，主光在画面的左侧，并调整了顶光的位置，在调整时除了左右移动还可以进行上下调整，把灯光升起或降下。因为演员坐着，可在相应位置灵活进行调整。不是一味地把灯光架在这个位置就不变了，得考虑光的变化情况。

布光 7

布光 8

7.8　走进课堂

　　说一千道一万，还是让我们回归一盏灯拍出的简易美。为了让这些刚入行的同学们了解光，学会布光，笔者总是会从一盏灯开始讲起。

　　在布光 9 图中，同学们出场了，第一位同学不让她摆出拍照片的剪刀手，要的是自然状态，背过身来面向光转头，回眸的一瞬间抓拍，入画的柔光板告诉你光源的位置。曝光过度有两招，一就是提高快门，或在灯前加柔光或柔光纸，一张不行加两张，合适的曝光就出现了。

　　在布光 10 图中，灯光在这位同学的身后，用一盏灯勾勒了头发丝到肩膀的轮廓光。调整模特的视线，使之深邃、阳光，充满正义感。

　　在布光 11 图中，把主光升高，黑色的背景，以 45°角仰望天空，效果很好，模特眼镜的反光透露了灯光的位置。

布光 9　　　　　　　　　　布光 10　　　　　　　　　　布光 11

　　在布光 12 图中，运用道具，人物依靠在桌子的一角，重心在左手，展现着自信之美，主光从与肩膀齐高的位置洒下来，显得从容不迫。

　　在布光 13 图中，提高逆光会实现高于被摄物体的顶光，前景的模特无奈地撇着嘴，背景中的人物若有所思，让人充满联想。

　　在布光 14 图中，使用闪光灯时，可以尝试另外的方法。把闪光灯开到最强，对准天花板拍出了这张单反相机照。

　　在布光 15 图中，在一块巨大的白布的反射作用下，用微弱的光捕

布光 12　　　　　　　　　　布光 13

捉到了人物的轮廓，这个长头发的艺术家正在全神贯注地摆弄着他的相机，这里依然没有把闪光灯对准任何人物，画面中的人物宛如雕像，时间都静止了。

接下来调整了闪光灯的位置，让它离白色的幕布更近，如布光 16 图中的这位帅小伙正在与其他同学分享自己的拍摄心得，曝光饱满，背景若隐若现，根本看不出这是五十人的大课堂。

如布光 17 图中，这张照片是笔者一直想拍摄的，用闪光灯微弱的反射光铺满整个场景，用侧逆光勾勒出每个人的轮廓光，同学们全神贯注的瞬间被收藏了。他们像一群黑暗中的歌者，用光影歌唱属于自己的故事。

布光 14

布光 15

布光 16

布光 17

环境布光 18：这张照片稍微有点虚焦，但它又是一张动态很好的照片，高速的快门把曝光降下来了，但也让手部出现了脱影，左右角对称的两盏灯布光方案，能实现大部分拍摄需求。

布光 18

7.9　自然光

　　本课内容又要结束了，灯光的课难讲，因为光影无处不在，让人习以为常；灯光的课也不难讲，以实践为主，理论为辅，一切皆变得有据可循。

　　本课以光影的美作为开头，那我们就以大自然中的美作为结尾。自然孕育了一切，自然是最美的，我们需要的就是有一双善于发现的眼睛。

　　首先把握两个大方向：一是用快门控制曝光亮度；二是在早晚两个黄金时间段多拍摄，就能拍出好片。我们这几节课是讲给初学者的，分享给大家的是朴实的经验之谈。而其他很多书里告诉我们拍摄的诀窍是：相机的快门、感光度、光圈的原理。

　　其实控制进光量的这三大变量，不能靠死记硬背，更多的是要用心去感悟。只有多多实践才能真正有所收获，拍得多了，对光影的走向、光的明暗、光的反射有了新的认识，渐渐地就可以尝试着动手布光，先是用灯光照亮场景，慢慢地就拥有了属于自己的布光、控光心得。

　　对于拍摄的练习，主张先以控制快门为要点学习摄影和布光的方法，先用兴趣把读者领进门，通过对快门数值变化的调节，从而掌握这一个变量控制曝光的方法，等多拍多练有了感觉，积累了经验，其他的东西就融会贯通了。

　　如果你是"老鸟"，如何在布光上获得更大的进步呢？建议大家可以看一些平面摄影和电影电视广告上拍摄的幕后照片，布光方案完全可以看图学习。

　　下面把平日里拍摄的一些照片放上来，和大家分享镜头前的自然之美。

　　八月份的天山山顶白雪皑皑，车在山谷中前行，时速大概每小时 70 公里，每间隔一分钟，车外的温度就下降一度。在两山间的峡谷跃然眼前，风吹得手中的相机几乎都拿不稳，构图用两山为主体，雪山的白色反光很容易就让片子拍摄曝光，将快门速度提高，整体降低曝光量，将山体的细节和雪山的雄壮都收录在镜头中。

　　在天地之间我们飞快地奔跑，在海拔六千米的山顶，呼吸略显吃力，明明知道在这里不能做剧烈运动，但你控制不住自己的喜悦之情，根本就不想离开，在清澈的泉水边还像来时那般四处张望，远远地看到归队的朋友沿着河边走来，被云挡住的天空与反射着光彩的水面形成了强烈的反差，云与地面是如此接近，在画面中心的人影形成了强烈的视觉冲击。

雪山

天地之间

　　在下面左图中，草原上的积雪一眼望不到边际，很难想象就在十几分钟之前，山脚下的羊群在绿油油的草地上悠闲地"生活"，一年四季的情景可以在一段短暂的路途中一一经历。光影的变化通过自然环境被如实地呈现出来，对相机曝光控制的关键体现在被拍摄的"反光程度"，相机无法像人眼一样，可以瞬间调整出合适的曝光，它需要通过参数设置来完成这种"沟通"，画面中大部分的区域是高反光的雪景，需要将曝光量减弱1档至2档才能实现正确曝光。下面右图是吃草的羊群，镜头没有加遮光罩，画面右侧区域让部分阳光进入画面，反而形成一种别样的温暖感觉。

白雪覆盖的大草原

草地上的羊群

天空上的云彩形态各异，变化无常。在拍摄的时候突然有了一种想法，就是以云为主体，用云的变化形成一系列的主题。在按动快门的过程中，不断会有想法突然降临，让人为之一震，当时就想将来能做一个关于《云彩的遐想》的影展。在旅行中、在拍摄的过程中很多时候来不及想，就以自己最为擅长的方式操作相机，以自己熟悉的方式控制曝光的形态，迅速地抓拍，很多时候几乎不会看拍摄的结果，那不断被错过的美丽景色才是最需要我们抓住的内容，那种由心向外散发出来的融入自然的情感让人沐浴在阳光中，感受光影带来的美妙感受，从而让你热衷于发现美，捕捉光的影子。

美丽的大自然召唤我们拿起相机，走出房间。在拍摄中学习摄影，感受光影，而不是坐在房间里死啃书本。在此笔者没有介绍太多的布光技术，但字里行间有笔者最朴实的方法，先从控制快门开始，学得太多在刚开始的时候会成为你的羁绊，它足以让你完成下面的美景。

云彩的遐想

山间的小木屋

🎞 7.10 本课小结

图片是展示光影的一种方式，笔者从生活中取材，将拍摄的点滴经历进行分享。每幅照片的背后都有一个拍摄的小故事。很多专业人士都选择用单反相机进行微电影的拍摄，单反毕竟是相机，需要很多辅助器材的配合，才能更好地完成拍摄任务。经过辅助器材的配合，大家会发现经过"改装"的单反相机已经旧貌换新颜了。

随后，笔者给出了4部商业广告片的布光现场图片，并分析每部片子布光的要素，供大家参考学习。

第9课

拍摄模板

本课准备了一些拍摄模板，有常见的、不常见的拍摄内容，覆盖的人群广泛，初学者和想提高的摄影师、导演可以以此为基础去丰富自己剧中的结构。具体问题不一样，每个人处理的方式也不相同。前面讲解了很多，本课大家可以看到我们对课堂上看到的这些剧本是如何演绎和诠释的。当然笔者只是列举了一小部分内容配上图片用于展示，使大家能够看到演员的表现、机位的景别。

8.1 日常生活

在本节中列举了生活中一些常见的拍摄方法和机位，下面马上进入感受拍摄现场的火爆气氛。

8.1.1 打车

第一个镜头中，演员在路边招手，我们给了一个全景，把演员的表演和景别及环境做了一个介绍，让观众一眼就看明白。

第二个镜头中，即将与演员发生关系的黑车入画。

第三、四、五、六个镜头直接表现的就是上车后的画面。通过这六个画面观众可以很清楚我们的主人公打到了车，并很愉快地在车中交谈，在此没有刻意强调车门打开、车开等琐碎的镜头。大家要学会提炼，学会表达。

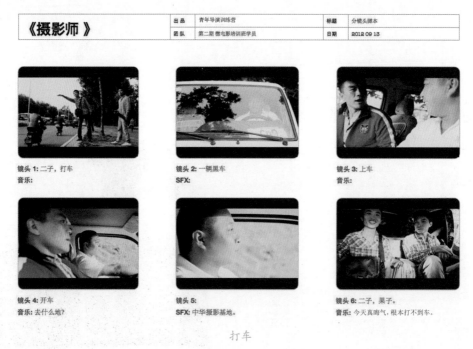

打车

8.1.2 打篮球

打篮球原本是一项很常见的运动，当你身处在篮球场的时候，可能不知道如何去放置镜头，因为篮球场太空旷，第一个镜头首先从篮球场带球过人拍起。

第二个镜头篮球在篮板上旋转。

第三个镜头加入观众的反映，像这种竞技比赛或激烈的运动，肢体相互接触要多给中、近景，强调演员的表情、观众的反映，包括进球的瞬间。这个剧本的名称叫《青梅竹马》，这个片段是在表现从小一起长大的男孩和女孩懵懂的情感。

《青梅竹马》	出品	青年导演训练营	标题	分镜头脚本
	团队	第四期微电影培训班	日期	2012 11 15

镜头 1:
音乐:

镜头 2:
SFX:

镜头 3:
音乐:

镜头 4:

镜头 5:

镜头 6:

打篮球

8.1.3 上课、学习

　　新的一天开始了，第一个镜头给出时间，从室外切至室内。后面几个镜头有特写、有中景、有远景，最后是大全景，把场景和演员的交流全部覆盖。对于学生来说，学习是他们的主业，借支笔，一起出去吃饭，做运动打篮球，正是这些琐碎的细节贯穿了整个学生时代。最终表达的全部镜头还是要扣题，因为有了男女情窦初开的那种状态，所以要考虑到演员的情绪、场景的合理性，以此安排相应的机位和角度。

《青梅竹马》	出品	青年导演训练营	标题	分镜头脚本
	团队	第四期微电影培训班	日期	2012 11 15

镜头 1:
音乐:

镜头 2:
SFX:

镜头 3:
音乐:

镜头 4:

镜头 5:

镜头 6:

上课、学习

8.1.4　抽烟

在厕所里偷着抽烟，大家一起抽得很陶醉，想必也是一些男生学生时代的重要组成部分，那如何表现，这是一个技巧。

第一个镜头直奔主题，火光一闪，出现用打火机点烟的学生。

第二个镜头要表现吸烟者的状态，着重表现那种满足感。

第三个镜头介绍人物关系及演员的空间位置。

第四、五个镜头烟雾升腾，为什么要用空镜来作为结束，因为烟是表现的主体，观众看到满屋的烟在空中缭绕，恰恰有力地渲染了主题中所要表达的内涵。

《永远的十八岁》	出品	青年导演训练营	标题	分镜头脚本
	团队	第四期微电影培训班学员	日期	2012 11 15

镜头 1:
音乐:

镜头 2:
SFX:

镜头 3:
音乐:

镜头 4:

镜头 5:

镜头 6:

抽烟

8.1.5　校园生活

我们经常会在生活中遇到这样的情况，明知不好也要去做，还害怕被人发现。以抽烟为例，因为害怕教导主任发现在厕所抽烟，所以派了一个学生去放风，如第一个镜头所示。

第二个镜头表现了吸烟者的状态，如果事情不被人发现就不能称为故事，也没有展现的必要性了。有人来了，放风者通风报信，提醒并起到警示作用，屋里同学随即消灭证据。

最后一个镜头教导主任就像设计好的一样如期出现了，该情节也同样适用于警匪片，例如小偷作案的拍摄。

| 《永远的十八岁》 | 出品 | 青年导演训练营 | 标题 | 分镜头脚本 |
| | 团队 | 第四期微电影培训班学员 | 日期 | 2012 11 15 |

镜头 1:
音乐:

镜头 2:
SFX:

镜头 3:
音乐:

镜头 4:

镜头 5:

镜头 6:

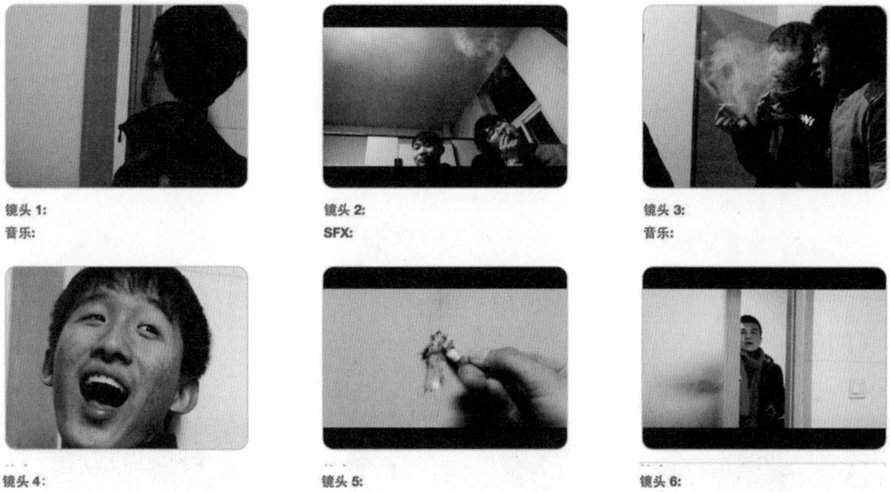

校园生活

8.1.6　寻找证据

在做错事情之后，需要证据来批评犯错误的人。第一个镜头教导主任出现，大晚上这群学生不回家，对他们的所作所为已经猜了个八九不离十。接下来需要提供证据，对地上的烟头进行呈现，大家注意第二个镜头是一只脚踩在上面，更能增加戏剧成分。

第三、四、五个镜头都是特写，教导主任以此为证对他们挨个批评。

第六个镜头把他们带到办公室进行下一步处理。

| 《永远的十八岁》 | 出品 | 青年导演训练营 | 标题 | 分镜头脚本 |
| | 团队 | 第四期微电影培训班学员 | 日期 | 2012 11 15 |

镜头 1:
音乐:

镜头 2:
SFX:

镜头 3:
音乐:

镜头 4:
音乐:

镜头 5:
SFX:

镜头 6:
音乐:

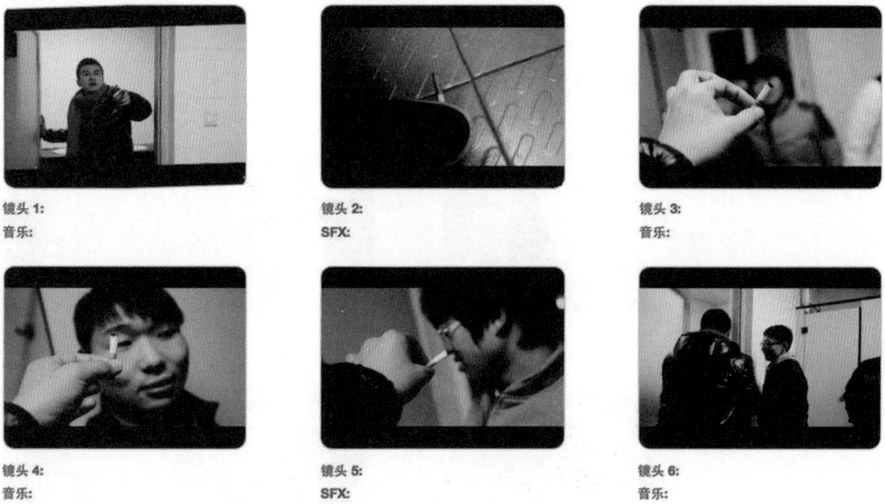

寻找证据

8.1.7 加班

加班是非常常见的事情，为了表达加班时间长、回来晚，第一个镜头给了时钟，第二个镜头家里人为主人公开门，他们对话的主题也是"为什么回来这么晚"。

第三个镜头，主人公亮相。

第四、五、六个镜头，在对话中我们了解回来晚的原因，并在最后一个镜头引发了事情，男女主人公回到房间坐在床上，到这里场景告一段落。加班回家晚，家里人焦急地等待，最后两人坐在床上，两人的亲密关系交代清楚了。

还有另外一种表现加班晚的方式，就是一个人拿钥匙开门，然后进屋，走进卧室坐在床上。大家可以根据图中展示的景别自己去完成。

加班

8.1.8 下班回家

老婆下班回家怎么表现，或者出差归来如何进行分镜头，如右图所示。第一个镜头男女主人公在客厅展开对话，第二、三个镜头男士接过了女主人公手中的包裹或行李箱。

第四、五个镜头表现了他们关系不一般，很亲密，男士为女士脱掉了大衣并嘱咐她好好休息。

第六个镜头是今天晚上给她做的晚餐，作为本段落

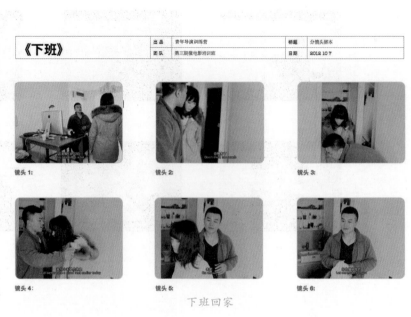

下班回家

的结束，清晰而完整地展示了爱人回家这一状态。

8.1.9 车戏对话

汽车是生活中不可缺少的交通工具，这意味着它会不断地出现在我们的镜头里，如何表现在车里的狭小空间展开对话，又融入司机对话的反应，可参照下图中所示。

第一个镜头从反光镜给出司机的状态。

第二个镜头前座的人和后座的人在谈话。

为了表现司机在用心聆听，在第三个镜头里给司机一个近景。

第四个镜头后座演员的反应。

第五个镜头准备让司机融入对话，还从反光镜里让观众关注司机的眼神变化。

第六个镜头在车外给个小全景，让观众了解空间环境。

| 《摄影师》 | 出品 | 青年导演训练营 | 标题 | 分镜头脚本 |
| | 团队 | 第二期 微电影培训班学员 | 日期 | 2012 09 13 |

镜头 1: 司机听。lei
音乐:我们不去找合适的教学场地，拍什么片子。

镜头 2: 我，扭头。
SFX: 就你知道乱叫。

镜头 3: Lorem
音乐:我比你们还急。

镜头 4: 二子。
二子:后天，学生过来，怎么安排?

镜头 5: 司机看。
二子:果子，你能不能说两句。关键时刻根本指不上你。

镜头 6: 我，看着前方。
果子:实在不成就把钱退给学生。
我: 你们俩都给我闭嘴。钱绝对不能退。

车戏对话

8.2 情感

本节讲的是关于情感表达的一系列话题，构成情感的主要因素是男女朋友间的爱恨情仇，最后还表达了亲人之间的情感关系。可以借助这个模板来完成自己影片中的亲情、友情、爱情等一系列设计。

8.2.1 情侣矛盾

本段表现了情侣吵架这场戏，第一个镜头给我们的女主角近景，观众可以从她的面部表情看到她极端不耐烦。

第二、三个镜头从女主角的侧面及半侧面交代其在环境中的位置及无奈的表情。

第四、五、六个镜头展现女主角与男主角争吵并发生肢体的碰撞，表现出争吵的激烈，矛盾的尖锐化。其中第五个镜头里女主角抽打男主角是使用一个毛茸茸的帽子，物件的选择是关键，表示她舍不得打又要解自己的心头之气的心理，在拍摄的时候要考虑到对这些细节的处理。

情侣矛盾

8.2.2 失恋

失恋是青年男女经常遇到的事情，第一个镜头以拥抱的男女交代了两人恋人的关系。

第二、三个镜头女主角被男主角推开并摔倒在地上，说明两人之间出现了问题，感情不如之前好。

第四、五个镜头分别给男女主角特写，从女主角的表情中可看出她的难过与伤心，而男主角淡然的表情，可体现出这段感情面临破灭的危机。

第六个镜头男主角趴在地上痛哭，体现出他失恋后的悲伤与绝望。我们把时间往后延长，在女主角离开的这段日子里，他为当时的选择后悔。

失恋

8.2.3　约会

约会迟到是最忌讳的事情，第一个镜头女主角在打电话，从她焦急的神态中我们可以猜到一定是男主角迟到了。

第二个镜头男主角亮相，边跑边看手表。

第三个镜头给男主角的手表一个特写，说明时间不早了。

第四、五个镜头交代男女主角面对迟到这一问题分别做出的反应。

最后一个镜头以空无一人的环境体现男主角还没有赶到，女主角也因等不到人而离开。

《约会》	出品	青年导演训练营	标题	分镜头脚本
	团队	第四期微电影培训班	日期	2012 11 16

镜头 1:
二子:

镜头 2:
果子:

镜头 3:
二子:

镜头 4:

镜头 5:

镜头 6:

约会

8.2.4　安慰

每个人都有迷茫不知所措的时候，当你难过的时候，朋友们会帮助你。你或许抱头痛哭，你或许沉默寡言，好朋友会抱着你，摸摸你的头，抱抱你的肩膀，告诉你一切很好。这个故事讲的是一个年轻人得到了一个大师的指点。大师高高在上，我们用前三个镜头来展示大师的状态，第四个镜头年轻人匍匐在地，张开手臂诉说自己的困境。第五个镜头，大师用手拍拍他的头告诉他做人做事的道理。第六个镜头大师给这个地上的年轻人指点迷津，求得安慰，就完成了这个桥段。

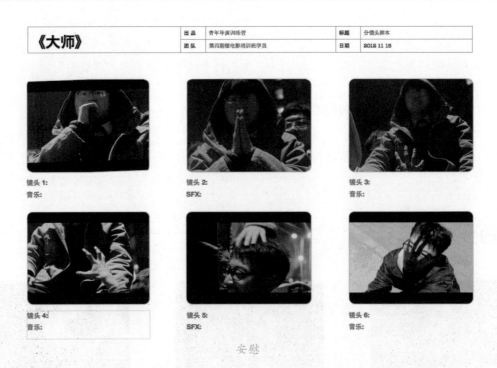

安慰

8.2.5 想象

我们经常讲蒙太奇、平行叙事，那到底该怎么表现呢？下面是一个很好的案例。

剧中的人物在谈论一个姑娘。第五个镜头把姑娘以梦境的形式呈现出来，第六个镜头再切回他们的对话，就完成了一段想象中的画面与现实中的场景平行叙事的效果。

回过头来看看是如何展开这段对话的。第一个镜头交代三人的空间关系。第二、三、四个镜头是对他们对话关系的交代，这也是前面提到的正打和反打的一次实践。可以按照图例中的景别和角度完成自己的故事和对话的拍摄。

想象

8.2.6　崩溃

崩溃的情绪到底该如何用镜头演绎，演员的表情动作可以直观体现，当然摄影师从多个角度的拍摄手法也能体现。

前三个镜头是从多个角度对主人公头部的特写。

后三个镜头主人公双手抱头咆哮，声嘶力竭地吼着，崩溃的情绪被演绎得淋漓尽致。尤其是第五个镜头，捕捉到了主人公痛苦的面部表情。

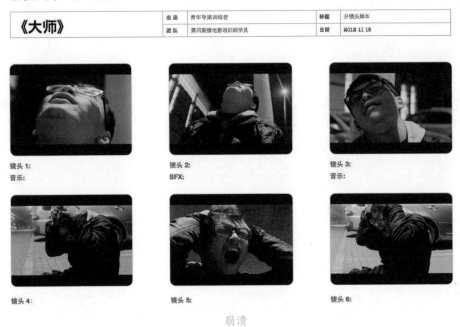

崩溃

8.2.7　挣扎

挣扎是用力支撑或摆脱的意思，那作为演员该怎么表演这种情绪，导演该怎么把这种情绪在银屏上展示呢？下面来看看这组图例。

第一个镜头是对演员面部的特写，他痛苦地号哭着。

第二个镜头主人公蹲在地上，脸埋在了两腿间，表明他很沮丧。

第三个镜头主人公趴在了地上，双手扒着下水道，一种内心的挣扎表露

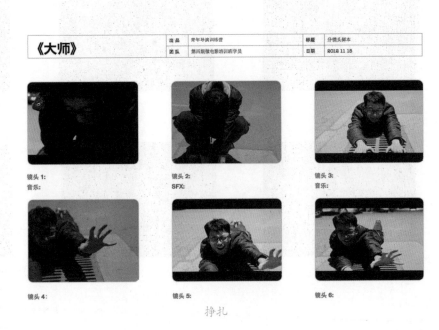

挣扎

无遗。

第四、五、六个镜头主人公一手抓着下水道，一手伸向前方，五指张开，用力艰难地向前爬行，代表他的人生遇到挫折，以非正常的方式表达内心的痛苦，所以肢体语言的运用是这个案例很好的说明，主人公下蹲爬行，都是很好的参照。

8.3　事件

构成剧中一系列的转折点都是由事件产生的，我们把这些事件罗列，让大家清晰地看到事件产生的前因后果，为后面大家处理剧中人物关系，完善剧中情节的紧张度，起到辅助和参考作用。

8.3.1　被人跟踪

夜晚被人跟踪是件很恐怖的事情。第一个镜头以黑夜中的女主角边跑边回头观望表现她被人跟踪了，她很害怕，想通过奔跑甩开跟踪她的人。

第二个镜头交代环境，黑暗的夜晚，一个人紧紧地尾随其后。

第三、四、五个镜头为奔跑中的背景，用脚步及跟踪者的双手特写烘托紧张的气氛，代表着危险一步步逼近。

最后一个镜头女主角倒地，她被跟踪者迫害了。虽然没有用镜头把跟踪者如何追到女主角并如何迫害她记录下来，但这似有似无的表现手法更能吸引观众的眼球，引起观众的联想。

《跟踪》	出品	青年导演训练营	标题	分镜头脚本
	团队	第五期微电影培训班	日期	2012 11 15

镜头 1:

镜头 2:

镜头 3:

镜头 4:

镜头 5:

镜头 6:

被人跟踪

8.3.2　请家长

学生时代我们因为这样或是那样的原因总会遇上几次被请家长，虽然我们很不愿意，但是老师的命令又不能违背。

第一、二个镜头学生犯错误被教导主任逮个正着，并带到了办公室。

第三个镜头是在走廊里引起了其他同学的围观。

第四个镜头教导主任让犯错学生去办公室。

第五个镜头从侧面给教导主任特写，他大声斥责犯错同学，并让他们请家长来学校。

第六个镜头拍摄了教导主任拍在桌子上的手，以及犯错学生扒在桌上的手，分别体现学生求饶，但教导主任态度坚决。

《永远的十八岁》	出品	青年导演训练营	标题	分镜头脚本
	团队	第四期微电影培训班学员	日期	2012 11 15

镜头 1:
音乐:

镜头 2:
SFX:

镜头 3:
音乐:

镜头 4:
二子:

镜头 5:
我:

镜头 6:
音乐:

请家长

8.3.3　命案现场

在黑暗的房间里，有一具躺倒在地的尸体，第一个镜头的场景就是案发现场。

凶手是谁呢？是第二个镜头中那个逃离的黑影吗？

第三个镜头从镜子里我们可以看到一个满脸血迹的男人在打量镜子里的自己。他是凶手吗？

第四、五个镜头为开着的水龙头，流淌着的水给观众猜测遐想的空间。

第六个镜头给脸上有血迹的男人侧脸，凶手是谁这一疑团似解非解。我们从演员的表情上也许能读懂这个答案，他略带满意的微笑，与第一个镜头中的尸体形成了对比。

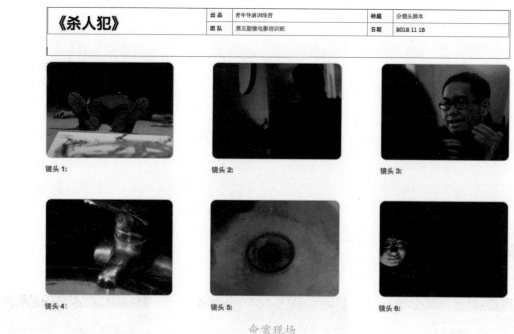

| 《杀人犯》 | 出品 | 青年导演训练营 | 标题 | 分镜头脚本 |
| | 团队 | 第五期微电影培训班 | 日期 | 2012 11 15 |

镜头1:　　　　　　镜头2:　　　　　　镜头3:

镜头4:　　　　　　镜头5:　　　　　　镜头6:

命案现场

8.3.4 画家创作

　　画家创作是用画笔把脑中美好的艺术想法具体化的表现形式。第一个镜头在画板上调色。第二个镜头画家在打底稿。第三个镜头上色特写。第四个镜头用中景展示画家调色。第五个镜头代表着画作不断被完善，用大量篇幅展现画作在画面上的完善程度。第六个镜头画家露出欣慰的笑容，一幅作品诞生了。我们没有必要用镜头一直记录画家创作的全过程，只需选取几个创作的瞬间即可。

| 《画家》 | 出品 | 青年导演训练营 | 标题 | 分镜头脚本 |
| | 团队 | 第五期微电影培训班 | 日期 | 2012 11 15 |

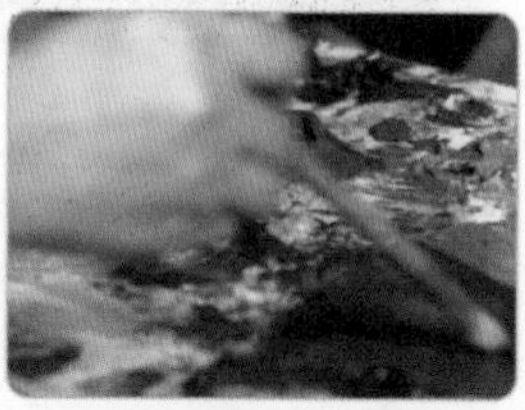

镜头1: 　　　　　　镜头2: 　　　　　　镜头3:

镜头4: 　　　　　　镜头5: 　　　　　　镜头6:

画家创作

8.3.5　中奖

中大奖这种天上掉馅饼的事情我们每个人都希望降临在自己身上，但是好运垂青的只是少部分人。

第一个镜头主人公仰着头在看什么。

第二个镜头远景，交代了场景和人物的关系。那他有没有买一张呢？这里给观众留了个悬念。

第三个镜头主人公坐在床上，手里拿着一张彩票，专注地看着。原来他真的买了一张，那会不会中奖呢？

第四个镜头主人公跑去兑奖，老板告诉他中奖了。

第五个镜头以一个全景表现出他中奖后欣喜若狂、手舞足蹈的状态。

第六个镜头突然切回主人公在床上熟睡，原来中奖这件事是主人公做了个梦呀！我们用镜头记录了一个梦境，表现出主人公十分想中奖的心情。

《中奖》	出品	青年导演训练营	标题	分镜头脚本
	团队	第五期微电影培训班	日期	2012 11 15

镜头 1:
二子:

镜头 2:
果子:

镜头 3:
二子:

镜头 4:

镜头 5:

镜头 6:

中奖

8.3.6　写保证书

一般什么情况下写保证书呢？做错了事，犯了错误并决心改正，提出保证时。下面的图例将为大家展示写保证书的前因后果。

第一、二个镜头教导主任逮到两位犯了错的同学。从不同角度交代三人的站位。

第三个镜头表现女主角的面部表情。

第四个镜头给教导主任近景，他双手环抱，批评两位学生。

第五个镜头写好的保证书并附有一百元罚款。

第六个镜头事情被男孩的父亲知道了，他很生气，扬起手给了男孩一巴掌。

| 《永远的十八岁》 | 出品 | 青年导演训练营 | 标题 | 分镜头脚本 |
| | 团队 | 第四期微电影培训班学员 | 日期 | 2012 11 15 |

镜头 1:　　　　　　　镜头 2:　　　　　　　镜头 3:

镜头 4:　　　　　　　镜头 5:　　　　　　　镜头 6:

写保证书

8.3.7　遇到意外

意外发生是大家意想不到的，那我们怎样拍一组遇到意外的镜头呢？

第一个镜头主人公正在专注地看相机。

第二个镜头主人公听到声音后转头。

第三、四个镜头他站在了门外，与前来的女学生对话，女学生告诉他出事了。

第五个镜头一群人跑出去。

第六个镜头躺在地上的学生和周围询问的人交代这位同学发生了意外。

| 《摄影师》 | 出品 | 青年导演训练营 | 标题 | 分镜头脚本 |
| | 团队 | 第二期微电影培训班学员 | 日期 | 2012 09 13 |

镜头 1: 宿舍，看相机。　　　镜头 2: 转头。　　　　　镜头 3: 关门。
音乐: 突然。　　　　　　SFX: 敲门声。　　　　学生: 是我，老师。

镜头 4: 门口。　　　　　　镜头 5: 跑出宿舍。　　　镜头 6: 拍照的同学躺在地上。
老师不好了！出事了！　　SFX: 音乐起。班长晕倒了。　学生: 班长你醒醒。

遇到意外

8.4　气氛

气氛是什么？这个词有点虚，是一定环境中给人某种强烈感觉的精神表现或现象，又或是一种氛围。如何用镜头去记录？下面的图例会给你解答。

8.4.1　误入空宅

误入空宅是件很恐怖的事情。

镜头一主人公进入黑暗的房间里，里面有没有人呢？他吼了一声。

镜头二他推开一扇门。

镜头三、四、五屋子里除了他和他的影子什么都没有。镜头在灯光的渲染下，恐怖的气氛很强烈。他误入空宅了。

镜头六突然间一个人影靠近窗户，默默地注视着他，但我们的主人公毫无察觉，这种恐怖的气氛被渲染出来了。

《摄影师》	出品	青年导演训练营	标题	分镜头脚本
	团队	第二期 微电影培训班学员	日期	2012 09 13

镜头 1: 进到房子里。

二子: 有人吗？

镜头 2: 推门。

果子: 这里就像个大仓库。

镜头 3: 进屋。

音乐: 节奏快，音乐起。

镜头 4: 反打。

音乐:

镜头 5: 旋转。

SFX:

镜头 6: 窗户出现人影。

音乐: 突然。

误入空宅

8.4.2　恐怖气氛

我们怎样用镜头展现恐怖气氛呢？

镜头一是一扇半掩的门。

镜头二、三中一个男人跌跌撞撞地在楼道里跑着，他是在被人追逐还是在寻找什么？

镜头四他打开门。

镜头五屋里面有人吗？男人不知道。

镜头六男人进了屋里，试探着走着，他不知道屋里有没有人，也不知道接下来会看到什么。突然间一声巨响，他猛一回头，门自动关上。镜头五、六完成了恐怖气氛的渲染。

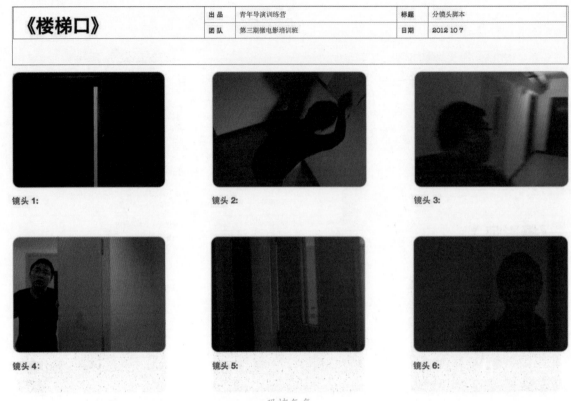

《楼梯口》	出品	青年导演训练营	标题	分镜头脚本
	团队	第三期微电影培训班	日期	2012 10 7

镜头 1:   镜头 2:   镜头 3:

镜头 4:   镜头 5:   镜头 6:

恐怖气氛

8.4.3 撞鬼

鬼神之事到底是真是假我们谁也不知道，谁也不希望这些事情发生在自己的身上，但我们的主人公可没这么幸运，他撞鬼了。

镜头一给玩偶特写，这个玩偶外观很恐怖。

镜头二、三主人公看到玩偶吓趴在了地上。

镜头四主人公吓得往回跑。

镜头五玩偶跟在主人公后面追，它竟然自己动了起来，这个没有生命的东西在三更半夜跳起舞来，恐怖程度可想而知。

镜头六给主人公脸部打光特写，一脸被吓傻的神情，大喊一声"鬼啊"，紧扣主题。

《活见鬼》	出 品	青年导演训练营	标题	分镜头脚本
	团 队	第三期微电影培训班	日 期	2012 10 7

镜头 1:

镜头 2:

镜头 3:

镜头 4:

镜头 5:

镜头 6:

撞鬼

8.4.4　东西丢失

如果重要的东西丢了，主人都很着急。镜头一给楼道的灯光特写，交代了时间、地点。

镜头二、三男人怎么都找不着 U 盘，他很着急回想到底放哪儿了。

镜头四导演听说 U 盘不见了很惊讶。

镜头五导演很生气，拽着男人的衣服让他找回 U 盘。

镜头六男人急得哭了，他也不想发生这样的事情。

《丢失的U盘》	出 品	青年导演训练营	标题	分镜头脚本
	团 队	第三期微电影培训班	日 期	2012 11 15

镜头 1:
音乐:

镜头 2:
SFX:

镜头 3:
音乐:

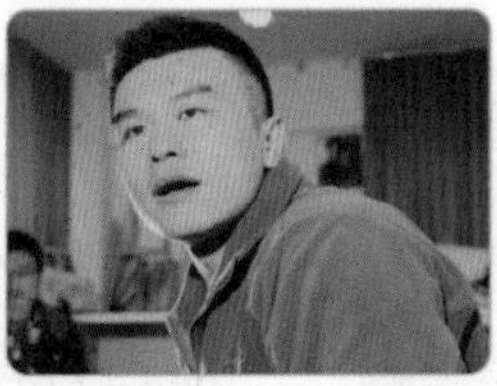

镜头 4:

镜头 5:

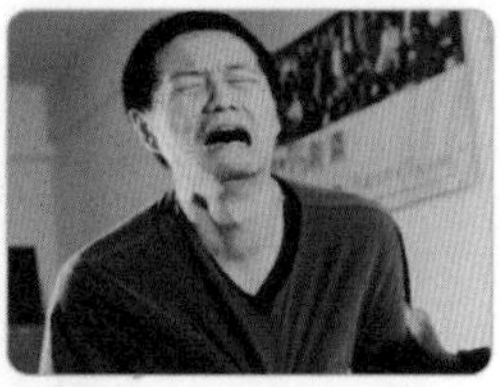

镜头 6:

东西丢失 1

镜头七、八、九导演朝男人发火，男人百口莫辩。尤其是镜头九，两人懊恼、不知所措的状态一定要表达出来，没有这样的动作整个剧情和情节就显得很单薄，两人光是一味地对话，就失去了看点。

镜头十、十一、十二中男人突然想起来 U 盘放哪儿了。

整个剧情顺下来，你会发现情节设计得曲折跌宕，最后留下悬念。

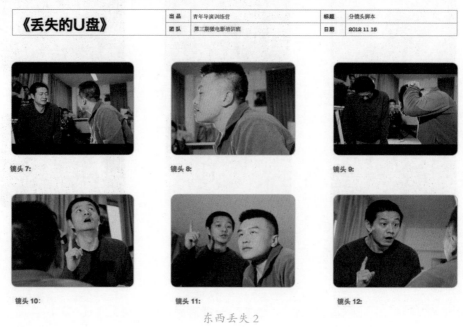

东西丢失 2

8.4.5　梦境

梦是一个宏大的主题，缥缈又虚无。梦常常和现实交织在一起，让人分不清真假，如果我们能够做到这一点就成功了。

镜头一告诉我们这是一个恐怖的梦，主人公害怕地往后退。

镜头二一个光头娃娃微笑地注视着。

镜头三突然间房间的门被人推开了。

镜头四主人公从梦中惊醒，他感觉有人向他的床头走来。

镜头五地板上出现了两只脚。

镜头六他从床上滚在地上，害怕地躲在了墙角，他不知道等待自己的是什么。

梦境

8.4.6　深夜遇险

镜头一相框里男女主人公的合影，交代两人亲密的关系。

镜头二闹钟特写交代时间。

镜头三门锁特写，突然间有人不断地开锁要冲进来。

镜头四男女主人公被门外的动静吓醒，男主人公抱着女主人公，安慰其别害怕，有他在呢。

镜头五男主人公起床出去看看外面发生了什么。

镜头六女主人公一个人很害怕，面部特写她哭了。最后她的男人没有回来。

《遇险记》	出品	青年导演训练营	标题	分镜头脚本
	团队	第三期微电影培训班	日期	2012 10 7

镜头 1:

镜头 2:

镜头 3:

镜头 4:

镜头 5:

镜头 6:

深夜遇险

8.5　动作

一系列的动作是构成影片看点的重要因素，如何处理动作的高潮，引发观众共鸣，如实传达导演的意图，需要下一番功夫。本节中列举的这些常见的场景和动作类型，下面用图例逐一进行解释。

8.5.1 吵架

两人无论因为什么事吵架都是不愉快的。

镜头一、二男一号木讷地推门而进。

镜头三男二号询问男一号他怎么了。

镜头四男一号不搭理他。

镜头五、六男二号不停地询问他怎么了，但男一号只顾自己玩电脑就是不搭理他。男二号不愉快地走开了。临走的时候男一号还让他滚，完全是莫名其妙。被人辱骂了之后男二号把手中的杯子摔在了地上，表达自己强烈的不满。一场吵架的冲突处理得恰到好处。

《吵架》	出品	青年导演训练营	标题	分镜头脚本
	团队	第三期微电影培训班	日期	2012 10 7

镜头 1：

镜头 2：

镜头 3：

镜头 4：

镜头 5：

镜头 6：

吵架

8.5.2 吵架及劝架

镜头一男主角犯了错误，被制片人指着鼻子一顿痛骂。

镜头二、三导演替男主角解释。

镜头四、五、六不幸的是导演越解释越乱，制片人更生气了，一把抓起台本全给抛了。

镜头七、八、九用镜头仰拍，纸片下落的状态表现出制片人很生气，后果很严重。以这样的视角才能够表现出纸张在空中飞舞的感觉，夸张纸的动作，也夸张当事人生气的状态。

镜头十、十一、十二导演和男主角捡起地上的台本，两人都很无奈。其中镜头十是人物关系的中景。后面两个镜头各自强调他们的无奈表情。

| 《丢失的U盘》 | 出 品 | 青年导演训练营 | 标题 | 分镜头脚本 |
| | 团 队 | 第三期微电影培训班 | 日期 | 2012 11 15 |

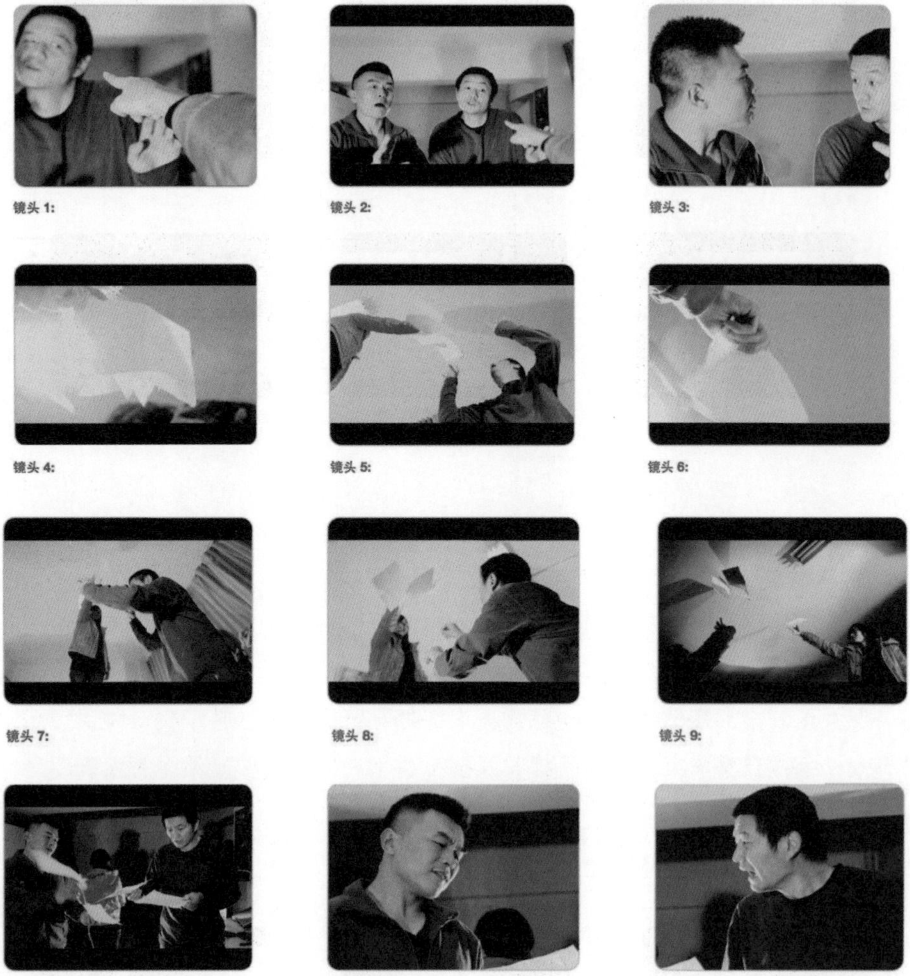

镜头 1:　　　　　　　镜头 2:　　　　　　　镜头 3:

镜头 4:　　　　　　　镜头 5:　　　　　　　镜头 6:

镜头 7:　　　　　　　镜头 8:　　　　　　　镜头 9:

镜头 10:　　　　　　　镜头 11:　　　　　　　镜头 12:

吵架及劝架

8.5.3　扭打

　　扭打的戏并不是摄影机远远地架着，记录两人打架的全部过程。而是要近距离地去把演员们身体的接触清晰地展现出来。

　　镜头一给照相机特写，相机的显示屏里有果子的头像。

　　镜头二他要问出相机隐藏的秘密，果子被掐住了脖子，露出诡异的笑容，他就是不说。

　　镜头三摄影师掐住了他的脖子，叫喊着"为什么你们在这里，为什么不说话？"

　　镜头四、五、六摄影师和老板娘扭打在一起，灯光照射下紧张的气氛揪住了观众的心。前三个镜头和后三个镜头做了个时空的跳跃，意思是说知道相机中隐藏的秘密的人都已经死去了。摄影师为了寻找答案，用了这种处理手法，虽然六个画面短小，但它所含的戏剧量完全可以用动作表达出来。

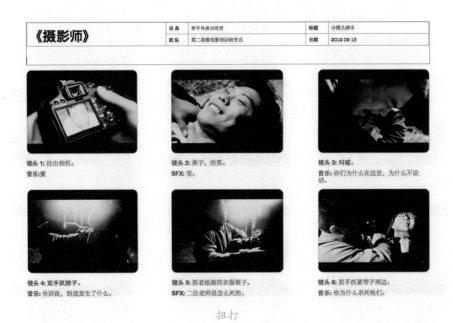

扭打

8.5.4 质问

镜头一、二、三女主角坐在电脑前专心致志地上网。其中镜头二给了键盘近景，强调女主角的工作状态。

镜头四、五女孩的桌上突然出现了一只脚。这突如其来的变故，吓了她一跳。

镜头六男人一脚踩在女孩桌上，一手指着女孩粗鲁地质问她，要她给个答案。

质问 1

镜头七交代场景中的人物关系。

镜头八、九女孩不甘示弱，起身也用手指着男人和他分辩，并质问男人。

镜头十、十一女孩越说越起劲，对前面男人粗鲁的行为进行反击，并占据上风。

镜头十二男人败下阵来，收起嚣张的架势，开始求饶。

《丢失的U盘》	出品	青年导演训练营	标题	分镜头脚本
	团队	第三期微电影培训班	日期	2012 11 15

镜头 7:

镜头 8:

镜头 9:

镜头 10:

镜头 11:

镜头 12:

质问 2

8.5.5　找到真相

当疑问被解答，答案出现在眼前的时候，一种兴奋和满足感油然而生。镜头二中让主人公拿到写着答案的一张纸，镜头三、四给他检验答案结果。镜头五展示主人公心满意足的状态，最后一个镜头通过"啊，原来如此"的表情为答案画上一个圆满的句号。

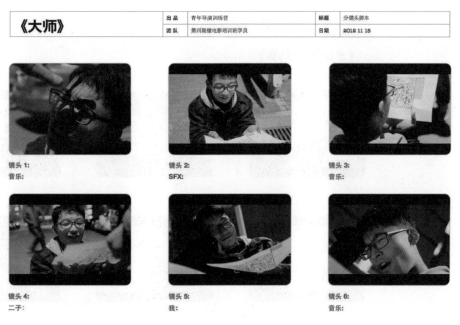

《大师》	出品	青年导演训练营	标题	分镜头脚本
	团队	第四期微电影培训班学员	日期	2012 11 15

镜头 1:
音乐:

镜头 2:
SFX:

镜头 3:
音乐:

镜头 4:
二子:

镜头 5:
我:

镜头 6:
音乐:

找到真相

8.5.6 顿悟

镜头一男孩拿着地图看了半天怎么也找不到去宾馆的路。

镜头二正在其绝望的时候，出现了一个神一样的人物。

镜头三神一样的人物给男孩手机提示。

镜头四男孩茅塞顿开，激动地欢呼起来。

镜头五给手机提示特写。

镜头六男孩乐极生悲，地图被风吹跑了。

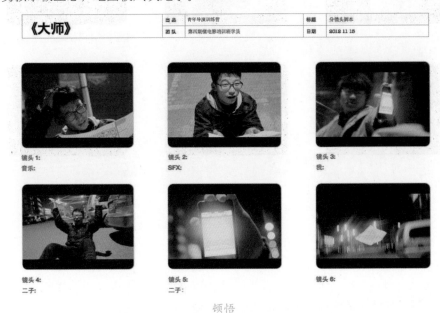

顿悟

8.5.7 训斥

镜头一教导主任训斥着犯错的学生。

镜头二、三交代三人的站位。男孩们低着头。

镜头四家长来了。

镜头五教导主任面部特写，一副恨铁不成钢的无奈表情。

镜头六家长因为孩子犯错而被叫来学校，十分生气。

训斥

8.5.8　打耳光

被打耳光那一定是犯错误了，镜头一、二、三从多个视角重复展示这一事件，有强调和延长时间的作用，当然我们为了完成这组的拍摄没有表现如何去抽耳光，两个演员表情动作严肃，太快的速度即使相机捕捉得到，也没有办法在纸质的媒体流畅地展现出来。

镜头四家长打完孩子生气地走了，男孩悲伤地低着头。

镜头五、六男孩被打之后更加沮丧，和同学跑到阳台抽烟去了。

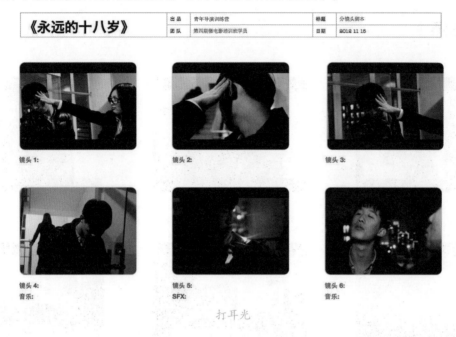

打耳光

8.5.9　惊吓

镜头一相机对焦，模糊的视觉给人以晕眩恐怖的感觉。

镜头二、三墙面上晃动着带子的影子，若隐若现。

镜头四仰拍一群学生的背影。

镜头五门口出现一个黑暗的人影，在灯光的照射下显得尤为恐怖。

镜头六一个鬼脸突然出现在屏幕上，着实吓人。通过虚幻的手法最后用一个强烈的动作和惊吓来点题。

惊吓

8.5.10　抵达某地

去某地一般都要借助交通工具，这里汽车是我们的交通工具。

镜头一、二人员下车，说明抵达某地了。

镜头三、四催促伙伴，说时间不早了，并给天空夕阳特写，作为有力的证据。

镜头五、六车子远去了，人们也远去，目的地到了。

《摄影师》	出品	青年导演训练营	标题	分镜头脚本
	团队	第二期 微电影培训班学员	日期	2012 09 13

镜头 1: 下车。
司机: 往里一直走, 进了大门就是。

镜头 2: 对话。
我: 师傅, 你别走, 等我们, 要不行我们还得回去。

镜头 3: 我。
我: 抓紧时间, 快, 快, 快。

镜头 4: 天暗了。
音乐:

镜头 5: 汽车开走了。
SFX:

镜头 6: 空无一人。杂草比人高。
音乐: 节奏逐渐快起来。

抵达某地

8.5.11　身处荒野

镜头一仰拍三个人无助的样子，他们边走边张望着，怎么没人呢?

镜头二远拍三人背影，从场景中可以看到除了三人和杂草，其他什么也没有，真是荒郊野外呀。

镜头三三人继续回头张望，讨论着为什么来到这个地方，荒凉的环境让三人犹豫徘徊。

镜头四给天空特写，天色渐暗，三人在这荒郊野外到底该怎么办呢?

镜头五俯拍三人无奈的表情。三人来到了大门口。我们从上往下，以第三者的视角完成了镜头，代表三人的处境孤独无助。在情绪的表达中三人处于劣势地位。

镜头六夜景里有一处亮着灯，对于三人来说似乎找到了点希望。

《摄影师 》	出品	青年导演训练营	标题	分镜头脚本
	团队	第二期 微电影培训班学员	日期	2012 09 13

镜头 1: 扭头。
二子: 司机能等我们吗?

镜头 2: 走远。
果子: 这地我看不成。

镜头 3: 停
二子: 宁哥, 天马上就黑了, 这荒郊野外的, 我们赶紧回吧。

镜头 4: 太阳下山啦。
我: 都到这了, 怎么着我们也得看一看再说。

镜头 5: 看到大门。
二子: 我冷, 这地让人瘆得慌。

镜头 6: 进院子。
果子: 二子, 你姜司机电话了吗?

身处荒野

8.5.12　清理命案现场

凶手在清理命案现场, 以掩饰自己的犯罪事实。镜头一凶手失手杀人。

镜头二、三、四、五凶手拖拉尸体, 将其藏到了玉米地里, 并慌忙把玉米秆扶直。这几个镜头都是居高临下俯拍, 以小全景来展示现场人物的状态。在展示类似的镜头时, 没有必要让视角变得混乱。多角度的拍摄很多时候一定要考虑想传达的内容, 千万不要为了多角度而多角度。

镜头六, 仰拍突然出现的目击者指证凶手, 这时凶手一阵慌乱, 不知道如何是好。

《摄影师 》	出品	青年导演训练营	标题	分镜头脚本
	团队	第二期 微电影培训班学员	日期	2012 09 13

镜头 1: 相机控制我的手, 按下快门。
音乐: 闪光灯的声音。

镜头 2: 拖学生。班长死。
SFX: 音乐起。加思考的过程。

镜头 3: 拖到池塘。
音乐:

镜头 4: 拿树叶盖。
音乐:

镜头 5:
SFX:

镜头 6: 二子, 果子 突然出现
音乐: 突然。

清理命案现场

8.5.13 搏斗

打斗戏出现的频率也相当高，两个人意见不合，矛盾到极点就会爆发，让双方爆发的节奏是需要一定的铺垫才能实现的。镜头二通过两人对视让仇恨肆意增长。镜头三、四为动手前奏，互相辱骂。镜头五是节奏的高潮，直接动手，抄家伙往对方脸上砸。打斗的镜头速度很快，此时没有变换镜头，直到打斗结束。

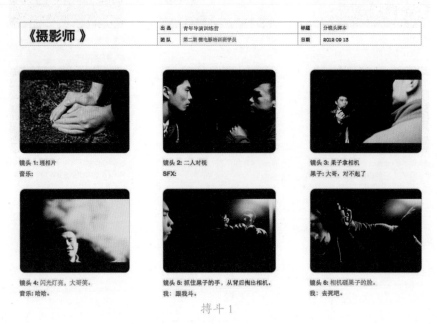

搏斗 1

再来看另外一个相似的案例，两人因矛盾起了争执，双方有了肢体的接触。本段情节的处理用了倒叙，从激烈的状态回归到了正常，通常在现实中不可能发生，但它可以作为某人因某事后悔，在心里念叨，要是不这么做该有多好。

镜头七、八、九是冲突的巅峰，镜头十、十一、十二两个人都冷静下来，互相解释，尤其是第十二个镜头双方完全平静但对白又是非常极端的，正好符合了倒叙中对画面和对白相反的处理手段，在看似平静的背后有着更强烈的矛盾。

搏斗 2

8.5.14　被吵醒

别人正在睡觉，去叫醒他总显得那么不礼貌，看看我们如何来表达这场戏。

镜头一给女孩面部特写，她正在想办法如何在不引起同事反感的情况下叫醒他。

镜头二一个将要坠落的水杯被人不小心碰了一下。

镜头三正在趴着睡觉的男同事。

镜头四掉在地上的水杯产生的动静惊醒了我们的主人公。

镜头五、六主人公揉了揉眼睛，戴上了眼镜，他被水杯落地声吵醒了。在设计这个场景的时候可以让女同事直接入画，拍醒正在睡觉的同事，而这里以物、以巧合的事件作为引子来完成，这样很巧妙地叫醒了睡觉的人。

被吵醒

8.6　职业表现

下面介绍拍摄不同职业的人群或特定人群在处理事情时的表现。

8.6.1　小偷

镜头一仰拍小偷蹲坐在商场门口，看着来来去去的人群，寻找着适合下手的对象。从场景及人物的姿势，可以体现出这种不正当行业人群的特点。

镜头二小偷远远地看到一个女孩边走边打着电话，她的包拉链没有拉起来。小偷从中找到了突破口。

镜头三是偷钱包的特写，表现小偷偷东西手法的娴熟。

镜头四小偷得手后，把钱包藏进上衣内袋，迅速离开，表现他的心虚。

镜头五女孩把包包翻了个底朝天，就是找不到钱包。她眉头紧锁，十分焦急，发现为时已晚。

镜头六小偷远离作案现场，见四下无人，迫不及待地拿出偷来的钱包，数数里面到底有多少钱，从小偷的表情反映其内心。

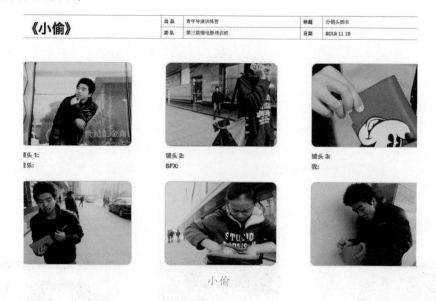

| 《小偷》 | 出品 | 青年导演训练营 | 标题 | 分镜头脚本 |
| | 团队 | 第三期微电影培训班 | 日期 | 2012.11.18 |

镜头 1:
音乐:

镜头 2:
SFX:

镜头 3:
我:

小偷

8.6.2　保安

　　镜头一男孩的愿望实现了，他终于当上了一名保安，穿着新发的制服，内心想从今天起一定要履行起自己的义务，保卫小区的安全。

　　镜头二、三、四保安每天早上都要对小区巡逻一番，他热情地与业主打招呼。其中第二个镜头是对他每天工作岗位的一个展示。在第三个镜头给了与他交流的业主表情，这样就建立了他们之间的人物关系，把他的亲和力和爱岗敬业通过这四个温馨的画面展现出来。

　　镜头五这天他正在巡逻，突然听到一阵呼喊声："抓小偷呀，抓小偷啊……"

　　镜头六、七、八、九保安立马追上去，和小偷扭打在一起，我们用三个镜头表现制服小偷的整个过程，仔细看镜头会发现动作的开始和结尾是有节奏的，镜头六、九是开始和结束，镜头七、八是高潮，高潮时动作幅度大，人物表情夸张，结束的时候相对平静。

| 《阳光保安》 | 出品 | 青年导演训练营 | 标题 | 分镜头脚本 |
| | 团队 | 第四期微电影培训班 | 日期 | 2012.11.18 |

镜头 1:

镜头 2:

镜头 3:

镜头 4:

镜头 5:

镜头 6:

保安 1

镜头十、十一保安把被偷的包还给业主，业主一个劲地感谢他。

镜头十二保安自豪地说："我是保安，我骄傲！"同时重新以保安站岗的画面作为结束，前后首尾呼应。

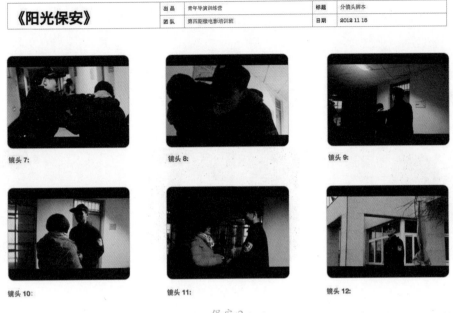

《阳光保安》	出品	青年导演训练营	标题	分镜头脚本
	团队	第四期微电影培训班	日期	2012.11.15

镜头 7:　　　　　镜头 8:　　　　　镜头 9:

镜头 10:　　　　镜头 11:　　　　镜头 12:

保安 2

8.6.3　外出打工人员

小小年纪背井离乡打工去，这其中的辛酸、无奈、凄惨只有主人公自己知道。我们要把主人公内心的痛苦用镜头展示出来，让更多人体会到生存的不易，从而珍惜美好的生活。

镜头一、二学校门口，女孩交不起学费，上不了学。哥哥说："别看了，回家收拾东西吧，明天还要早点出门呢。"女孩垂头丧气地往回走着。

镜头三女孩慢慢地穿好并不合身的工作服。

镜头四、五给端着的满满一筐筷子、叠得高高的碗特写镜头，展现女孩的动作环境，筷子的数量和碗的数量多代表工作的繁重。

镜头六、七身体上受累可以通过休息来缓解，但被骂受气该怎么办呢？厨师长凶神恶煞地指责小女孩笨手笨脚。通过第六个镜头可

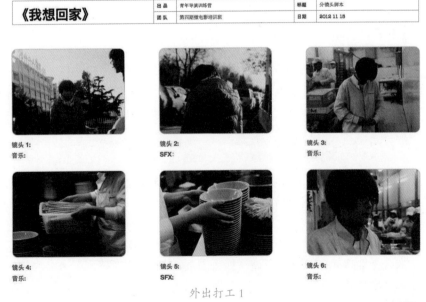

《我想回家》	出品	青年导演训练营	标题	分镜头脚本
	团队	第四期微电影培训班	日期	2012.11.15

镜头 1:　　　　　镜头 2:　　　　　镜头 3:
音乐:　　　　　　SFX:　　　　　　音乐:

镜头 4:　　　　　镜头 5:　　　　　镜头 6:
音乐:　　　　　　SFX:　　　　　　音乐:

外出打工 1

以看到女孩不快乐的心理状态。

镜头八中，餐厅开饭了，以一个全景将整个食堂展示出来，预示着时间，同时也预示着更加繁忙的工作。

镜头九、十、十一女孩被骂之后还得继续干活，她肚子很饿，但能做的只是把香气四溢的饭菜端给客人。

镜头十二终于结束了一天的工作，女孩浑身酸痛，她双手叉腰扭了扭脖子，真累呀！

《我想回家》	出品	青年导演训练营	标题	分镜头脚本
	团队	第四期微电影培训班	日期	2012 11 15

镜头 7:

镜头 8:

镜头 9:

镜头 10:

镜头 11:

镜头 12:

外出打工 2

8.6.4 精神病人

严重的心理障碍会导致人神经敏感，久而久之成为精神病。男主人公因为受到惊吓精神恍惚。那他的情绪失控到底该如何表现呢？

我们把这场戏安排在夜晚，镜头一、二男主人公与女主人公拥抱在一起，女主人公安慰他不要害怕。

镜头三、四女主人公照顾男主人公睡下，并给他盖好被子。

镜头五、六女主人公顺了顺被子，疲惫地起身。一方有病，另一方在身体和精神上也备受折磨。特别说明的一点是这个精神病患者发起病来不分好坏，躺在床上一阵乱踹，一脚把照顾他的人踹倒在地。画面中的女主人公承受着巨大的心理压力，一个人坐在床头不知所措。

这段情节的设计在空间上是有跨度的，其中镜头一、二男主人公犯病，他从床上滚到地上，女主人公把他搀起，安慰他，花费了很大力气，才把他重新扶到了床上，只有把这段情节设计得困难重重，才能把精神病患者的病情准确地拿捏到位。

《精神病》	出品	青年导演训练营	标题	分镜头脚本
	团队	第三期微电影培训班	日期	2012 10 7

镜头 1:

镜头 2:

镜头 3:

镜头 4:

镜头 5:

镜头 6:

精神病人

8.7 本课小结

本课通过"模板"的形式，给大家的拍摄提供参考。

从拍摄的示范图中，大家可以迅速获得演员的位置、景别和机位设置。在片场摆脱混乱和迷茫，找到一个可供选择的"目标"效果，以便能更好地完成拍摄任务。模板的信息量大，有日常生活状态、情感形式、情节事件、气氛渲染等众多生活化的场景。

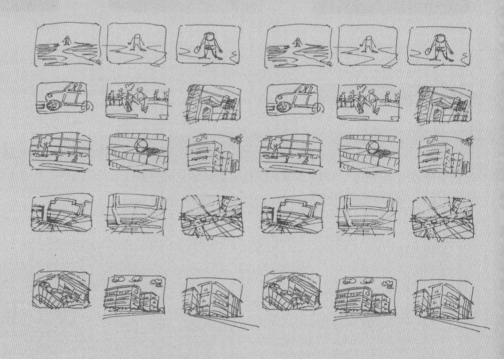

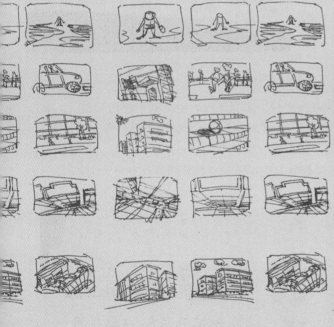

第9课

剪　　辑

就工作流程来说，拍摄完成后就要进入后期处理阶段。剪辑是整个后期处理中最重要的环节，当然还包括特效、调色、擦钢丝等后续工作，剪辑可以说是后期处理的起点。正是基于这个起点，片子才在这个基础之上成型，并展现在观众面前。

9.1　抽象的概念

动手去剪辑一个片段其实是学习剪辑最好的捷径。与其探讨剪辑的概念，倒不如拿出拍摄的视频告诉读者"剪刀"工具在什么地方，然后让他们按照顺序把片段拼接在一起来得更实在。

剪辑的经验因人而异，经验有时是无法通过语言来传达的，与所有切身的体验一样，剪辑经验的积累只能由自己去完成。

电影虽然是由不同的片段组成的，片段又是由无数个镜头拼接在一起的，但绝对不能说电影就是片段，就是镜头，因为电影的含义是在这种不可逆转的过程中形成的。说得实在一点，单独的片段、单独的镜头是一个意思，当它们形成了一个故事，自身的含义就会被故事的最终含义所吞噬，片段在电影里仅仅是一个片段，它很可能就变成另外一种故事所需要的意义。

参考片 1

这就说明了剪辑学习的进阶状态，从能够剪辑几个镜头的小片段，到能够剪辑由一系列小片段形成的一个小短片，再到能够完成一个完整故事的剪辑。在这三个阶段中最为有效的练习就是剪辑自己拍摄的片子。

学导演一定要懂剪辑，一定要自己动手去剪辑。学编剧最好也自己做导演，看着如何将自己写的故事以镜头的语言表达出来，当然也要动手去剪辑。

接下来的讲解会引用一些电影，因为篇幅有限这里只讲重要之处，细节就不再深入展开。其中很多知识也是自己学习的积累，深刻地体会到学习没有止境，人人身上都有值得自己学习的地方。

电影中影像安排的结构方式决定了讲故事的方式，要在影片前后的段落中安排呈现画面的前后结构，处理好画面的节奏。说得更通俗一点，就是处理好有规律或无规律的阶段性变化，参考影片《幻想曲》可以很好地理解电影中的节奏与结构。

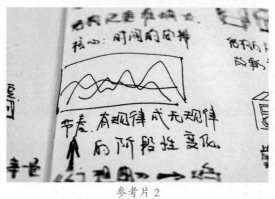

参考片 2

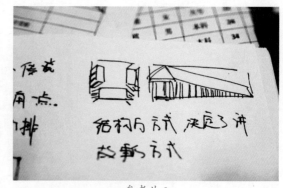

参考片 3

掌握好剪辑技巧，唯一的方法就是不断地剪片子，尝试一段影像可以产生的各种变化，重组它们的结构，感知它们在不同的位置上所传达给观众相应的心理变化，剪辑运用和利用了人的种种心理活动，时而让我们紧张，时而让我们兴奋，所以可有技巧地控制观众的情绪。

剪辑技巧 1

剪辑技巧 2

剪辑的功能和作用可以用一句话概括：利用期待，然后满足观众。画面的连续组接会触发观众的生活经验，从而让观众产生期待。大量地分析片例，学习影片的创作者是如何建立观众对情节期待的方法，掌握导演又是如何满足观众的期待，造就那些经典影片的。

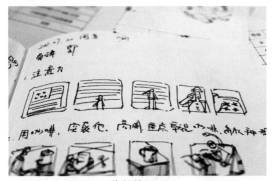
剪辑技巧 3

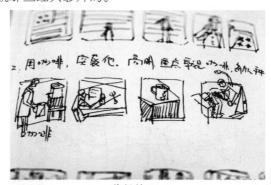
剪辑技巧 4

产生悬念。运用交叉剪辑，使观众处于全知的视角 (观众完全了解事件、产生误会的前因后果)，而当事双方各不知情 (故事中的人物正在被误解、正在被错误的判断影响)，这样一来观众才会移情于剧中人物，或同情他们，或为他们的命运担忧。例如，《教父》中杀手在杀人之前做着准备工作，找枪，这些都是观众能够看到的，饭桌上的两个人并不知道，杀手出现，沉默不语，观众的紧张情绪陡然上升，直到该段落结束。

《教父》中的片段 1

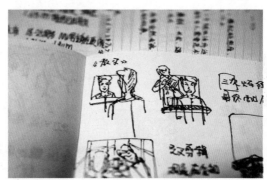
《教父》中的片段 2

运用剪辑实现时空交错。例如，《教父》中人物接受洗礼，说自己诚实，接杀人的画面；说自己不虚伪，接一起暗杀；在同一时空，多条线在不同地进行，画面的声音都是在教堂中，其中穿插婴儿的声音，不同的人马在另外的地点屠杀。

《教父》中的片段 3

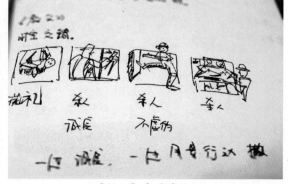

《教父》中的片段 4

在电影中如何体现速度感。有一个惯性思维的案例：要想片子的节奏快就用时间短的镜头，反之要节奏慢就用长镜头，当然这仅仅是表现速度感的浅层次体会。速度感是镜头间的变化关系的体现，没有对比，一味地快节奏，速度感也是出不来的。在高速行驶的汽车中坐着两个人，如果从车内拍摄，汽车行驶的速度保持一定的恒定速度，从画面上观众是没有速度感的，如果此时加入追逐过来的其他车辆，又安排汽车不断地转弯，过弯道，以及紧张的人物表情，这样一来即便你坐在车里，也一样可以展现速度感，让人感觉节奏快，情节紧张。

长短镜头的演示 1

长短镜头的演示 2

要经常问自己在什么时候和什么地方下"剪刀"？为什么？以人的动作为例：人在转头的时候可以剪，或者动作停下来再剪。剪辑的依据就是遵循观众的期待，在动作停下时完成剪切，就满足了观众的心理预期。凡事都是有原因的，不要忽略它。

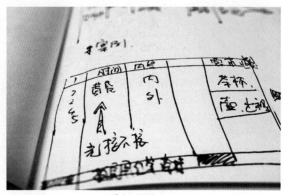

剪辑的技巧 1

剪辑的技巧 2

通过上面的文字和图片，对于初学者来说，可能还是很难理解笔者想要表达的意思。对于某些需要靠自己身体力行才能掌握的技能，我们是无法从别人那里获得真正的方法的。

待大家完成一段自己拍摄的短片之后，再回头来看前面提到的一些知识点，或许就能对这些抽象的、模糊的、感性的概念有全新的理解。接下来就开始万里长征的第一步，熟悉剪辑工具的用法。

下面将讲解一些关于软件方面的基础内容，以帮助大家使用工具顺利实现自己的"第一剪"。

9.2　软件介绍

最早的剪辑工作就是用剪刀和糨糊在胶片上完成，时代发展了，科技进步了，现在全部都在计算机中使用剪辑软件来完成素材的编辑、剪切、合并。本节选择了市面上主流的剪辑软件进行讲解，值得说明的一点是，还讲解了一款家用剪辑软件，大家即使没有工作站、高配置的计算机、专业的剪辑软件，在自家电脑上一样可以完成这道工序。

9.2.1　苹果的剪辑软件

苹果公司的剪辑软件常用于广告、电视剧、电影的剪辑，使用广泛。与它同级或比它更高级的剪辑软件也有，在这里就不过多介绍。下面以苹果平台下的软件为例，让大家了解大同小异的剪辑工作。

通过程序图标启动 Final Cut Pro 剪辑软件，如下图所示。

剪辑软件 FCP 图标

1. 启动界面

下图为剪辑软件的启动界面。该软件只能运行于苹果的操作系统，没有提供 Windows 版本，下节再讲解在 Windows 版本下的剪辑软件。

剪辑软件 FCP 启动界面

屏幕左侧是素材栏，以列表的形式显示导入进来的素材文件名。屏幕中左右两个小屏幕是素材显示窗口和监视器窗口。屏幕底端是时间线，就是素材整理剪辑排序的地方，如下图所示。

打开剪辑软件 FCP 界面

2. 工程设置

系统以默认的方式创建工程文件，为了使拍摄的素材与软件的工程相一致，需要重新设置，这也是其他软件必备的工序之一，不同的是这一设置的名称、叫法和存放的地点不一样罢了。

在序列 1 上右击，在弹出的快捷菜单中选择"设置"命令，如下图所示。

工程设置

打开"序列设置"对话框，会看到当前序列设置：系统默认的 1280×720(720P 是描述视频尺寸的一种指标)。我们拍摄的素材是 1920×1080，所以需要对默认的序列进行设置，以确保画面不被剪切，单击"选定"下拉列表，如下图所示。

设置项目大小

设置帧速率

在该下拉列表中选择 Apple ProRes 422 (LT) 1920×1080 25p 48 kHz 格式，这是常用的预设设置，占用空间小，速度快，正确设置之后会在"序列设置"对话框中看到帧尺寸已经变为 1920×1080。单击"好"按钮后完成设置，如下图所示。

选择帧尺寸

设置完成

下面把实现剪辑功能的命令按钮从界面右下方移动到显示窗口，是想告诉大家剪辑很简单，就那么几招。片子能不能剪得好就看自己的思想，和软件关系不大，如下图所示。

工具栏

打开工程文件后，出现文件离线提示，这是因为更换了剪辑时的苹果机和改变了原本的素材路径。单击"重新连接"按钮，在弹出的对话框中找到相应的视频文件，单击"选取"按钮，完成了目录和素材的重新匹配，如下图所示。

检测离线素材

选定特定文件夹

　　单击"连接"按钮，完成连接素材的全部操作，或许由于你不会素材操作遗漏了几个，标红叉的可以通过鼠标右键重新连接，如下图所示。

查找离线文件

重新连接离线文件

3. 剪辑

连接完素材后，就能在时间线上对剪辑的片子重新进行整理，关于素材整理这个话题在此强调一下，在屏幕左侧的素材列表栏中，大家可以看到按照场次和序列号详细、准确、清晰的文件结构及文件命名，如下图所示。

整理剪辑文件

4. 输出存放

完成剪辑之后，需要使用"文件"菜单中的"导出"命令，并将剪辑的成片或片段进行输出，在"存储为"对话框中重新命名，输出视频并为它找个合适的位置，千万不要随便乱放，不然用的时候不好找，如下图所示。

导出设置

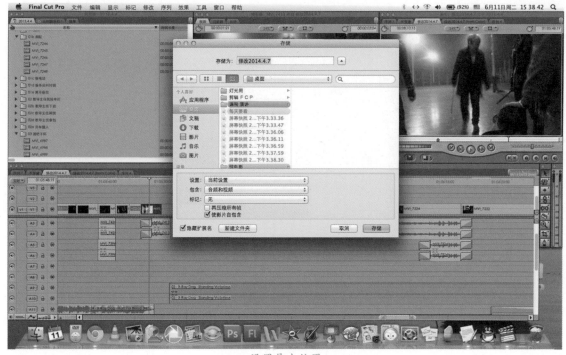

设置导出位置

5. 调色

还可以直接把工程发到 Color 软件中进行颜色调节。选择"文件" | "发送到 Color"命令，来进行一级调色、二级调色，对比度明暗及色彩校正调整，如下图所示。

调色软件 Color 启动界面

调色软件 Color 界面设置

9.2.2 Premiere 剪辑

1. 启动软件

启动 Adobe 公司的 Premiere 剪辑软件，下面将会在这个剪辑软件里完成《画家 Lee 的奇幻漂泊》这部片子的剪辑工作。

接下来不会涉及太多剪辑原理的讲解，仅会对软件的功能进行介绍，导入素材，剪辑所需要的镜头，在时间线上完成相应的操作，最终输出。

如下图所示，这是 Premiere Pro CS6 的启动界面，其实哪个版本对我们来说并不重要，软件再怎么升级，基本的剪辑功能是不会变的。

Premiere Pro CS6 启动界面

2. 设置工程名称

接下来设置工程名称，不要将工程名称按照默认未命名方式或者诸如 AAA、EEE 等不好识别没有所指的文件名称保存，因为最终剪辑会有很多个版本，需要用工程名称把它们区分开来，如下图所示。

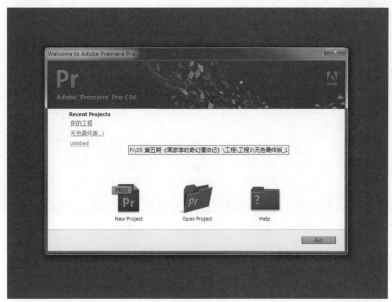

项目设置

在弹出的对话框中，显示出工程存放的文件夹目录，也就是告诉计算机工程存放在什么地方，如下图所示。

项目存放位置

3. 导入素材

选择工程的格式，《画家 Lee 的奇幻漂泊》这部片子是用佳能的 5D Mark II 单反相机拍摄完成的。在 Premiere 软件中提供了单反相机视频格式的预设模式，这里选择 DSLR 1080 P 25，该格式与拍摄记录的视频格式相符合。

需注意的是，如果设置的格式和拍摄素材不统一，画面会被莫名其妙地遮挡和拉伸。

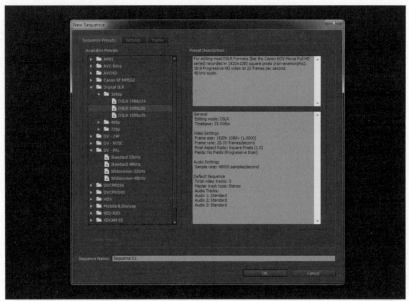

设置匹配的格式

如下图所示，这是软件的启动界面，完成正确的工程设置之后，即可启动软件界面，现在开始导入素材，有两种方法完成素材的导入。

其一是使用鼠标拖曳，其二是通过图中下方的 Media Browser 进行路径选取，选择相应的素材。

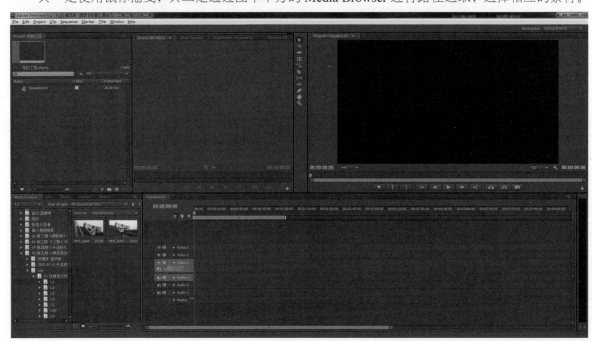

导入素材

如果工程设置不正确，可以通过选择 File|New|Project 命令新建工程，重新建立所需要的设置，"建立工程"的快捷键是 Ctrl+Alt+N。

4. 剪辑

导入素材的前提是已经在硬盘中对需要剪辑的素材进行分类和整理，最怕的是存放的素材很乱，文件一多可能就不知道该在什么位置找到所需要的镜头。

在进行剪辑的过程中，熟练掌握下面三个快捷键就可以。

- 选择键，快捷键是 V，它的功能是可以在时间线中调节素材的位置，或者也可以按住鼠标左键不放来框选多个素材。
- 剪辑键，快捷键是 C，在时间线上点选需要截断的素材，将指针拖到需要剪辑的位置单击鼠标左键完成剪切。
- 播放键，快捷键是空格，完成剪辑之后把起始点用鼠标拖曳到所需要观看的片段前，然后按下空格键来观看剪辑效果。

特别说明的是，还有一些很常规的操作通过鼠标的选择功能在时间线不同的位置上跳转，这句话可能很难理解，不同的人会有不同的理解，让这种简单的功能在无人指导的情况下不知道如何开始。建议先导入一段素材习惯一下软件特性，随便把鼠标来回拖曳看看会产生什么效果，作为自学的一种建议，只有建立在这些最基本的软件习惯之上，前面提到的三个快捷键才能真正发挥作用，如下图所示。

设置新的工程

剪辑的快捷键

　　如下图所示，图中左侧的窗口显示的是需要编辑或正在编辑的视频片段，右侧的窗口显示的是时间线上的最终画面，两个窗口可以显示完全一样的画面，也会显示不相同的内容，首先要明白一点，编辑的视频和时间线上的视频是两个概念，编辑的视频是原始素材，而时间线上的多半是所需要的镜头。

设置匹配的格式

　　大家会看到各个工程是提前整理好才导入 Premiere 里面的，结构清晰才能事半功倍，拍摄的视频文件有几百个，需要有序地把它们清晰地组织起来，如下图所示。

整理素材文件 1

　　时间线上密密麻麻的剪辑好的镜头，就是使用剪辑移动重新改变它们的位置这些最基本的功能构建起来的。片子不一样，剪辑的数量也不一样。剪辑手法和最终画面呈现的效果还是取决于自己对故事的理解，简单地说就是软件按照剪辑师的意思呈现给观众有序排列的素材。

　　把鼠标指针放在图片的左侧视频文件名上，系统会提示当前视频的大小及音频文件的质量等信息，直接可以通过鼠标左键的拖曳和双击放置在编辑窗口和时间线上，如下图所示。

整理素材文件 2

进行剪辑

5. 输出

剪辑完成之后，下一项工作就是输出，可以通过两个快捷键来实现。

第一个是确定输出的起点，通过键盘上的 I 键来实现。

第二个是确定输出的终点，通过键盘上的 O 键来实现。

下一步就是通过渲染命令将它们输出成单个的视频文件，快捷键是 Ctrl+M。

这里有一个小技巧，可以勾选 Export Settings(输出设置) 对话框中的 Match Sequence Settings(与序列格式一致) 复选框，确保素材在不转码的情况下快速渲染。

剪辑小技巧 1

剪辑小技巧 2

9.2.3　会声会影

下面再介绍一款深受广大拍客欢迎的软件，它就是会声会影。这款软件因为操作简便，使用更容易上手。

1. 打开界面

如下图所示是会声会影 10 软件的启动界面，可以看到有三个选项，编辑过程主要是在第一个选项中进行的，所以选择第一项"会声会影编辑器"。

这里要注意界面左下角的 16：9 复选框，勾选该选项，可将所拍摄的视频以 16：9 的方式展现；

如果不勾选，则会默认为 4 ∶ 3，如果所拍摄的素材是 1080p 或是 720p 的，那么在编辑器里看到的画面将会产生拉伸。

会声会影启动界面

如下图所示为会声会影编辑器的主界面，这里面有很多的选项，剪辑工作就是在"编辑"选项卡下进行的。

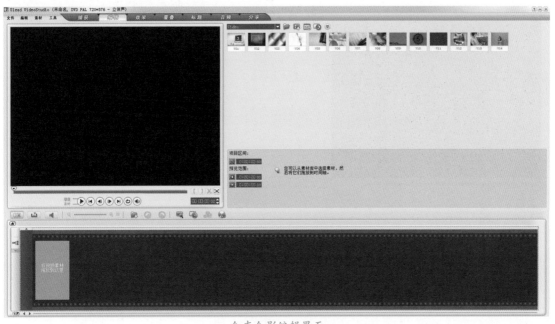

会声会影编辑界面

2. 导入素材

将需要进行编辑的素材导入软件中，可以通过"文件"|"将媒体文件插入素材库"命令进行导入，值得一提的是会声会影和专业的编辑软件一样，也可以直接将文件拖曳入软件中进行素材导入，如下图所示。

（会声会影支持导入三种文件：视频、图像以及音频。）

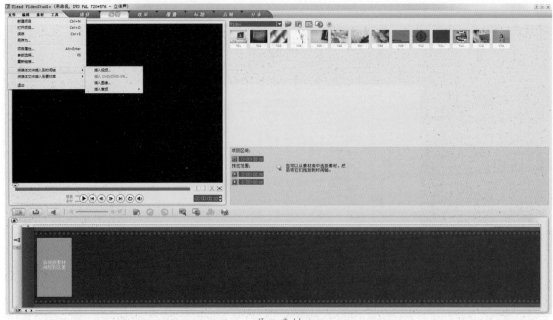

导入素材

导入后就会看到在素材库中多了一个导入的素材，右击该素材，在弹出的对话框中就可以看到这个视频的详细信息了，如下图所示。

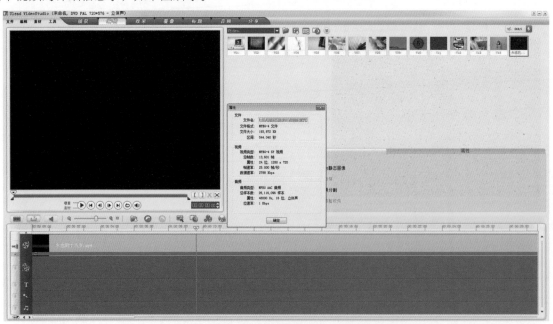

素材属性

然后将素材库中的素材拖入下方的时间线中，就可以在监视器中看到需要编辑的画面了，如下图所示。

剪辑界面

3. 剪辑

接下来可以通过监视器右下角的剪刀标识对素材进行剪切，它的快捷键是 Ctrl+I，将素材分割开之后，只需要用鼠标单击时间线上需要移动的一段素材，然后将其拖曳到合适的位置，这样就可以完成一段视频的编辑了，如下图所示。

剪辑技巧 1

在编辑工作结束后，需要对时间线上的素材进行输出，输出时同样需要对时间线上的素材标记起点与终点，它们的快捷键分别是 F3 与 F4，如下图所示。

剪辑技巧 2

4. 渲染输出

在标记完入点与出点之后，对视频进行渲染输出，单击"分享"选项卡，就会得到如下图所示的界面。

渲染输出 1

选取之后将会弹出"保存文件"对话框，对进行渲染的素材命名后，单击"保存"按钮就可以输出了。

9.3 本课小结

　　剪辑是成片的最后一个环节，也是影视素材再创作的关键步骤。笔者提出了一个观点：学编导一定要懂剪辑，一定要自己动手去剪辑，并浅谈了剪辑中的常见手法和概念。

　　本课还对常用的剪辑软件进行介绍 (PC 平台和 MAC 平台)，对素材管理和素材盘文件链接丢失的问题提供解决思路，强调了如何设置工程，如何导入素材、开始剪辑，快捷键的运用和输出成片的步骤。

不是每个人都有成为导演的能力，但是我们每个人都有成为导演的梦想。在与老师短短相处的日子里，他帮我们每个人都实现了梦想。　（陈旭东）

相处的日子虽然不长，但让我深切体会到了要想严格要求自己，有时候就得逼自己一把！感谢老师。　（贾贝）

在最寒冷的时节，我们跟随李老师进行了一次难忘的路程。所有人共同合作，各显其才，取长补短，就像十八岁只是一个代名词，我们会走弯路，但不会放弃追梦。　（吴雯晓）

那段日子，虽然短暂，但是就像红酒一样，越品越香醇。偶尔回头看看，发现这真是一段值得收藏在人生旅程中的记忆。　（马晖）

我很荣幸，很高兴能和李宇宁导演一起拍摄《永远的十八岁》并饰演一个角色。短暂的相处，李老师的细心教授让我们受益匪浅。　（史晓雯）

在没有触碰微电影这个东西时觉得有一种可远观而不可亵玩焉的距离感，通过李老师的指导，让我们真正置身其中，感受微电影的魅力。　（张琪）

《永远的十八岁》在李老师的指导下取得成功，谢谢老师，给我最宝贵的回忆。　（王亚楠）

与李老师相处的日子里，帮助我们每个人完成了自己的一个梦想。感谢李老师让我们体会到了电影背后的精彩。　（苏国彪）

不一样的上课感受，真正融入微电影的制作之中，无须刻意，环境便将精力带入学习之中，体会颇深。（吴迪）

用几天的时间浓缩出一部几分钟的微电影，编剧、场记、演员……每个角色都用心演绎我们的十八岁。　（岳久嫒）

谢谢您为我们驶驶的青春画上一道美丽的彩虹。（胡圆圆）

那段时光我现在回想起来还会为之欣喜，庆幸人生中还有那么一段激情的岁月。　（张旭东）

随着集体合影的结束，操场上灯光的消失，周围陷入一片黑暗，形成完美的落幕。　（康芳）

青春短暂，容不得我们思考就悄悄走过，只有当我们幡然醒悟时，才懂得珍惜。　（廉雅冰）

短暂的时光，有过快乐，有过疑惑，有过感动，还留着太多的不舍。　（吕丽晚）

青春终将逝去，青春是用来怀念的，怀念我们《永远的十八岁》。　（曹爽）

微电影　Postscript　后记

《永远的十八岁》，永远属于我们的记忆。（孙海洲）

光与影，你和我，最初的梦想，历历在目，感谢老师悉心教诲，感谢同学一路陪伴。（石佳琦）

那段日子定是我最难忘的一段时光，校园里、街道上、公园内、影棚中……无处不洋溢着我们的青春，无处不留下我们的记忆，纪念我们《永远的十八岁》。（周志坤）

时光匆匆，我们那无处寄放的青春被光影的美丽而深深地吸引，我们便把它寄放在那永远的十八岁——那是我们遥远的梦开始的地方。（李鹏宇）

我们不需要什么纪念品，《永远的十八岁》是我们在青葱岁月里最美好的回忆。（李露娟）

永远有多远，我觉得它的定义不是时间的限制，而是记忆的限制。只要记忆还在，那就是永远，就像那年今天深深的记忆，就是永远。（耿娜）

课程中我们学到的不仅有知识，还有处事的态度、沟通交流的重要性，让我们的关系更加团结，拍摄期间我们有过感恩、困惑，但最重要的是我们收获了快乐。（刘越）

第一次真真切切地接触微电影，第一次走进造梦者的世界，第一次跟同学讨论故事，从陌生到了解，谢谢李老师带给我们的迅速成长。（陈青青）

非常享受《永远的十八岁》的拍摄时光，俗话说：台上一分钟，台下十年功。虽然辛苦，但是再苦再累，当成片出现在我们的眼前，成就感油然而生，非常想念和李老师一起拍摄的日子，希望以后有更好的合作。（杜蓓）

青春就是这样，疯过，笑过，然后随时间流过，庆幸我们《永远的十八岁》。（赵玲）

想起当初的日子，那几天的特训就像是一段心灵的路程，让我从辛劳中体会快乐，在感恩中寻找愉悦，虽然时间一去不回，但历久弥新。（张振山）

老师想跟你们说的是：你们给了我一段无比珍贵的记忆，它青涩、它美好、它让人心怀感动、它让我之坚持、它给予我力量，无论身处何种境地它始终敦促我重新扬起勇气的风帆，到达梦想的彼岸……爱你们！